假面同學會

仮面同窓会

Shusuke Shizukui

雫井脩介

1

即使相隔十年，至今仍然不時想起那一幕。

西斜的夕陽照在柏油路面，反射著金黃色的光。

身穿白色運動服的網球社成員輕快地跑過眼前。

後方的操場上，棒球社成員的吆喝聲和金屬球棒的擊球聲很有節奏地響徹雲霄。

洋輔和其他三個人光腳跪坐在體育教員室前，可以看到運動社團放學後練習的狀況。現在回想起當時的景象，覺得那些積極投入社團活動的同學，在燦爛的陽光下，貫徹著紀律和努力這些在當時年代最重視的要素，而自己和另外三個人卻被要求坐在陰暗處，實在太有象徵意義了。

保健體育老師，同時負責學生生活指導的樫村貞茂拿著竹刀，眉頭深鎖地站在洋輔等人面前。他五十多歲，理著平頭的頭髮已經花白，但長期健身，身體很結實，曬黑的臉龐嚴肅得有點可怕，從他淺棕色墨鏡後方的雙眼中，感受不到絲毫的溫暖。

為什麼自己和其他同學被罰坐在他面前？想到這裡，洋輔想起類似的情況多次發生，根本沒必要細究，有時候甚至根本沒有理由。

比方說，附近的居民向學校通報，看到皆川希一、大見和康在賭博性電子遊戲場玩，樫村就懷疑洋輔和他們在一起，於是他就莫名一起受罰。他真的沒有和皆川他們一起去遊戲場，但總覺得特地澄清很不夠義氣，於是他就懶得解釋，默默和其他人一起接受體罰。

雖然樫村對他有些誤解，但之後聽到希一他們笑著說「洋輔根本就是被冤枉的」，把這件事當成笑話，就覺得沒必要再計較。

但是，他對樫村的嫌惡感與日俱增，完全沒有和解的餘地。對方滿腦子只想著高舉銼刀，要磨平這些年輕人的尖牙。至於洋輔他們，不是和他對著幹，就是認輸逃走。

洋輔最後還是認輸了，在高中生活的後半段，徹底避免成為樫村的眼中釘。他並不是變乖，而是形勢所逼，被迫改當乖寶寶，因此內心的嫌惡並沒有消失。或許可以說，那不是嫌惡，而是憎恨。

樫村以指導為名的體罰都是年代極其久遠的內容。像是現在連社團活動都不會要求成員練習的長時間跪坐，以及在跪坐的同時朗讀悔過書，或是故意要學生在大庭廣眾下做「頂天體操」出洋相。

「十五年前，這所狐狸高剛成立時，我就被派來這所高中，在第一屆學生畢業的三年期間，站在講台上，為奠定狐狸高的基礎貢獻了心力，我樫村可是狐狸高的元老。」

樫村要求洋輔他們坐好之後，經常洋洋得意地說這些無關緊要的陳年往事。

「以前的狐狸高，完全沒有任何一個學生像你們這樣散漫，一個都沒有。第一屆學生入學時，校舍還沒有完成，他們只能在組合屋內開始高中生活。操場上到處都是石頭，大家拚命撿石頭，才終於可以使用操場。當時，全體師生都齊心協力，希望狐狸高能夠成為名震全縣的好學校。那些學生都在社團活動和學業上燃燒年輕的熱情，有些社團在第三年，就在全縣比賽中獲得出色的成績。第一屆學生在考大學時，總共有八十三名學生考進國立或是公立大學。第一屆學生和我們這些帶領學生的師長們，奠定這所學校有機會成為名校的基礎，你們竟然把這些努力毀於一旦，破壞得蕩然無存，難道不覺得慚愧嗎？」

其實根本談不上什麼破壞不破壞。在洋輔那一屆考高中時，狐狸山高校已經淪為一所根本沒有任何特色的平凡郊區高中，是對升學沒有太多要求的本地學生隨便挑選的學校。洋輔他們那一屆還算是差強人意，聽說從他們下一屆開始，因招生不足，錄取了大批程度很差的學生，學校素質一落千丈。

從某種意義上來說，被派到狐狸山高校的樫村，也許只是試圖用這種早就落伍的手法，找回當年的榮耀。洋輔在考高中時，就曾經聽說「狐狸高的校規很嚴格」、「生活指導很囉嗦」，但他從來沒有想過這些傳聞所代表的意義，再加上八真人和其他人都說要考這所學校，他沒有多想，就選了這所學校。如果當時更深入瞭解學校的實際情況，他才不會選那種學校。

「以前狐狸高的學生站在操場上時，個個都抬頭挺胸。每年暑假，都要舉行三天的集體訓練，一、二年級的學生在火辣辣的太陽下，在操場上排排站好。第一年的時候，只有四百名一年級的學生，第二年時，一、二年級總共有八百名學生，我站在司令台上，只用一支麥克風指揮所有人。」

他所說的集體訓練的重頭戲，就是「頂天體操」。各個班級從排在隊伍最前面的人開始，輪流吆喝著「嘿喲！」，站起來向天空揮拳。

「站在司令台上看下去，簡直太壯觀了。雄壯的吆喝聲傳入耳際的同時，是陣陣波浪，那是『嘿喲』的波浪。」

洋輔完全無法理解這種景象有什麼壯觀，光是想像八百人被逼做那種奇怪的體操，就感到不寒而慄。想像樫村站在司令台上，樂不可支地看著這一幕，就有一種說不出的火大。

多年前在愛知縣新成立學校時，盛行軍隊式管理教育流派，樫村是那個流派的餘孽。有很長一段時間，這一帶的學校教育都採用以軍隊式管理壓制學生自由行動的手法。但是隨著時代的改變，這種教育方式越來越無法被人接受，但是樫村這個餘孽，把原本針對全校學生使用的這種手法，用在問題學生身上，頑強地活了下來。

洋輔最討厭可說是樫村得意之作的「頂天體操」。後來他得知那是監獄要求囚犯做的體操時，徹底傻眼。原來自己的高中生活和囚犯沒什麼兩樣。

當樫村要求學生排排坐好聽他說教時，如果學生沒什麼反應，或是沒有認真回答他的問題，表現出鬧情緒的態度，他就會揚起嘴角，賊笑問：

「發不出聲音嗎？那我就教你怎麼發出聲音。」

然後就開始進行他最愛的頂天體操。他要求原本跪坐的洋輔等人彎腰蹲坐在原地。

「八真人，就從你開始。嘿喲！」

樫村用鼓動的語氣催促著片岡八真人，八真人當然不想做，並沒有立刻聽從指示。

「你不要拖拖拉拉，別以為可以這樣混過去。來，打起精神，嘿喲！」

八真人無可奈何地高舉雙拳站起身。

「嘿喲！」

「大聲點！」

八真人已經很大聲了，但樫村用更宏亮的聲音叫道。

接著，他把手上的竹刀指向坐在八真人身旁的洋輔說：「下一個！」

「嘿喲！」

洋輔在發出叫聲的同時，舉起雙拳站起來的瞬間，一群正準備去參加社團活動的女生看過來。

「洋輔，你這種像蚊子叫的聲音是怎麼回事？」

樫村不屑地說著，用竹刀戳洋輔的肚子。

洋輔一方面是覺得丟臉，再加上他原本聲音就不宏亮，也不夠大聲。雖然洋輔平時並不是特別搗蛋的學生，卻因為這樣，每次做頂天體操時，都會遭到樫村挑剔。

洋輔做完頂天體操後匆匆坐下，樫村狠狠瞪著他，直到身旁肥胖的和康起身，叫了一聲「嘿喲！」樫村那雙虐待狂的眼睛才終於從洋輔身上移開。

「你也是，怎麼回事啊？發出這種好像在吃草的牛一樣懶洋洋的聲音！大聲說『嘿喲！』『嘿喲！』」

樫村吼叫的聲音傳遍周圍，女生竊笑著從他們面前走過。

「嘿喲！」

希一自暴自棄地大喊著站起身。

「嘿喲！」樫村好像在呼應般大喊。

「嘿喲！」

「嘿喲！」

「嘿喲！」

他們一個勁地叫著「嘿喲！」高舉拳頭站起來，然後又蹲坐下來。想出這種體操的傢伙根本不是人。

「嘿喲！」

「嘿喲！」

「嘿喲！」

「嘿喲！」

嘿喲。

疲憊不堪的洋輔費力起身，和其他下班回家的上班族一起下了電車。

這個月的業績很不理想，白天的時候，被營業所的課長數落一頓。你還以為自己是新進員工嗎？為什麼做事這麼被動？工作要自己多動動腦筋，要讓數字說話。諸如此類。

他帶著憂鬱的心情踏上回家的路，剛好看到電車上有空位。沒想到一坐下來，全身格外疲憊，終於打起瞌睡。在半夢半醒之中，想起高中時代的事。

想當年，學校要求學生不可以標新立異，只要稍微與眾不同，就會變成出頭鳥挨罵受罰。沒想到出社會之後，不引人注目就被認為工作上沒有表現，什麼事都沒做……如果要說諷刺，這實在太諷刺了。

不，這真的只是諷刺嗎？

洋輔邁著沉重的腳步，無精打采地走下通往驗票口的階梯，思考著這個問題。

他知道人生需要努力，但同時也心灰意冷。如果稍微努力，事實上什麼都改變不了。雖然才二十六歲，卻對未來沒有太大的希望，對目前的自己也沒有任何期待。

我是從什麼時候變成這種人？

是不是從高中時代開始？

學校不僅是教授知識的地方，照理說還應該是培育人的場所。

只是那所學校培育學生的方法明顯有問題。

我是不是因為這樣，才會變成現在這樣的人？

他知道活到這個年紀，把目前的不順利怪罪於過去很沒出息。

與其這麼想，不如在自己力所能及的範圍，追求平凡的滿足和幸福更實際……只不過根本不知道所謂的滿足和幸福在哪裡。

「呃，不好意思。」

走出狐狸山車站，走在站前廣場的人行道上時，一個看起來像是剛下班回家的粉領族叫住他。

「我媽媽很快就會開車來接我，但對面有一個變態，我很害怕……」

洋輔在那個女人不知所措的臉上，看到高中時曾經暗戀過的女生影子。

「嘿喲！」

「嘿喲！」

「嘿喲！」

「嘿喲！」

在樫村的監視下，舉起拳頭站起來，然後又坐下。像苦修般的時間沒有止境。

當輪流大聲叫喊時，漸漸覺得「嘿喲」這兩個字就像是莫名的咒語，讓人感到可怕。

「嘿喲！」

「嘿喲！」

「嘿喲！」

「嘿喲！」

幾個拿著羽毛球拍的女生從眼前走過，洋輔看到暗戀的竹中美鄉也在其中，頓時心神不寧。

「嘿喲！」

八真人用力舉起拳頭叫了一聲。美鄉好奇地看向他們。

洋輔感受到她的視線，面紅耳赤地站起身。

「嘿喲！」

「洋輔，太小聲了！」

樫村立刻斥責道。

「欸！」

洋輔靠著床緣，怔怔地用吸管吸著紙盒裡的果汁，聽到聲音後抬起頭。

美鄉一雙像杏仁形狀的眼睛看向洋輔。

「我在說話，你根本沒在聽。」

她責備地說，故意噘起嘴。

「沒有啊，我有在聽。」洋輔擠出笑容，「只是想起了高中時的事。」

聽美鄉聊到似乎打算舉辦高中同學會，無意識中憶起在樫村的逼迫下，做了無數次的頂天體操。沒想到畢業七年後，仍然不時會想這件事，可見已經成為自己的心靈創傷……洋輔獨自想著這些事。

「你剛才的表情很奇怪。」美鄉說。

「那是因為高中時代完全沒有美好的回憶。」

「是嗎？」美鄉驚訝地問，「我覺得你和八真人他們玩得很開心啊。」

「和八真人他們在一起是滿開心的，」洋輔說完，噘起嘴。「但學校本身並不開心。」

「對喔，以前你經常被樫樫盯上。」美鄉似乎察覺到洋輔內心的疙瘩，調侃地說。

「樫村喔，」洋輔並沒有像其他同學一樣用綽號叫他，而是特地重新稱呼他的名字。「希一老是做一些會被他盯上的事。」

「但是，我覺得你和皆川他們又不太一樣，你後來不是就沒再和他們一起混了嗎？」

「是啊，整天被樫村盯著實在很煩。」

「呵呵呵，看來樫樫如願以償了。」

「人在屋簷下嘛。」

學校的生活指導就是用這種方式讓學生就範，任何人整天被找麻煩，當然想要逃離這種蠢事，這不是人之常情嗎？

「其實我也沒那麼喜歡狐狸高，」美鄉似乎對洋輔的心情感同身受，「一年級的時候還不錯……」

「只有一年級嗎？」

「一年級的時候有真理在。」

「喔喔。」洋輔想起美鄉在一年級時，和日比野真理很要好，於是這麼應聲：「對了，聽說她死了？」

「嗯。」美鄉難過地點點頭。

雖然可能觸及敏感話題，但洋輔是在高中畢業後，才聽說真理自殺的消息，而且只是聽說傳聞而已，他很想跟知道詳細狀況的人確認真偽。

「我不好意思去問八真人……聽說她是自殺？」

真理並不是個性開朗，天真爛漫的女生，在班上並沒有很多朋友，但是不可否認，她是很引人注目的美少女。她的臉很小，看起來像洋娃娃，身材很好，美鄉站在她旁邊，立刻相形失色。

真理在二年級中途因臟器疾病，開始在家休養，幾乎沒有來學校上課，自然就留級了，和洋輔不在同一個年級，關於她之後的情況，都是偶爾從傳聞中聽說而已。

八真人在一年級的時候曾經和真理交往。八真人被兒時玩伴的希一帶壞，經常混在一起做壞事，不時被樫村逮到，但其實他個性很認真踏實，照理說應該和優等生玩在一起。也許在女生眼中，這種類型的男生做一些調皮搗蛋的事反而更有魅力，總之，全年級最漂亮的美少女選中了他，洋輔覺得他們是很般配的情侶。

洋輔不知道他們用什麼方式交往，希一經常神經大條地問八真人，他們約會都做什麼事，以及兩個人的關係進展到什麼程度，不知道八真人是否因為害羞，每次都顧左右而言他，從來沒有認真回答這個問題。八真人不是那種會得意吹噓的人，因此洋輔從來沒有認真問八真人，他和真理到底是什麼關係。

高中畢業後，傳聞說真理死了，在和八真人通電話時，洋輔曾經提起這件事。那時候才知道，其實八真人和真理早就已經分手。真理在養病期間，八真人不時去探望她，但在她重回學校上課之後，他們就分手了。雖然他們攜手撐過生病休養的危機，但在危機消失後，他們就鬆開彼此的手嗎？洋輔只能憑想像如此解釋。

所以，八真人不太清楚真理的死，他知道後應該會很震驚，只不過洋輔覺得八真人似乎努力放下這件事。就算聊到了，八真人仍始終保持冷酷的態度，這很像是他的作風。

相較之下，美鄉似乎仍然對真理去世這件事耿耿於懷。洋輔提到真理，美鄉就顯得很落寞，眼神充滿陰鬱。

「如果妳不想聊也沒關係，我並不是非知道不可。」

「嗯。」美鄉的嘴角浮現淡淡笑容，「有些事我不是很清楚，我們的確曾經很要好，但我相信她有些事連我都沒說。」

「感覺她生活在和我們不同的世界，而且好像有很多複雜的隱情。」

美鄉輕輕點點頭，然後用一掃陰鬱的雙眼看向洋輔。

「你也給人這種感覺。」

「什麼感覺？」

「就是好像有什麼複雜的隱情。」

「我嗎？」

「有時候會露出好像苦惱的哲學家的表情。」

「沒這回事啦。」

聽到美鄉用稱讚的語氣這麼說，洋輔冷冷地回答，美鄉搖搖頭，調皮地說：

「這種類型的人搞不好很吸引我。」

洋輔不知道該怎麼回答。

高中畢業之後，就從來沒有和她見過面，直到三個星期前巧遇。

洋輔大學畢業後，在一家系統廚具製造商做業務工作。營業所位在名古屋，從狐狸山車站去營業所時，轉車後大約四、五十分鐘就可以到。從狐狸山車站還要搭二十分鐘公車才能到他老家，但他搬離老家，在外租屋，從狐狸山車站走路七、八分鐘就到了。

那天他下班後回到狐狸山車站時，已經晚上十點多。走下電車的幾乎都是下班回家的上班族或是粉領族，大家都默默從月台走下階梯，走過驗票口，離開車站。

洋輔跟著好幾個乘客一起走出車站，來到站前廣場，發現有一個女人緊張地站在前方，然後回頭走向車站的方向。那個女人走到洋輔面前時，轉頭看向車站廣場，不知所措地嘆氣。

洋輔的眼角雖然掃到她的舉動，但那天在營業所時，由於業績不佳被課長數落，因此反應有點遲鈍，沒有心思多想那個女人是怎麼回事，和她擦身而過，繼續走向回家的方向。

「呃，不好意思。」身後傳來女人求助的聲音，洋輔才終於回過神。

「我媽媽很快就會開車來接我，但對面有一個變態，我很害怕……可不可以請你陪我一下——只要五、六分鐘就好——可以請你陪我等一下嗎？」

雖然突然被拜託這種事，讓洋輔感到不知所措，但在那個女人對他說話的幾秒鐘後，洋輔在眼前這個看起來像粉領族的女人身上，看到了高中時代暗戀的女生的影子。雖然有些女人化妝之後就變成了另一個人，但她那雙杏仁形狀的大眼睛，仍然像高中時那樣水汪汪。

洋輔幾乎已經確定，但她似乎完全沒有認出洋輔。洋輔有點不敢相信，再加上她說的情況有點危險，於是他的意識先轉向她所說的那個「變態」。

她向站前廣場瞥了一眼，有個男人坐在長椅上。

幾年前重新開發的狐狸山站前廣場很寬敞，種了路樹，還有一些街頭藝術品，但到了晚上，只有下班或是下課後回家的人走出車站後會路過，空曠的空間便顯得有點陰森。有時候會有些身穿潮牌服裝的青少年深夜聚集在那裡玩滑板或是跳舞，讓人皺眉。

那天晚上，雖然沒有看到那些青少年，但那個男人坐在那裡的確感覺很可怕。男人離他們有一段距離，再加上只有微弱的路燈照到男人所坐的長椅，因此看不清楚男人的表情，只知道那個瘦瘦高高的男人，靜靜地往這邊看。

「好啊。」

洋輔展現出男子氣概答應後，她摸著胸口，發自內心鬆一口氣。

「謝謝你，我知道你在趕時間，真的很不好意思。」

她鞠躬說道，洋輔看著她，忍不住問：

「請問……妳該不會是竹中？」

她驚訝地瞪大眼睛，仔細打量著洋輔。

「妳可能不記得了，我是妳在狐狸高時的同學新谷……」

「啊……新谷洋輔嗎！？」

美鄉說話時岔音，目不轉睛地注視著洋輔，然後捂著嘴，先是驚訝，之後一笑，前一刻的緊張已經消失，她拍了拍洋輔的手臂。

「洋輔，真的是你欸。我怎麼會沒有發現……是因為你穿了西裝的關係嗎？」

雖然他們在高中時同班，但幾乎沒有說過話，如果美鄉根本不記得洋輔，實屬很正常，但她不僅記得，而且表現出的反應比洋輔所期待的更友好。

「我也不敢相信，沒想到妳竟然會在這種地方主動和我說話……」

「怎麼會這麼巧？我剛才想找一個看起來願意幫忙的人，沒想到……」

美鄉說完，再次安心地重重吐出一口氣，然後又瞥向那個「變態」，為難地看向洋輔。

「那個人好像是跟蹤狂，上次也在這裡搭訕我……」

「跟蹤狂？妳認識他嗎？」

「不，我不認識他。」

美鄉說，不知道在哪裡被他盯上了，他有時候會像今天這樣等在車站前。只不過像美鄉這樣的漂亮女生，被變態糾纏並不會令人意外。

「要不要我去警告他？」

洋輔的個性並不好戰，反而算是膽小的人，但既然美鄉向他求救，他想要回應美鄉的期待。

「千萬不要，那個人很可怕，不知道他在想什麼，搞不好他會惱羞成怒。」她神色緊張地說，「只要我們不刺激他，應該不會有事。」

「這樣啊……」

洋輔原本就只是裝裝樣子，聽到美鄉這麼說，就決定不惹事生非。

「洋輔，你現在在哪裡上班？」

她似乎努力想要擺脫跟蹤狂的事，問起了洋輔的近況。

「我在系統廚具公司當業務。」

洋輔報上公司的名字，美鄉提高音量說：「啊，我有聽過。是喔，原來你是業務員，難怪穿起西裝有模有樣。」她說完後微笑問：「這麼說來，你在名古屋上班嗎？」

「對，在矢場町。妳呢？」

「我在丸之內那裡上班，在一家婚紗之類的禮服出租店當採購。」

高中時代曾經喜歡的女生，如今一頭頭髮染成栗色，穿上高跟鞋後很好看，成了看起來事業有成的美女。

「但是我為什麼沒有認出你？」美鄉想起剛才的事，摸著頭笑了。「我這個人真的太遲鈍了。」

「這不能怪妳。我們在高中時沒什麼互動，我反而很驚訝妳竟然記得我。」

「當然記得啊。」美鄉噘著嘴，似乎表示不要小看她。「我們一、二年級都同班，而且你在那次球類比賽時，不是因為臉被球打到，被送去保健室嗎？」

洋輔完全沒想到在美鄉的記憶中，對自己的印象這麼深刻。只是她想到的是洋輔不太願意想起的糗事，所以只帶著複雜的心情和美鄉相視而笑。

記得那是一年級秋季的球類比賽。在手球比賽時，洋輔不知道為什麼被派去當守門員，結果對方球隊射門時，球剛好擊中他的臉。巨大的衝擊讓他以為自己鼻子斷了，鼻血染紅了運動服。當時就是擔任保健委員的美鄉在保健室內為他處理傷口。洋輔是在那天之後，開始在意美鄉。

「什麼事不記，偏偏記住那件事。」

「但是那次真的印象很深刻啊。」

兩個人回想起往事，忍不住笑了起來，這時，美鄉突然繃緊身體，拉著洋輔的手臂。

剛才坐在長椅上的男人注視著洋輔和美鄉，邁步走了過來。剛才一起下車的其他乘客都已經離開，車站前除了他們三個人以外，並沒有其他人影。

那個男人的年紀應該和洋輔他們差不多，他反戴著棒球帽，染成茶色的頭髮遮住耳朵。眼睛細長，鼻子很挺，五官端正。如果只是站在那裡，女生會多看他幾眼。但是他眼神銳利，散發出危險的感覺。看到他雙手插在口袋裡，嚼著口香糖走過來的樣子，顯然是最好不要輕易靠近的人。

美鄉抓著洋輔手肘的手因緊張而用力，男人離他們很近，已經來不及逃走了。洋輔可能還有辦法逃走，但美鄉應該一下子就會被抓到。

洋輔意識到目前只能留在原地，於是回瞪著那個男人。

男人來到距離他們三、四公尺的位置停下腳步，不發一語，搖晃著上半身看著他們，簡直就像豹子在等待撲向獵物的時機。自己和美鄉就像是愣在原地的斑馬。雖然洋輔發現自己剛才逞強輕易答應的，竟然是這麼可怕而危險的事，但現在後悔無濟於事。

「你不要過來。」美鄉聲音發抖地說。

男人輕輕挑眉。洋輔覺得她的話顯然刺激到那個男人，於是把她拉到自己身後。

男人瞇眼瞪著洋輔。洋輔至今為止從來不曾和別人打過架，全身感受著從來不曾有過的緊張。他雙腳無法動彈，雖然想要說話，但喉嚨好像被堵住了，應該只能發出呻吟般的聲音。

「你是誰？」男人問洋輔。

「你、你才是誰啊？」洋輔費了很大的勁，才終於擠出聲音。

「我嗎？我是她的救世主。」

男人莫名其妙的回答讓洋輔說不出話。這個男人比想像中更危險。如果他身上帶著刀子，很可能突然行凶殺人。

「你不要搞破壞，」男人繼續說道，「我找她有事。」

「不行，她不想和你有任何牽扯，你不要過來，不然我要報警了。」

「哼，我什麼也沒做，你就要報警嗎？」男人故意發出笑聲，「也就是說你自己沒辦法擺平對嗎？真是個廢物。」

「你、你說什麼……」

一旦中了對方的計，可能會遭遇危險的恐懼感，和不想在美鄉面前被人看輕的逞強在洋輔的內心中交戰。

「既然是男人，就打一架啊。」

男人說這句話時很順，顯然經常和人打架。如果雙方都赤手空拳，洋輔可能仍沒有贏面；萬一對方身上有武器，不僅打不贏，甚至可能身受重傷。想到這裡，就忍不住臉色發白。洋輔拚命克制著身體的顫抖，但躲在他身後的美鄉可能已經發現了。

但眼前的狀況下無法逃走，即使有辦法逃走，他也知道這是最糟糕的選項。

只能硬著頭皮打一架。

洋輔看到男人向前跨步，身體不由自主地動了。該來的躲不過。在做好這種心理準備的同時，由於過度緊張，意識好像開始模糊。

但是，男人對洋輔條件反射的備戰姿勢產生反應，反而退後一步。

「當、當然是開玩笑……」

男人變得警戒，動作同時謹慎起來。

「不要當真。」

男人說完，滿臉厭惡地瞪了洋輔一眼，不甘不願地轉身離開。他回頭看了好幾次，然後小跑著離開站前廣場。

「太好了……」

美鄉在洋輔身後大大鬆了一口氣。洋輔很有同感，差一點渾身癱軟。

「洋輔，謝謝你。」

洋輔終於平靜下來，看向美鄉時，發現她眼眶濕潤，幾乎快哭出來了。

「真的很謝謝你。」

也許美鄉內心的恐懼遠遠超過洋輔……從她充滿安心的樣子，可以清楚感受到這一點。冷靜下來之後才發現，對方面對洋輔這個挺身想要保護美鄉的男人，也變得格外緊張，那些可怕的舉動是因此而生的虛張聲勢。正因為這樣，洋輔稍微動了一下身體，對方就出現過度反應。

從結果來說，洋輔沒有做任何事，就回應了美鄉的期待。雖然的確很幸運，但在短時間內神經嚴重耗損，因此認為自己的付出也值得她感謝。

「啊，那是我媽媽的車子。」

美鄉看到駛入圓環的白色小型車，再次安心地說道，然後向洋輔道了不知道是第幾次的謝。

她走向車子後沒幾步就停了下來，露出有點害羞的笑容，問了洋輔的手機號碼。

接下來的三個星期，洋輔和美鄉之間順利變熟了不少。雖然工作方面仍然沒有任何起色，但洋輔根本沒時間沮喪。他經常在下班後，和美鄉約在名古屋一起吃飯。假日時，美鄉坐在洋輔車子的副駕駛座，一起去兜風。那天之後，那個跟蹤狂就沒再跑到車站前等她，她認為這是洋輔的功勞，以充滿敬意的眼神看著洋輔。今天，她終於來到洋輔家。高中時，只是洋輔單方面喜歡她，兩個人幾乎不曾好好聊過天，因此現在不敢相信能夠像這樣和她同處一室。

「洋輔，你打算去參加同學會嗎？」

美鄉看著洋輔的臉問道。在她眨眼的同時，長長的睫毛跟著動了。

「嗯，要不要去呢？」

洋輔搬離老家，獨自在外面租房子，還沒有看到應該寄去老家的同學會通知。他前一刻才從美鄉口中得知這件事，還來不及認真思考。

「如果八真人他們決定參加，我可以考慮看看。」

在從小到大的玩伴中，有時候對希一的調皮搗蛋感到無所適從，但和本性認真踏實的八真人很合得來，目前仍然和他保持聯絡。

「八真人一定會來參加。」

美鄉毫無根據地說，她似乎已經決定要去參加。

「要不要去買一件新的洋裝……洋輔，你喜歡女生穿什麼衣服？」

美鄉天真無邪的問話讓洋輔有點張皇失措。

「嗯，洋裝很不錯啊。」

「你覺得短一點比較好？還是長洋裝比較好？」

「都很不錯啊……天氣開始熱了，短洋裝可能看起來比較涼快。」

「那我就來找找短洋裝。」

既然美鄉打算穿新買的洋裝去參加同學會，洋輔覺得自己也該參加。因為如果不去參加，不知道哪個男生會向她搭訕，而且到時候可能會心煩意亂，一直好奇她參加同學會的情況。

洋輔想著這些事，美鄉瞥了一眼房間內的時鐘嘀咕說：「啊，已經這麼晚了。」

「要回家了嗎？」

「嗯，怎麼辦呢？」美鄉有點猶豫，「我出門的時候，媽媽有點不舒服，我想還是早點回家比較好。」

「這樣啊。」

美鄉來家裡玩讓洋輔很緊張，但只聊了一些不著邊際的內容後她就準備回家，洋輔有點不捨；不過，看到她不想離去的樣子，又覺得這樣足夠了。

「那我就回去了。」

美鄉說完後站起身，突然調皮一笑，搖搖掛在手機上的吊飾。

「參加同學會時，如果遇到，我們就用這個打暗號。」

「好，我知道了。」

洋輔有一種心癢癢的感覺，拿起手機，和她一樣搖搖。赤狐尾巴的吊飾是美鄉去北海道旅行帶回來的伴手禮，今天也送了洋輔一個。光是想像在同學會時用這種方式打暗號，就不由得興奮起來。最初聽到美鄉提到同學會的事，他還有點意興闌珊，但現在覺得自己應該參加。

「那就改天見。」

美鄉在玄關穿上包鞋後，轉頭對他說，但並沒有立刻離開，滿臉害羞，猶豫一下，注視著洋輔，輕輕把臉湊近到幾乎可以感受到彼此呼吸的位置。

洋輔站在穿鞋處，根本來不及遲疑，就被她的嘴唇吸過去。當他回過神時，發現自己的雙唇感受著柔軟的觸感。

不一會兒，她移開嘴唇，恢復調皮的笑容。

「改天見。」

「……嗯。」

洋輔帶著幸福的心情點點頭，她似乎感到滿足，點點頭，才終於伸手去開門。

『啊啊……』

美鄉聽到聲音，轉頭問：「咦？」

「啊啊……沒事。」

洋輔慌亂地捂住耳朵，隨口發出了聲音。

「沒事……只是最近耳朵有點奇怪……啊、啊啊！」

說完，他皺起眉頭，美鄉也是，擔心地問：「聽不太清楚嗎？」

「不是，只是聲音好像有點悶悶的……沒事。」

洋輔帶著僵硬的笑容說。

「那就好……改天見。」

「嗯，改天見……路上小心。」

目送美鄉騎著停在公寓門口的小綿羊離開後，洋輔走回房間，再次坐在床前。

『真受不了，竟然就這樣讓她回去……既然已經到了那一步，不是只剩下把她撲倒了嗎？』

那是哥哥調侃的說話方式。

「不用你管。」洋輔咂著嘴，輕聲反駁，哥哥似乎覺得很好笑，發出呵呵的笑聲。

「你在期待什麼？變態，關你屁事啊。」

『這個女生很可愛，你有點高攀不上，我有點在意。我悶不吭聲地在一旁觀察，越看越替你著急。雖然你假裝自己很從容，是溫柔的男人，但在女人眼中，這樣的男人沒有霸氣，你必須表現得更強勢才行。』

「少囉嗦，寄生蟲，我可沒問你的意見。」

『如果由我代替你出面和她相處，早就把她搞定了。』

洋輔分不清哥哥這句自信過度的話是發自真心，還是在開玩笑，皺起眉頭。

「不要說這種噁心的話，如果你出面，就會毀了一切，怎麼可能讓你亂來。」

哥哥只會打嘴砲，雖然知道自己反駁很蠢，但這些挑釁的話聽了很生氣，洋輔總是忍不住回嘴。

『看來你很有自信，那我就拭目以待嘍。』

哥哥說完，發出開心的笑聲。

別自以為是了……洋輔很受不了，但這次並沒有回嘴。

『你要去參加同學會嗎？』

「和你沒有關係。」洋輔冷冷地回答。

『同學會嗎……真棒啊，可以在這種聚會時確認青春歲月的痕跡。真羨慕你……我也好想參加。』

哥哥聽起來像自言自語，洋輔沒有理會。其實自己的高中生活並沒有值得被人這樣羨慕的地方。

2

走進狐狸山飯店的同學會會場，到處可以看到那些經過社會的蹂躪，照理說已經變得很穩重的傢伙，能見到多年沒見的老同學，他們十分高興，彷彿回到當年般興奮地談笑。

光是感受到這種氣氛，我的情緒就高漲起來。

我突然感受到視線，看到美鄉和幾個女生沿著通道走過來。

上次不經意聽到她說要去買新洋裝，她今天果然穿了特地為今天的同學會新買的短洋裝。淺藍色的洋裝下露出白淨的長腿，遠看就很迷人。

她在和朋友聊天的同時，向我微笑，然後用拿在手上的手機，連同手機吊飾一起輕輕搖了搖。

我從口袋裡拿出手機，輕輕搖搖和她相同的吊飾回應。

不知道會是怎樣的同學會……

雖然很想率先體會一下，可惜無法這麼做。

如果我不保持低調，就會出現很多問題。

總之，今天要讓洋輔好好表現。

我吃著會場內提供的料理，但味覺並沒有受到太大的刺激。我封閉內心，和周圍的喧鬧保持距離。

『八真人，你來了啊。』

洋輔看到熟人，用鬆了一口氣的語氣向八真人打招呼。洋輔和八真人從小學的時候就是好朋友，老家很近，騎腳踏車只要不到十五分鐘。除了他們以外，還有希一與和康，四個人都是從狐狸岡小學一起進入狐狸岡中學，然後又一起讀了狐狸山高中，經常玩在一起。

『工作怎麼樣？』

『唉，很不容易啊。我做業務，有很多事煩心。』

洋輔很信任八真人，在代替打招呼的閒聊中，就毫不客氣地發著牢騷。

『業務真的很辛苦，我是內勤工作，又是和學生打交道，相對比較輕鬆。』

『八真人，超羨慕你啊。』

八真人從愛和大學畢業後，就留在母校當職員。高中時，經常和希一狼狽為奸做壞事，只是不知道他有幾分樂在其中。在四個人中，他挑選了最踏實穩當的工作。從某種意義上來說，很像是他的作風。

『嗨嗨，好久不見。』

希一來打招呼，打斷洋輔和八真人閒聊近況。

『嗨，希一。』

『阿和，你最近是不是瘦了？』

和康與希一一起出現。之前洋輔似乎不太想參加同學會，但看到久違的老同學，說話的語氣也輕鬆起來。

『阿和之前被派遣的那家公司裁掉了，他似乎很受打擊。』希一用開玩笑的方式告訴其他人這件事。

『反正就是這樣啦。』和康自虐地說，『瘦下來當然是好事，只是我開心不起來，現在在超商打工。』

『真的假的，那真是災難啊。』洋輔同情地說。

『現在景氣慢慢變好，應該很快就可以找到新工作。』八真人附和著洋輔，為和康打氣。

和康大學畢業後，進入一家科技業的小公司，可惜好景不長，之後就靠打工和派遣工作餬口。派遣的工作幾乎都是在工廠的生產線當作業員，而且很不穩定，不像高中時那樣吃得腦滿腸肥。

『好不容易瘦下來，整天吃超商賣剩的食物，很快又會胖回來。』

希一與和康不同，他年紀輕輕，就在父親經營的房屋仲介公司當專務，工作上不用看別人的臉色，態度仍然像高中時一樣囂張。

『洋輔，你還住那間公寓嗎？』希一把話題轉移到洋輔身上，『差不多該搬到像樣的大廈公寓了，我可以介紹理想的物件給你，也會幫你去談租金。』

『其實習慣之後，就發現住在那裡很不錯，暫時繼續住吧。』

『你這傢伙還真窮酸，那裡不是只有一間三坪大的和室嗎？現在就連學生都住大廈了。』

『我住在榻榻米的房子比較安心。』

洋輔辯解，八真人表示同意：『嗯，我能夠理解。』

『你們不要講這種好像老人說的話，帶女人回家，當然是大廈比較氣派啊。』希一發出低俗的笑聲說。

『那倒是。』洋輔無可奈何地回答。

『對了，我上次聽說，有人看到你和竹中美鄉一起去狐狸山保齡球館。』

『怎麼回事？』和康聞言，立刻產生興趣。

『你聽誰說的？』洋輔有點慌張地問。

『你不認識的人，他說在那裡的遊樂場玩的時候，剛好看到你們。』

『怎麼回事？原來是真的？』八真人似乎是第一次聽說，驚訝地問。

『不是啦，不久之前，剛好在下班時遇到，就是一個多月前的事……』

洋輔無可奈何地把和美鄉重逢的事告訴了其他人。從他只是簡單扼要地大致說明，可以感受到他覺得在老同學面前說這些事很難為情，但從他的語調中透出他想在老同學面前炫耀一下的心情。說起來真是令人莞爾……我聽了也忍不住眉開眼笑。

『原來現實生活中真的有這種事……簡直就像是電視劇的情節。』

和康的語氣，透露出他發自內心感到羨慕。

『喔，竹中不是在那裡嗎？』希一在會場內看到美鄉，叫道：『你不去找她嗎？』

『不用啦。』洋輔苦笑著回答。

『平時隨時可以見到，所以就不用急著和她打招呼嗎？』希一笑問：『你們現在進展到什麼程度了？已經帶她回家了嗎？』

『我們只是見了兩三次而已。』

明明已經帶她回家了……我很想這麼插嘴，但忍住笑。難道是因為面對希一，洋輔才語帶保留嗎？希一這個人，只要發現有可乘之機，就會趁虛而入。洋輔和他當朋友多年，當然很清楚這點。

『是嗎？真是太好了，你和竹中個性應該很合得來。』八真人為好友的幸福感到高興。

『那倒未必，別看竹中那樣，其實她的個性很強喔。』希一調侃地說，『之前社團活動時，我曾經聽到她會像男生一樣罵其他成員「別再混了」。』

『她是社長嘛，有時候必須扮黑臉。』八真人冷靜地說，『聽說之前讀國中時，她是西狐狸中學的學生會委員，很有責任心。』

『學生會？我聽說她國中時，和一些不良少年混在一起。』

八真人和希一的話完全沒有交集，和康笑著說：『你們說的根本完全相反。』

『你去問她，到底哪一個是真的。』希一慫恿洋輔。

『那種陳年往事，根本不重要。』洋輔沒有理會他。

『唉，真沒意思。』希一掃興地說完，又突然大聲叫了起來：『喂，竹中看過來了。』

『啊？』

『她拿著手機，不知道在比什麼。什麼意思？』

『啊，沒什麼意思啦。』

『怎麼可能沒什麼意思？是不是叫你打電話給她？』

『不是，只是打暗號而已。』

『什麼暗號？那你也回應她啊。』

『不用啦，沒關係。』

美鄉搖晃著手機吊飾向洋輔打暗號，洋輔真是沒出息……我在內心苦笑。

『我去廁所一下。』

洋輔似乎想要逃避被老同學輪流調侃，對其他人說。

『原來是要去外面和竹中見面的暗號？』希一隨便亂猜。

『不是，是我肚子有點怪怪的。』

『你們兩個人不要就這樣消失了，要記得回來啊。』

希一開玩笑說，八真人與和康都輕聲笑了起來。

洋輔果然不是希一的對手……我聽著他們的對話，不禁這麼想。

「洋輔。」

走出同學會的會場，沿著走廊走去廁所時，身後傳來叫聲。洋輔轉頭一看，看到美鄉小跑著過來。

✦

「對不起，你在生氣嗎？」

「嗯？生什麼氣？」

「因為你剛才在和其他人說話，我以為自己太多事了。」

她似乎很在意洋輔沒有回她暗號這件事。

「喔，沒事，不是妳想的那樣，只是希一在開我玩笑。」

洋輔抓著頭辯解，美鄉噗嗤一笑。

「嗯，看得出來，所以我才想，自己是不是太多事了。」

「不會，我很高興。」

洋輔說著，拿出放在胸前口袋的手機，在她面前搖搖吊飾。

美鄉露出心滿意足的笑容，然後又微微皺起眉頭說：

「皆川看起來和以前一樣，我不太喜歡他。」

「不瞞妳說，我對他也有點那個。」洋輔聳聳肩，笑了。「但是八真人好像和他很合得來，我和八真人在一起玩，久而久之，就變成四個人一起玩了。」

「他們兩個人是完全不同的類型。」

「他們從小學就是同學。」

洋輔在回答的同時，覺得這好像無法成為理由，但美鄉似乎能夠接受這個說法，回答說：

「原來是這樣。」

這時，有人在會場入口叫美鄉。

「對不起，今天都沒時間慢慢聊。」

美鄉之前說，她的高中生活在和自殺的日比野真理分開後就很無趣，但她就算沒有主動交朋友，身邊仍有不少人圍著她，老同學似乎也經常找她。

「沒關係，反正我們隨時都可以聊天。」

洋輔表現出不以為意的態度，美鄉嫣然一笑，點點頭。

但是，下一剎那，她的視線移向洋輔身後，笑容像幻影般消失了。

洋輔回頭一看，和剛好走出廁所的男人對上眼。

那個人是樫村。洋輔倒吸一口氣。記得他已經六十多歲，已經退休。他變成一個老人，頭髮白了不少，臉頰稍微有點凹陷，皺紋更深了。洋輔高中畢業至今已經七年，樫村身上已經不再有當年那種強壯的感覺。

但是，淺棕色墨鏡後方那雙眼睛仍然和當年一樣銳利。

樫村面無表情地移開視線，從他身旁走過去，好像根本不記得洋輔。

「樫樫也老了。」

美鄉看著他離去的背影說。

「他剛才和我對上眼，一副『這傢伙是誰？』的表情……」

洋輔幽幽地說，美鄉僵硬一笑。

「他看起來好像什麼都不記得了……可能你後來變乖了，他就和我一樣，第一眼沒有認出你。」

就算因為這樣，洋輔還是很不爽。如果樫村記得自己，打個招呼，自己應該會覺得心煩，但他剛才那張面無表情的臉，太令人不悅了。

雖然樫村當時經常嚴厲懲罰洋輔，但平時在校園內遇到時，經常向他打招呼問：「洋輔，最近好嗎？」「洋輔，有沒有用功讀書？」簡直煩死人。洋輔之前覺得包括這種打招呼在內，生活指導的老師很落伍，做事一板一眼，說話也不留情面，但他們只是盡力做好自己的工作，所以自己只能接受那種不合理的對待。

只不過剛才和樫村擦身而過時發現，即便畢業多年，自己仍然對當年的事耿耿於懷，簡直可以說造成了心靈創傷，但樫村完全沒有想到，自己當年指導過的學生至今仍然有這種想法。也許他早就忘記自己為了逼迫學生服從，隨心所欲所做的事。他剛才的樣子，不是看人的表情，根本就對自己視而不見。

洋輔越想越不舒服。

「洋輔，你的氣色好像很差？」

美鄉皺起眉頭，擔心地看著洋輔的臉。

「我沒事……只是想去廁所。」

洋輔道別美鄉，沮喪地走進廁所。

既然他已經忘了自己，那自己忘了就好。

但是，自己內心仍然像有一堆變得很髒，卻遲遲無法融化的殘雪，持續留在那裡。

洋輔坐在馬桶上，胸口發悶地用力吐出一口氣。呼吸的聲音微微在耳朵內產生回音。

「啊、啊啊……」

他張嘴發出無意義的聲音，這些聲音也悶在耳朵裡，他感覺更不舒服了。

◆

「大家有在吃嗎？」

希一他們三個人和其他老同學坐在一起有說有笑。

我雙手拿著幾個裝滿料理的盤子，以及裝著平價紅酒的杯子擠進去。希一滿臉驚訝地轉頭看著我。

「幹嘛啊，希一？我又沒說要吃掉你，你不要露出這種表情。」

我笑著說，希一有點不知所措地說：「誰叫你突然在背後大聲說話。」

「哈哈哈，不好意思，來這種地方，有點興奮。我拿了很多菜過來，一起吃吧，八真人與阿和也喝一點啊。」

我把盤子和杯子塞給他們。

「你喝醉了嗎？」

希一瞇起眼睛看著我。

「來這種地方，不喝醉就虧大了，不開懷大吃也虧大了，只不過可能經費不足，無論酒和料理都很差。先不管這些，希一，你看起來還是那麼有活力，太高興了，而且好像混得很不錯。」

「也沒有啦。」

「別謙虛了。」我輕輕戳著希一的肩膀，「皆川不動產在狐狸山赫赫有名，而且歷史悠久。雖然現在受到一些大型不動產公司的影響，可能不如以前，但你這個繼承人這麼活躍，你爸爸很期待以後交班給你吧。我下次要租房子時就拜託你了，我要租月租金五萬圓左右的一百平方公尺大廈房子。」

「怎麼可能有這種物件？」希一掃興地說。

「哈哈哈，我開玩笑啦，你不要當真。」當周圍的氣氛漸漸變冷，除了希一他們三個人以外，其他人開始離開後，我壓低音量，把臉湊到希一面前說：「對了，說到有活力，樫村也來了。他在門口那裡。那傢伙退休了，上了年紀，變成老頭子，但看起來還是那麼凶。怎麼樣？要不要一起去向他打招呼？」

「為什麼要去和他打招呼？」希一皺起眉頭回答。

「開玩笑啦，怎麼可能去嘛。我看到他的臉就想吐，又想起了以前那些不愉快的事。那傢伙經常找我們麻煩，用各種方式整我們。真是受夠了，我一直很後悔畢業的時候，為什麼沒有去找他報仇，他把我們整得那麼慘，當然應該好好回敬他……八真人，你覺得呢？」

「我們又不是國中生……更何況我們當年玩過頭了，被教訓也沒話說。」

我咧嘴一笑，搖晃著八真人的肩膀。

「八真人，你很不錯，能夠這麼冷靜，真的很不錯。但因為我們做了壞事，就活該被教訓嗎？才不是這樣。他就是利用我們這種想法，趁虛而入。他利用我們的弱點，命令我們做一些不合理的事，逼迫我們服從。那根本不是指導，而是支配。他用這種虐待的手法讓我們屈服，難道你們不認為是這樣嗎？」

八真人冷冷地聳肩，充耳不聞，似乎並沒有把我說的話當一回事，反而是在一旁聽我們說話的希一與和康露出了頗有同感的表情。

「阿和，你也一樣吧……不可能忘記那段屈辱的日子。那算是教育嗎？才不是，那種手法根本只是為了摧毀我們的自尊心，是他的自我滿足。你現在變成了怎樣的大人呢？你有因為他的教訓、他的磨練，變成一個堅強的成年人嗎？才沒有呢！是不是因為當年整天被壓制，變成一個膽小怕事的人，忍不住想要抱怨，自己怎麼會變成這樣？」

和康發出低吟聲，皺起眉頭。

「事到如今，全都怪罪到樫村頭上無濟於事。」八真人從鼻孔發出冷笑聲說道。

「你說對了。」我指著八真人，「即使怪罪他，也無濟於事。我們會變成目前的樣子，終究必須由自己負起責任。但是，這種邏輯讓那個傢伙能夠輕易推卸責任，他才不管我們的死活，還知道我們拿他沒辦法，這就是那個傢伙的狡猾之處。」

八真人刻意緩緩搖著頭，但是希一似乎回想起當年的屈辱，露出危險的眼神。我很清楚，一旦希一露出這種眼神，就會拋開是非善惡。

「話說回來，不管怎麼樣，都只能這樣打打嘴砲。」我一改剛才的態度，扮著鬼臉，準備結束這個話題。「希一說不想去打招呼，我才會聊到這些。過去是過去，現在是現在，大家當然可以這麼想。雖然我東拉西扯了這些，但現在也過得很開心，不管樫村用怎樣的表情出現在那裡，都不關我的事。喔喔，我喝太多了，想去撒泡尿。」

我說完這句話，向他們舉起空杯子，然後轉身離開。

✦

上完廁所回到會場，八真人他們已經離開了剛才的位置，洋輔巡視會場，並沒有看到他們的身影。會場很寬敞，而且同年級的四百名學生中，有六、七成都來參加，可說是盛況空前。

洋輔很快就放棄繼續找他們，即使找到，也無法保證和希一相處愉快。他走在會場內，三年級時和他同班的祖父江兼一叫住他，於是開心地相互聊了近況和以前的事。

兼一和美鄉都是西狐狸中學畢業，在高三的時候才和洋輔同班。狐狸山高中有將近五成的人都來自附近的狐狸山中學，由於人數的比例相當高，所以他們成為學生主體。洋輔和這種氣氛有點格格不入，而且奇怪的是，他也沒有結交任何狐狸山中學畢業的朋友。

但是，西狐狸中學和洋輔曾經就讀的狐狸岡中學畢業的學生分別只佔一兩成，也許因為都是少數派而產生了親近感，洋輔反倒和兼一之間沒有任何隔閡，很快成為好朋友。雖然最近幾乎沒有聯絡，但在大學的時候曾經一起玩過幾次，而且就算很久沒有見面，仍可以自在地聊天。

「不瞞你說，我家最近打算改建……雖然幾乎是我爸拿錢出來。」

兼一得知洋輔在系統廚具公司做業務，用這種方式表達了興趣。他在大學畢業之後，進入一家在本地有多家分行的信用金庫工作，決定和從大學時期交往的女朋友結婚，於是老家計畫改建成和父母共居，又各自有獨立生活的二世帶住宅，因此會有兩間廚房，似乎希望洋輔推薦一下公司的好商品。

洋輔總覺得向朋友推銷商品這種事很尷尬，實在沒辦法做到，所以起初聽兼一說這件事時，完全不抱任何期待，帶著一種不可思議的心情，看著當年關係不錯的老同學好像走上人生的階梯，接連決定了結婚、房子的事。他覺得這樣的人生才能稱為腳踏實地，和自己的人生相去甚遠。

「所以啊，改天給我看一下你們的商品目錄。」

兼一再次提到這件事，洋輔才終於發現，他是認真考慮使用自己公司的商品。

「我要買兩套，你應該會給我折扣吧？」

兼一開玩笑說，洋輔點頭說：

「那當然，這件事就包在我身上，我整理一下商品目錄後寄給你。」

兼一聽了他的回答，滿意地點點頭，拿起杯子喝著啤酒。

「洋輔，你等一下有什麼打算？」

「並沒有特別的安排……」

「三年級同班的那些同學說要一起去續攤，差不多有十個人左右。難得有機會聚在一起，你要不要參加？搞不好除了我以外，還有其他人家裡也打算重建。」

「在同學會上推銷，只會惹人討厭吧。」

「你在說什麼啊！」兼一聞言後笑道：「如果你在意這種事，就無法當一個出色的業務，更何況同學會是絕佳的推銷機會，哪有業務員來參加同學會連名片都不帶，恐怕只有你吧。」

「是嗎？」洋輔聽了他的話，抓著頭說：「我是不是該積極一點？」

「話說回來，這很像是你的作風，而且會覺得你推薦的廚具絕對沒問題。」

洋輔聽了兼一這番好像在寬慰的話，有一種得救的感覺。最近在工作上從來沒有受過稱讚，即使只是老同學的安慰，仍會覺得是在肯定自己這種類型的業務員，內心很高興。

洋輔他們讀高中時的校長、老師站在會場前方的舞台上，拿著麥克風輪流致詞。

『接下來的這位老師，可說是狐狸高中當年出了名的老師，很多學生應該都被這位老師的「生活指導」好好照顧過。樫村貞茂老師今天和當時不同，眉開眼笑地看著當年教過的學生已經長大成人。現在就請老師來為我們說幾句話。』

洋輔冷眼看著樫村手拿麥克風的樣子。樫村沒有像剛才在廁所前遇到時那樣面無表情，臉上堆起了主持人所形容的那種笑容，但洋輔覺得那根本是皮笑肉不笑。

會場內響起稀稀落落的掌聲，洋輔當然沒有拍手。

『大家好，好久不見，再次看到你們這些熟悉的面孔，而且是長大成人的成熟面孔，真是太高興了。今年是富有傳統的狐狸山高中創立二十五週年紀念，所以這個月的週六和週日，在市內很多地方都舉辦了同學會，但這裡應該最熱鬧，會場內到處可以看到大家開心地敘舊。

我兩年前退休，離開教職，現在回想起來，和你們一起在狐狸高的那幾年很充實，可說是我教職生涯的集大成。我全身感受你們年輕的活力，也全力面對你們。如果我的棉薄之力，能夠在你們青春的一頁上增添了一些色彩，我就感到滿足了。

離開教職，心境隨著年齡漸漸歸於平淡，但是今天見到你們，讓我產生了動力，覺得自己不能輕言放棄。不瞞各位，我打算明年參加狐狸山市民半程馬拉松，目前已經開始練習。你們要不要一起來參加？有興趣的人，等一下可以來找我。我們一起跑馬拉松，我還不能輸給你們。嘿喲！』

樫村做出莫名其妙的姿勢，結束令人窒息的致詞，會場內響起零星的乾笑聲和掌聲。

兼一不知道說了什麼，洋輔完全沒有聽到，問：「你說什麼？」

轉頭一看，發現兼一竊笑著說：

「洋輔，你的表情很可怕。」

聽到兼一這麼說，洋輔勉強動動臉頰，消除了臉部肌肉的緊張。

「沒有啦……只是覺得他還是那副德性。」

「對了，你一、二年級時，經常成為樫樫的犧牲品，整天要你在教員室門口做那個『嘿喲！』而且還經常罵你『洋輔，聲音太小聲了！』……哈哈哈，我三年級和你分到同一班時，看到你就想到，是那個『聲音太小聲』的同學。」

「不要讓我想起這些討厭的事。」

雖然在兼一提起之前，這件事就深深烙在腦海中，但洋輔還是這麼說，為自己找台階下。

「我們畢業之後，聽說了樫樫的奇怪傳聞，不知道有沒有關係。他真的還是那副德性。」

「傳聞？」

「你不知道嗎？」兼一問了這句話之後，正打算說明，但又突然吞吞吐吐，似乎改變主意。

「洋輔，你不是和八真人關係很好嗎？我看你還是不要知道這件事比較好。」

「為什麼和八真人關係很好，就不要知道比較好？」

「畢竟只是傳聞而已，我是聽考進同一所大學的學妹說的，不知道真實性如何，更何況那是以前的事，還是不說為妙。」

雖然聽他欲言又止，反而讓洋輔更好奇，但他以前就不是那種口風不緊，會隨便亂傳八卦的人，這種個性顯然對在信用金庫工作大有幫助。既然他不想說，也就沒辦法問出所以然。

「洋輔。」

同學會即將結束時，八真人走過來叫他。希一與和康站在他身後。

「你等一下要去哪裡嗎？」

「嗯……三年級時的同學說要聚一聚，邀我一起去。」

他們似乎打算去其他地方續攤，但是洋輔在思考今天參加哪一邊的續攤能夠度過快樂時光，他覺得和班上同學聚在一起會更開心。

希一在八真人身後目不轉睛地觀察洋輔的樣子，突然露出不懷好意的笑容說：

「你是不是和竹中約好了？」

「沒這回事。」

雖然洋輔否認，但希一似乎覺得他的態度很可疑，這讓他心神不寧。

「如果他們那裡結束時，時間不會太晚的話，我就去找你們。」洋輔覺得自己有點不夠義氣，於是補充說：「我再傳訊息給你。」

「不必勉強。」八真人貼心地說，「如果來不了也沒關係。」

這件事就這麼搞定了。這時，希一迅速走到洋輔身旁，好像在說悄悄話般問他：

「你剛才有沒有聽到樫村的致詞。」

「呃……嗯嗯。」

「你有什麼感想？」

洋輔默默看著希一。

「雖然八真人剛才說，樫村就是這種人，我們多想也無濟於事……問題是這件事沒這麼簡單可以放下，對不對？」

希一似乎看透洋輔內心還耿耿於懷，正因為如此，洋輔無法輕易點頭。

「算了，沒關係。」希一似乎對洋輔不置可否並不以為意，拍了拍他的肩膀。

希一雖然和自己的性格完全不同，但他們從小學時就經常玩在一起，所以洋輔有時候發現和他有相同的感覺。

洋輔怔怔地想著這些事，帶著鬱悶的感覺和另外三個人道別。

同學會很快就宣布散會，洋輔走出飯店，在大廳遇到美鄉和其他幾個女生。她又對洋輔搖搖手機，說要和羽毛球社的朋友一起去卡拉OK。洋輔請她回家的路上要小心，自從那個跟蹤狂不再出現，美鄉似乎不再害怕了，她笑笑回答說：「別擔心。」

五月的漫長白天時間進入尾聲時，洋輔和兼一等一行十個人前往站前街上的居酒屋續攤，辦了一場小型同學會。三年級時，大家都忙著讀書考大學，所以班上氣氛很安靜，這天晚上也一樣。

「當初好不容易才搞定那個婚宴場地……」

「聽說那家托兒所很會照顧小孩子……」

一起去居酒屋喝酒的人中，有些人已經結婚，有人已經當了爸爸。雖然沒有像兼一那樣正在準備新居的人，但聽他們聊各自的情況，洋輔不時覺得自己要多多努力。

聊到高中時代時，他們完全沒有提到任何負面的事。同學會本來就應該這樣吧。雖然目前工作上經常受挫，但和美鄉的發展順利，他開始覺得自己的未來似乎不壞，覺得不久的將來，自己能像這些老同學一樣，一臉開心地聊新婚生活。

『洋輔，你那裡還沒結束嗎？你趕快來這裡，有事情要和你聊。』

八點多時，接到八真人的電話。雖然剛才在同學會的會場時，八真人說「不必勉強」，但他們似乎在等洋輔。參加小型同學會的成員中，有些人已經成家，便在淡淡的氣氛中準備解散。

洋輔付錢之後，先離開了居酒屋。八真人他們在附近的烤羊肉店。

平時到了這個時間，站前路上雖有車子來往，但幾乎看不到行人，不過今天到處可以看到三五成群走在路上。今天不同屆的校友都為了紀念狐狸高成立二十五週年，在不同的地方舉辦同學會，結束之後又去其他地方續攤。

八真人他們所在的烤羊肉店位在站前路後方的小路上，掛著「燒肉　烤羊肉　拉麵」的招牌。洋輔第一次來那家店，整家店感覺很老舊，似乎早在洋輔出生前多年，就已經在這裡營業。

打開拉門，店內傳來電視綜藝節目的熱鬧聲音。角落放了一台時下難得一見的映像管電視。馬路上有不少行人，但這家店內沒有客人。桌子座位空無一人，只有榻榻米座位後方的角落冒著煙。八真人從柱子後方探出頭。

「喔，來了來了。」

走進店內，向下挖式榻榻米座位張望，發現八真人他們坐在放著炭爐和吃剩盤子的桌子旁。這裡的空氣果然很沉悶，有一種並不是因為店面老舊髒亂，或是烤肉冒煙所產生的沉重感覺。

希一靠在後方的牆上，一手拿著菸，另一隻手拿著手機，不知道在和誰講電話。

「你去點啤酒，老闆耳背，如果不大聲叫，他不會出來。」

希一按住手機說，洋輔對著廚房叫了一聲。希一說得沒錯，老闆完全沒有反應，於是他走去吧檯前叫喚，駝背的老人才終於有氣無力地走出來。

「不不不，以行情來說一點都不貴。坂本先生，你聽我說，其實有其他客人願意出兩千五百萬買那個物件，不，是真的，我沒騙你。那個客人昨天已經去看過了，也就是說，現在的問題就是你願不願意出兩千六百萬。嗯，這我知道，但我也沒有辦法向你保證，以後還能夠用這個價格買到相同的房子，如果你打算買房子，手腳就要快。沒錯，就是兩千六百萬，請你在明天之前答覆我……好，那就這樣。」

希一打完電話後抽了口菸，然後不耐煩地嘀咕說：「真受不了。」

洋輔從老闆手上接過啤酒和杯子，八真人為他倒了啤酒。年邁的老闆把啤酒送上來之後，又走去廚房。

「來乾杯。」

八真人說，希一與和康都拿起杯子。希一問洋輔，要不要吃點什麼，洋輔剛才在居酒屋已經吃飽，只說不用了。

「同學會怎麼樣？」和康問洋輔，但不等洋輔回答，就自言自語地嘀咕說：「洋輔，我真羨慕你……我只要聽到那些同學在公司賣力工作，就感到抬不起頭，這種聚會，我想去也不敢去。」

和康一開口就說了這番負面的話，洋輔心情變得沉重起來。

「我也不是自信滿滿地去參加……只是覺得聽他們聊天，可以激勵自己。」

洋輔無奈之下，只能迎合和康說道。

店內響起電視的聲音，洋輔經常看這個節目，只是不知道為什麼，在這種地方看，就完全不知道在演什麼。

「洋輔。」

希一捺熄菸，緩緩探出身體。他嘴角浮現淡淡的笑容，用低沉的聲音說：

「我們來對付樫村。」

「呃？」

洋輔雖然不明白這句話的意思，卻知道希一的提議非同小可，開始緊張起來。

希一帶著好像凍結般的笑容，目不轉睛地看著洋輔。

「你也有這種想法吧？那就動手啊。」

「動手……動什麼手？」

希一笑得更開心了，似乎對洋輔的反應樂在其中。

「你放心，並不是要做掉他，只是要他為高中時欠我們的討回公道。」

希一說要他放心，但聽希一的口氣，根本沒辦法放心。

「看到他今天還是那副臭德性，我忍不住想，我們當年被他整得那麼慘，根本還沒找他算帳。」

洋輔意識到自己正在聽一件無法輕易表示同意的事，但他之所以不知所措，正是因為這件事呼應了自己內心某部分的想法。希一在提這件事時，應該很清楚這一點，在同學會結束之前，向洋輔咬耳朵時，他應該就已經察覺了洋輔內心的想法。

洋輔瞥了八真人一眼，但八真人面無表情。洋輔在八真人的臉上並沒有看到預期會看到的困惑，因此更加不知所措。

「是不是該好好想一下再說？」洋輔擠出聲音說，「事到如今，就算這麼做，也改變不了任何事。」

「你這種高高在上的篤定態度是什麼意思？」

和康突然咄咄逼人地插嘴說，洋輔大吃一驚。

「不是啦……我並不是這個意思。」

「我知道，」和康說，「我自己很沒出息，才會這樣解讀你的話。我比任何人更清楚這一點，每次遭到辭退，或是在派遣的地方被人看不起，我就會這樣，一直改不了。」

從他說話的語氣，可以發現他已經相當醉了。

「但是，如果要追根究底，是那所學校毀了我。雖然不知道該說是那所學校，還是樫村害的……反正在思考的過程中，知道就是這麼回事。」

「即便知道這是藉口，有時候不這麼想，就會撐不下去。」希一表示能夠理解和康的意思，「更何況樫村對我們所做的事，根本不是教育。」

「我是那種受到鼓勵才會成長的類型，」和康皺起因喝酒變紅的臉說，「雖然我也不想說這種聽起來很可笑的話……但是國中的時候，像是伊藤還有其他不錯的老師對我說『只要願意努力，一定可以做到』之類的話，我就真的開始用功讀書。」

「對啊，」希一感同身受地說，「我不是一開始就打算把自己的高中生涯浪費在老虎機和遊樂場，是因為樫村一副表面上是管教學生，但根本只是以自我為中心、束縛學生的做法，讓我本能地產生反感，才會有那些叛逆行為。」

「這我都能夠理解，」洋輔努力用冷靜的聲音說，「但事到如今，做這種事根本沒意義。」

「既然你能夠理解，就不會說沒意義這種話。」希一瞇眼看著洋輔，「從今以後，阿和只要遇到不爽的事，就會想到是那所學校害的，是樫村害的。不，不光是阿和而已，我們都一樣。」

希一斬釘截鐵地說，洋輔無法開口反駁。

「我知道你和我們一樣，不，也許你比我們更討厭樫村。」

希一說話的語氣很堅定，好像看到了洋輔的內心深處。

「那時候整天要我們做頂天體操，樫村今天的致詞……我聽了之後，忍不住想，『嘿喲』個屁啊，但最先想到的就是『洋輔，太小聲了！』那句話，阿和模仿得超像。」

和康聽到希一這麼說，立刻模仿樫村的聲音說：「洋輔，太小聲了！」

「哈哈哈，超像、超像。」

希一拍著手笑了起來。和康的模仿抓到特徵，八真人忍不住笑了。

「洋輔，太小聲了！」

和康得意地重複著，希一他們笑得更大聲了。

「哈哈哈，太好笑了！」

「哪裡好笑？」

無論是模仿還是笑聲，都讓洋輔感到火大，他不悅地嘀咕。

「洋輔，太小聲了！」

「有完沒完啊！」

洋輔有點生氣地制止和康。

希一仍然笑個不停。

「每次這麼玩，洋輔就會超生氣，和以前一樣。」

希一笑了一陣子，帶著促狹的笑容繼續說道：

「所以啊，這種事要徹底算帳，只要討回當時的公道，以後阿和遇到不順心的事，就不至於都怪罪樫村了。他說可以放下這件事，為自己的人生負責，能夠下定決心努力。我認為他說的有道理。」

「八真人……你也贊成嗎？」

洋輔抱著最後的希望看向八真人。

「所以才會找你過來啊。」

洋輔內心對八真人脫口這麼回答十分驚訝。雖然以前讀高中時，他被希一慫恿，一起做了很多被樫村盯上的事，但這只是蹺課、去遊樂場，或是挑染頭髮之類的事。他看起來很討厭打架之類的暴力行為，洋輔一直認為，自己和八真人在這方面的價值觀很相似。即使一起做壞事，但只要八真人也在，就不至於太離譜，他因此感到安心。

根據以往的經驗，八真人在這次的事上，應該扮演委婉制止、踩煞車的角色。

不對……

洋輔發現自己被希一故弄玄虛的說話方式唬住了，忘了問最重要的問題。那就是……他們到底打算對樫村做什麼？

一旦問出口，可能會被認為答應參加他們的計畫……

雖然洋輔很猶豫，但還是無法不問這個問題。

「你們打算怎麼做？」

「你想怎麼收拾他？」希一反問他。

「啊？」

「看你想用什麼方式，」希一揚起嘴角，看著洋輔。「我們就用這種方式搞他。」

「我想用的方式？我並沒有……」洋輔結巴起來。

「反正先綁架他。」希一低聲自語。

一旦綁架，就構成了犯罪……原本以為既然八真人表示贊成，可能只是以開玩笑性質的惡作劇敷衍一下，聽到一開始就是這麼激進的計畫，不禁大吃一驚。

「把他塞進車子後，帶到東名高速公路旁的大島工業。那裡已經廢棄多年，土地一直找不到買家，荒廢很久。那裡周圍是東名高速公路、河流和農田，不會有人靠近，就算有點聲音，也不必擔心被人聽到。」

「把他帶去那裡幹嘛？」

「所以才問你，打算怎麼收拾他啊。」

「一旦綁架他，到時候可能會吃上官司。」

「只要不被人看到就好。」希一若無其事地說，「他已經退休，只是喜歡跑步的老頭，隨時都可以逮到機會。」

「就算沒被看到，但樫村事後報案還不是一樣？我們和他之間已經不是老師和學生的關係，如果聲稱是為高中時代報仇，根本無法作為理由。」

「這件事不必擔心。」希一胸有成竹地說，「我們當然不會曝露自己的身分，而且這感覺像在玩遊戲，不是更好玩嗎？再說我們手上有他的把柄，只要提那件事，他就不敢輕舉妄動。」

「把柄？」

洋輔問道，希一沒有回答，只是喝了一口啤酒，其他兩個人並沒有追問這件事，顯然樫村真的有什麼把柄在他們手上。

果真如此的話，或許真的有辦法報復樫村。

洋輔覺得喉嚨隱隱作痛，於是跟著希一喝著啤酒。

咕嚕。喉嚨發出很大的聲音。

和另外三個人道別，回到公寓之後，洋輔的身體深處好像著了火般，遲遲無法平靜下來。沖完澡後，他躺在床上。久別重逢的老同學的話音在腦袋內嗡嗡作響，希一低沉的聲音趕走這些聲音。

這時，手機響起。是八真人打來的。

『剛才嚇到了嗎？』

「當然啊，完全沒想到是談這種事。」洋輔坦率地回答。

『不好意思，不好意思。』八真人立刻道歉，『但是我覺得很有意思。』

「你是真心的嗎？」

『難道你認為我喜歡樫村？』

八真人反問，洋輔低低沉吟。

高中時，無論樫村怎麼懲罰他們，八真人都很少把情緒寫在臉上，所以洋輔無法推測他內心的想法。但是，如果他有正常人的自尊心，對樫村那種簡直是在污辱人的做法產生比洋輔更強烈的恨意也很正常。

『但不光是這樣而已。』八真人說，『如果只有希一與阿和兩個人去做這件事，不知道他們會捅出什麼婁子，任由他們胡作非為，真的會被警察抓，也不能排除到時候場面失控，造成無可挽回結果的可能性。我認為我們的作用，就是在配合他們的同時，適時踩煞車，避免場面失控。』

聽到八真人這番很符合他原本性格的話，洋輔稍微放心了，但同時產生新的疑問。

「但是，你為什麼要這麼罩他們？如果是我，就會隨他們去，根本不管他們要做什麼。」

『只能說，這是小學時結下的孽緣。』

「就算是孽緣……」洋輔用鼻子嘆氣，「你以前就拿希一沒轍，因為你不出面制止，他才會得寸進尺。」

『也不是這樣啦，』八真人苦笑著說，『只不過我覺得他說的話說中了我內心的某些想法，可能我就不知不覺點頭了。你聽了今天的事，是不是多少有點動心？』

「我並不否認，」洋輔坦率地說，「只不過報復樫村，出了一口氣，結果被警察抓，不就得不償失嗎？」

『這就是重點，我認為與其勉為其難地同意，不如提議充分研擬計畫。希一不是沒腦子的人，不可能做出會輕易敗露的事。』

「他剛才說，手上有樫村的把柄，你知道是什麼把柄嗎？」

『不，我不是很清楚……』他吞吞吐吐地回答，『反正那件事交給希一就好。』

八真人信任希一，只是洋輔對希一並沒有這種信任。

『今天的事，就像是留給我們的作業。既然這樣，那就趕快解決，然後心情輕鬆地向前走。』

八真人說完最後這句話，掛上電話。

洋輔把玩著手機上的吊飾毛皮，注視著天花板。

他既困惑，又充滿好奇心。一方面不希望被捲入麻煩事，但又覺得這是自己的宿命。如果要做，就必須拋開不安和猶豫……

「啊啊……」

他脫口發出帶著嘆息的呻吟。聲音悶在耳朵裡，他輕輕皺起眉頭。

「啊啊……」

最近耳朵有點怪怪的，不僅聲音聽起來悶悶的，而且好像有一股力量把鼓膜往內側拉，感覺很不舒服，有時候還會聽到沙沙的雜音。轉動脖子時，耳朵下方有時候會疼痛，他最近發現這些症狀是耳朵不舒服引起的。

『要報復樫村嗎？……聽起來是很讚的計畫。』

他正在思考，最近要找時間去醫院看一下，最近一直很安靜的哥哥又出現了。

『你打算怎麼做？』

「和你沒有關係。」洋輔冷冷地回答。

『怎麼可能沒關係？』哥哥厚臉皮地說，『他竟然欺負我心愛的弟弟，我很想自己出面，把他打得半死。』

「開什麼玩笑……我正在思考怎樣才能不要惹上麻煩。如果我被警察抓，你不是會很傷腦筋嗎？」

『嗯，那倒是。』他說，『但是，希一不是有勝算嗎？如果他真的手上有樫村的把柄。』

「這個嘛，還不知道真實性有多高。」

『我認為可以相信他。重點是計畫的具體內容。』

「我知道。」

真的有能夠避免暴力衝突，又可以讓自己和其他人發洩心頭之恨的方法嗎？

『那就以其人之道，還治其人之身，』哥哥說，『在樫村對你的體罰中，最讓你感到屈辱的是什麼？』

「頂天……嗎？」

洋輔喃喃說著，覺得搞不好是妙招。

3

隔週星期六晚上，洋輔和其他人再次在烤羊肉店碰面。那天除了他們以外，同樣沒有其他客人。

「要樫村做頂天體操？」

希一聽了洋輔的提議，把深色羊肉放在烤盤上，挑起眉毛。

「對，把他載去你上次說的那家公司的倉庫，蒙住他的眼睛，一直叫他做到我們覺得爽為止。」

希一可能想像著這個景象，開心地笑出來。

「好主意。他突然被人綁架，不知道別人要幹嘛，結果是要他做頂天體操。」

八真人與和康也都笑了。這種蠢主意會受到稱讚，是因為他們從小一起玩到大，而且只要能夠讓每個人發洩內心的鬱悶，就不失為好主意。

「要不要再對他說『樫村，太小聲了！』？」和康模仿樫村的語氣搞笑。

「這可不行。」洋輔叮嚀道，「一旦這麼做，我們的身分就會曝光。」

「如果是這樣，我們要他做頂天體操，他不就知道是誰幹的嗎？」八真人雖然在笑，但還是關心這個問題。

「沒問題啦。」希一並不以為然，「除了我們以外，他還叫很多人做過頂天體操，不管是上體育課時，還是由他擔任顧問老師的田徑社訓練時，只要發現有人偷懶，他就會馬上要求學生做頂天，絕對得罪了一狗票學生。」

「而且他根本不記得我了。」和康說，「就算說他『太小聲了！』他也不知道是怎麼回事。」

「話雖如此，還是要盡量避免可能會露餡的事。」洋輔說。

「既然要動手，就必須做好計畫。」八真人表示同意，「先不說這件事，有辦法知道他家的住址嗎？」

「我知道，不必擔心。」

由於家裡從事不動產生意，希一誇口說，他熟知狐狸山一帶的每一個角落。

「他每天都會出門跑步練馬拉松，我會查清楚他跑步的路線，三兩下就把他綁走。」

希一說完，吃著微焦的羊肉，放鬆臉頰，竊笑起來。

那天之後，洋輔等四個人在不到一個星期的時間內，就約了兩三次在烤羊肉店內見面，討論綁架樫村的計畫。

希一的工作相對比較自由，他主動提出由他負責調查樫村的行動，從他詳細報告樫村跑步的路線開始，計畫漸漸有了真實感，起初因為罪惡感有點畏縮的洋輔，也在不知不覺中熱衷起來。

希一說，樫村住在狐狸山市西部丘陵地帶的那片住宅區，他從學校退休之後，每天打高爾夫球、釣魚，或是在本地的運動社團擔任指導，投入自己的興趣愛好，日子過得很悠閒。

他每天傍晚六點左右出門跑步一個小時左右。先做暖身操，然後從住宅區跑到田園地帶，總共跑將近十公里，放鬆之後結束。希一起初開車跟蹤，最後改騎腳踏車，詳細調查了跑步路線。

「如果要綁架他，就要在這裡行動。」

希一把手指放在攤開的住宅區地圖上。

「那裡是西狐狸川的堤防下，沿著這裡跑一百公尺左右，就有石階可以走上堤防。雖然偶爾有人會在堤防道上遛狗，但河堤的雜草長得很高，從上面看下來是死角。後面是中西麵包工廠後方，不會有人經過。以前非法丟棄的車子都扔在那裡，所以就算把車子停在那裡一陣子，也不必怕有人懷疑。而且這裡是他跑步路線的後半段，他差不多該累了。」

「太厲害了。」

「你調查得真清楚。」

洋輔和其他人發出驚訝的笑聲感嘆著，希一越發得意地繼續說道。

「從這裡開車到大島工業差不多二十分鐘，沿途最好走小路。」

「要開誰的車子？」

八真人提出這個問題。

「這就是問題。」希一回答說，「我的車子是雙門車，不太適合用來做這種事。」

「我的車子是輕型車，派不上用場。」和康說。

「那就只剩我和洋輔的車子……」

八真人小聲嘀咕，但希一搖搖頭說：

「不，最好不要用你的車子，進口車容易引起別人的注意。」

八真人開的是Volvo，洋輔的車子是目前已經停產的三菱小廂型車。如果以不引人注意為優先，當然該使用洋輔的車子。

「洋輔，可以嗎？」八真人歉意地問。

「可以啊。」

在目前的形勢下，已經無法拒絕被分配到的工作。自動承擔的人可以讓其他人刮目相看，內心的不安變成興奮。洋輔答應擔任司機後，清楚感受到這一點。

「好，如果用洋輔的車子，就可以打開車尾門，把他塞在後面。」

既然決定動手，就必須以徹底成功為目標。

「要決定禁止事項。」

洋輔說出自己的想法。

「比方說？」

「不能在樫村面前叫彼此的名字。」

「那倒是。」八真人點點頭。

「阿和很可能會露餡，必須先說好。」

希一調侃道。和康噘著嘴說：「我才不會做那種蠢事。」

「還有，禁止打他或是踹他。」

洋輔說。和康顯得很失望。

「為什麼？打一下都不行嗎？」

「如果不限制，情況就會失控，到時候不知道會發生什麼狀況。」

八真人輕輕點頭表示同意，但其他兩個人很不服氣。

「我是無所謂啦，」希一露出挑戰的笑容說，「問題在於我們能不能不動手、不動腳的情況下，就讓他做頂天。」

「這……應該有辦法吧。」

洋輔毫無根據地這麼說，希一搖搖頭。

「他可是樫村。雖然上了年紀，體力不如以前，但脾氣還是老樣子。光是命令他，他不可能輕易服從。」

洋輔考慮了一下，發現希一的話很有道理。

「但是，思考如何在不動手的情況下達到目的，不是很好玩嗎？」八真人說，「樫村的眼睛被蒙住，手腳被綁起來。這時他內心應該充滿恐懼，不知道會發生什麼事，一點小事就會對他造成很大的打擊。」

聽了八真人的意見，覺得似乎的確有辦法做到。希一與和康也開始思考。

「也許可以用水。」

洋輔想起高中時代的事說道。樫村曾經在酷熱天氣時，要求他們換上運動服，連續做了超過三十分鐘的頂天體操。當他們因為實在太熱而無法發出聲音時，樫村就從教員室的洗手台拉了水管過來，用水沖他們四個人。起初只是說著：「這樣就活過來了吧？」好像淋浴一樣，把水淋在他們頭上，但看到他們仍然無法發出聲音，就用水沖他們的臉。現在回想起來，樫村一邊做著這種讓人納悶竟然沒有引發教育問題的行為，卻笑嘻嘻地樂在其中。

「他以前經常沖水整我們。」

和康同樣想起當時的事，皺眉並點頭。

「還可以用電擊，」希一說，「不是有那種整人的觸電筆嗎？一旦蒙上眼睛，那種觸電筆應該會有效。」

「好主意。」

洋輔他們想像著樫村被觸電筆電得很痛苦的樣子，相視而笑。

「突然在他耳邊放鞭炮呢？」和康出了餿主意。

「放鞭炮的話，附近會聽到。」

「那就用氣球，在他耳朵旁邊刺破。」

「更不起眼的方式也很好玩，比方說，光是在他耳邊發出蟲子蠕動的窸窸窣窣聲就可以嚇死他。」

「八真人，你果然夠陰險。」

「要不要乾脆把蟲子放進他衣服裡？」

「哈哈哈，他會瘋掉。」

大家各出奇招，討論得很熱烈，很像國中和高中時，用惡作劇整人時的感覺。雖然很清楚，只要稍有閃失，就可能會去吃牢飯，但是大家像以前一樣討論各種餿主意，這種警戒心也漸漸淡薄。

「好想拍下來，事後好好欣賞。」

最後，和康甚至這麼說。

「這可不行，這根本是留下證據的傻瓜典型的模式。」

希一立刻冷冷地拒絕，洋輔表示同意。

「如果不限制阿和，他搞不好會上傳到網路上。這要列為第三條禁止事項。」

「呿。」和康雖然賭氣說道，但仍然帶著笑容。「但是好期待啊，希望趕快採取行動。」

期待嗎？……洋輔發現不光是和康，自己也在不知不覺中開始期待，覺得有點好笑。

✦

『洋輔，你最近在忙什麼？同學會之後，我們一直沒有見面，想關心你一下。』

『嗯，我也剛好想到這件事。』

電話彼端的美鄉說話時語尾帶著鼻音，洋輔聽到她甜美的語氣，聲音變得柔和起來。

『最近工作有點忙。』洋輔辯解道。

『這樣啊……偶爾也要玩一玩，放鬆一下啊。要不要再去打保齡球？下次休假的時候？』

『我很想去打保齡球……但我和八真人他們已經約好，要在下次休假時見面。』

洋輔真有兩下子，竟然重友輕色……我在內心笑了起來，繼續聽他說話。

『你好像在同學會之後，又開始和八真人他們玩在一起了。』

不知道是否故意，美鄉的語氣中透露出她的嫉妒。

『不好意思，不好意思，只有這陣子而已，下個月就會有時間了，要不要去哪裡？我們可以開車去比較遠的地方。』

洋輔要開著綁架樫村的車子去兜風約會嗎？……沒想到他神經這麼大條。

『嗯，好吧，那我就期待我們改天一起出去玩。』

美鄉表現出女人的溫柔婉約，洋輔似乎很滿意。

掛上電話後，洋輔用力嘆了一口氣。

只要完成這個計畫，就可以告別過往，展開新的人生……我可以從他的嘆息中清楚感受到他內心的這種想法。

他似乎越來越投入了。

我對洋輔的期待漸漸膨脹，不由得開心起來。

✦

忍痛拒絕和美鄉約會那一週的週末，洋輔開著車，載著八真人和希一等人一起來到名古屋，準備襲擊計畫要使用的小道具。他們在雜貨店買了棉手套、膠帶和LED提燈，走進賣派對用品的商店後，吵吵嚷嚷地把觸電筆、吐槽紙扇、水槍和面具放進了購物籃。

四個人完全沒有準備做壞事的沉重心情，這件事一旦驚動警察，他們目前的這些行為將會成為證據，但他們有一種莫名的樂觀，認為事情不會發展到這個地步。

「我想到了這次計畫的名稱。」回程的路上，和康戴上面具搞笑時說，「人家是假面舞會，我們是『假面同學會』，你們覺得怎麼樣？」

「太讚了。」希一拍著手，似乎很中意。「阿和，你真會動腦筋。」

「這次的計畫就像是上次同學會的延續，」八真人表示贊同，「同學會大受好評，因此決定舉行第二波。」

「只不過參加者的身分不明。」洋輔也跟著笑了。

他們一路聊天，回到狐狸山，由希一帶路，把車子開往預定成為綁架現場的西狐狸川堤防下方。希一說得沒錯，中西麵包工廠後方的確完全不見人影，他們的車在那裡停了五分鐘，附近的景象完全沒有任何變化。

當車子停在那裡不動時，研擬的計畫漸漸有了真實感，氣氛也隨之變得緊張，四個人很自然地安靜下來。

「要等到樫村出現嗎？」

和康似乎無法繼續忍受這份緊張問道，希一搖搖頭。

「他要一個小時後才會過來，就把這份樂趣留到當天吧。」

希一的回答成為暗號，洋輔緩緩把車子開出去。

五月的太陽開始西斜，他們再次由希一帶路，前往廢棄的大島工業。

「把車子停在這裡，現在天色還很亮，最好不要停在正門口。」

洋輔聽從希一的意見，把車子停在沿著東名高速公路護牆拉起的圍籬前。那裡離大島工業的鐵皮圍牆大約二十公尺左右，中間是一片雜草地，繼續往後方走二十公尺，才是大島工業的入口。由於會聽到頭頂上方高速來往的車輛發出的聲音，因此周圍並不安靜，但完全看不到人影。

「好，我們去勘察一下。」

他們下車後走向廢棄的大島工業。

大門口並沒有門片，只是拉起鐵鍊，讓人無法隨便進入。他們跨過鐵鍊，走了進去。眼前有一棟兩層樓的辦公樓，廠房左側是停車場，右側是向後方延伸的一大片空地，以前可能是貨車進出的空間。辦公樓後方可以看到灰色建築物的屋頂，那裡似乎是工廠和倉庫。辦公樓的玻璃積滿灰塵，看不到裡面的情況。

希一走在最前方，經過辦公樓旁，走向深處。裝設鍋爐的工廠和外形簡潔的倉庫並排建在那裡。

希一戴上棉手套，推向倉庫入口的大門。

「媽的，竟然打不開。」

洋輔和其他人一起幫忙，但倉庫大門上鎖，完全推不開，旁邊的小門也是。

「我之前來的時候還可以打開。」

「你家沒有這裡的鑰匙嗎？」和康問。

「這個物件不單純，債權人很複雜，沒辦法拍賣。原本打算找我們處理的業者後來放棄了，我是在那個時候來看過一次。」

「既然打不開，那怎麼辦？」

「等一下。」

希一打斷和康，從倉庫和工廠之間繼續走向深處。

「這裡怎麼樣？」

繞到工廠後方時，那裡是二十坪大小的空間，上方有鐵皮屋頂，以前可能是放資材物料的地方。不遠處就是鐵皮圍牆，鐵皮圍牆上到處都有破洞，但圍牆外只看到從附近河流引水過來的水渠，和田埂上長滿雜草的休耕田，以及雜木林。

「聲音不會傳出去嗎？」八真人擔心這件事。

「能傳去哪裡？」希一胸有成竹地問。

雖然和倉庫等建築物內相比，這裡的確會讓人有點不安，但這裡附近完全沒有人，恐怕很難在其他地方找到和這裡相同條件的地方。

「要不要試著叫叫看？」希一說完，把手放在嘴邊，丹田出力，大叫著：「喂！有人在嗎！？」

聲音在鐵皮屋頂和圍牆產生回音，聽起來很大聲，但也因為這樣，並沒有太多聲音傳出去。即使豎起耳朵，也完全聽不到任何聲音。

「呀吼！」

和康跟著大叫著。

「八真人，你來試試。」

八真人在希一的慫恿下，把手放在嘴邊。

「樫村，要你知道我們的厲害！」

「喔！」其他人聽到這句很不像是八真人會說的話，紛紛拍手叫好。

「好，洋輔，換你了！」

在希一的催促下，洋輔用力吸氣，接著大叫：

「樫村，你等著吧！」

「洋輔，太小聲了。」

和康立刻模仿樫村的語氣說道，希一和八真人大笑起來。

「我就知道你會這麼說。」

其他人看到洋輔賭氣的樣子，又笑了起來。

勘察完現場後，他們決定執行襲擊計畫的日子定在下下週的週六。洋輔任職的營業所是週三公休，除了週三以外，每個月還可以休假三天，但如果都安排在週六、週日休假，上司臉色會很難看，因此，如果要週六、週日採取行動，就必須隔一週。如果選在非假日，在大學工作的八真人無法配合。雖然即將進入梅雨季節，但只要樫村出門跑步，就算下小雨，他們仍決定照常執行計畫。

進入六月，迎接執行計畫的那一週。前一天的週五晚上，四個人又聚集在烤羊肉店內舉辦所謂的「誓師大會」。這是希一的提議，他認為可以為隔天執行計畫提振士氣。

離上次去勘察現場已經過了兩個星期，心情上的確有點鬆懈，但沒有任何人流露出厭戰的情緒，可以感受到每個人都對隔天充滿興奮。

「那明天就來這裡慶功。」

「如果我們不來，這家店恐怕要倒了。」

四個人吃飽之後，開著玩笑，走出仍然沒有其他客人的烤羊肉店。和勘察那天一樣，由沒有喝酒的洋輔開車送他們三個人回家。

「那就明天見。」

希一與和康下車後，最後駛向八真人的家。

「你不怕嗎？」

車內變得安靜後，坐在副駕駛座上的八真人幽幽地問。

「我也不太清楚。」洋輔輕笑，「可能有點害怕，但現在更有一種豁出去的感覺。」

「這樣啊。」八真人的鼻子發出哼笑，「原本還擔心讓你捲入了這種莫名其妙的事，現在看起來不需要太在意。」

「老實說，高中時代的事，仍然在我內心深處留下疙瘩。我覺得當年由於樫村的壓制，讓我變成一個唯唯諾諾的人。雖然這次的確是因為希一的慫恿，但有一半以上是基於自己的意志，想做一個了斷，積極參與這件事。」

洋輔說出對樫村的真實想法，八真人在一旁用力點頭，似乎完全明白他的想法。

「只是沒想到過了這麼多年，竟然會搞出這麼危險的事。」

「我也是。」八真人回答，「但是有你參與，計畫才能夠這麼像樣。」

「像樣嗎？」洋輔笑了起來。

「很像樣啊，如果交給希一與阿和，不知道他們會捅出什麼婁子。」

「那倒是。」洋輔表示同意，沉默片刻後繼續說：「雖然是根本像在惡搞的爛計畫，但卻絲毫沒有馬虎，或者說很認真。我剛才說了，我想做一個了斷，也許不光是針對高中時代，也是對自己至今為止的生活方式有這樣的想法。雖然有點模糊，但總覺得只要過了這一關，就可以邁向新的人生。」

「我的感覺和你差不多，」八真人靜靜地說，「也許現在是能夠做這件事的最後機會。如果不做這件事，就這樣邁向三十歲，即使性格磨練得圓滑了，但內心一直會抱著這個疙瘩。我猜想希一應該也是最後一次做這種事，或者說是我希望是他的最後一次……應該就是這樣。」

「也許吧。」洋輔點點頭。

「雖然我沒有跟希一他們說，」八真人稍微停頓一下後說道，「我從一年前開始和大學的同事交往。」

「是嗎？」

洋輔覺得八真人有女朋友很正常，並沒有感到驚訝。

「如果日後打算結婚，我想搬離狐狸山，住在大學附近。住在這裡，即使開車通勤，如果早晚遇到塞車，路上就需要一個多小時。」

八真人似乎打算把這次的行動作為告別在狐狸山生活的契機。

「你為什麼不告訴希一他們？」洋輔雖然能夠明白八真人的想法，但還是促狹地問。

「希一剛被女朋友甩了，而且他會嫉妒別人的戀情。」

洋輔根本不知道希一之前和誰交往，更不知道他什麼時候被甩了，也不知道他會嫉妒別人。

但是，八真人從以前就經常和希一在一起，應該更瞭解希一。

洋輔突然想到一件事，沒有多想就脫口問：

「你和日比野交往時，他也嫉妒你嗎？」

他瞥了八真人一眼，發現八真人面露難色地看著他。

「嗯，有這種感覺。」

「可能是因為希一也喜歡她吧。」

洋輔半開玩笑地說，沒想到八真人表情變得更加為難。

「你知道他喜歡真理嗎？」

「不知道……」洋輔有點驚訝，「真的是這樣嗎？」

八真人尷尬地沉默不語，過了一會兒才低聲說：「都是陳年往事了。」

「這樣啊……」洋輔有點尷尬，掩飾著說，「希一調侃我和美鄉的事，但我不覺得他在嫉妒，才會這麼聯想。」

「他的確對竹中沒有感覺，可能不會嫉妒。」八真人的語氣緩和下來，「不瞞你說，那時候我是對竹中有意思。」

「什麼？」

洋輔忍不住看向副駕駛座，八真人用鼻子發出輕笑聲。

「別緊張，我現在對她完全沒有感覺。」

雖然聽到八真人這麼說，但洋輔仍不知道該怎麼回答。

「雖然我從來沒有告訴過任何人，但老實說，就是這麼一回事。高一的時候，竹中找我出去，說有話要對我說。我赴約後，才得知是和竹中很要好的真理想和我交往。這意外發展完全不符合我的期待，我的心情很複雜，只不過竹中既然扮演了這樣的角色，我覺得之後不可能和我在一起……也是因為這樣，我才開始和真理交往。」

「這樣啊……我完全不知道。」

洋輔只能這麼回答。八真人又補充道：

「而且我也知道你對竹中有意思。」

洋輔不知該如何反應，一時語塞，八真人輕輕笑了。

洋輔完全沒想到八真人當時和全年級最漂亮的美少女交往，內心竟然有如此複雜的情緒。在洋輔的眼中，他們太登對了，甚至對他們沒有一絲嫉妒。

如果八真人當時的心境如同他剛才所說的那樣，他們後來分手似乎也不是意外的事，也許真理自殺這件事，並沒有對他內心帶來太大的影響。雖然洋輔不敢直接問他，但想起之前不經意提到真理去世的話題時，他表現得意外平淡，就覺得應該就是這麼一回事。

在回想起往事，陷入酸酸甜甜的心情時，車子已經到了八真人家。

「謝謝。」八真人抓著車門，把臉微微轉向洋輔的方向。「最後的慶典……既然決定要做，那就好好樂一樂。後天之後，你和我都將展開新生活。」

「是啊。」

洋輔回答，八真人側臉對著他笑笑，輕輕揮手，下了車。

隔天星期六，從一大早就是陰沉的梅雨天。天氣預報預告，入夜之後，下大雨的機率很高。

耳朵仍然有點怪怪的，於是洋輔利用上午的時間去了市民醫院。在候診室內等了很久，進行聽力檢查，醫生診斷後，認為是由於鼓膜容易活動，因此他忍著痛，在鼓膜上貼了特殊的膠片固定，醫生說可以繼續觀察是否有所改善。

他很晚才吃午餐，在傍晚四點左右，開車去接另外三個人，一起回到自己的公寓。外面開始淅淅瀝瀝下起雨。

把矮桌移到壁櫥前，四個人圍坐在一起，把玩著等一下使用的面具和觸電筆，等待那一刻到來。

「關鍵在於樫村今天會不會出門跑步。」

希一戴上用矽膠做的老人面具。遠看的時候，面具很像真人的臉，比戴搶匪帽更不容易引人注意，所以四個人各自挑選了適合的面具。

希一並沒有確認樫村下雨天是否會出門跑步，他說之前每次跟蹤都是晴天。只不過以前若是下著小雨，樫村仍堅持要在戶外上體育課，總覺得他今天也會出門跑步，心情因此無法放鬆。

「喔，雨停了。」

聽到希一的叫聲看向窗外，發現天色比剛才亮了一些。一看時鐘，發現已經五點十分了。

「那傢伙會不會趁著雨停的時候出門跑步？」

八真人說，希一陷入沉思。根據希一事先的調查，樫村每天差不多六點四十分到四十五分左右會經過他們打算綁架他的地點。如果太早去那裡，可能會被人看到，所以原本計畫六點左右從這裡出發。

希一用手機看了天氣預報，然後又沉思一會兒，最後抬起頭說：

「出發吧。以他的性格，不會亂改時間，但等一下雨可能變大，他今天可能會提早出門。」

「好。」

由於比原本的預定提早出發，他們頓時手忙腳亂起來。穿上有帽子的薄型風雨衣，把東西塞進口袋後，走出公寓。坐上停在公寓前停車場內的小廂型車，發動引擎。

「可以了。」

希一坐上副駕駛座後說道，洋輔把車子開了出去。

四個人一路都幾乎沒有說話。他們當然不可能不緊張，這次的計畫中，一開始綁架的部分最危險，而且無法預測是否能夠成功。也就是說，計畫的初始部分是最大的難關。一想到這件事，身體就不由自主地繃緊。

五點四十分左右，他們來到中西麵包工廠後方。洋輔把車子靠在工廠圍籬旁的位置，坐在副駕駛座上的人可以輕鬆下車。前後都沒有人影。洋輔走下車，把遮牌罩套在車牌上。希一弄來了遮牌罩，以防萬一綁架失敗撤退時，被樫村和路人看到車牌。

洋輔回到車上，用力深呼吸。

希一調整好後視鏡，然後一直盯著後視鏡，以便在第一時間發現從後方跑過來的樫村。和康可能口渴，不停地喝著寶特瓶內的水。八真人戴上手套，拿著綁架時要使用的膠帶，微微靠在椅背上，一動不動。

他們事先決定了綁架時的分工和步驟。希一與和康從兩側抓住樫村的手臂，洋輔抱住他的雙腳。八真人用膠帶依次纏住他的嘴巴、眼睛、雙手和腳，讓他無法自由行動，最後四個人合力把他抬上汽車行李廂。

對方是六十多歲，已經退休的人，而且他們四個人對付一個人。即使如此，洋輔仍然無法想像輕鬆成功綁架的畫面，因為終究還是無法擺脫樫村在高中時代無所畏懼的印象。

如果真的打起來，四個人中可能只有希一是他的對手。希一從中學開始練柔道，上高中後不久，他就說玩膩了，沒有再去參加社團練習，但他是黑帶段級。不僅如此，他很喜歡打架，在運動會上騎馬打仗時，經常打著打著就真的打起來了。

但是，包括洋輔在內的其他三個人向來和打架這種事無緣。

雖然和康與希一一樣，都曾經參加過柔道社，只不過和康體重不輕，力氣卻很小，只有白帶的段級。八真人的運動神經並不差，但他向來沒有接觸打鬥類，在這方面無法派上用場。洋輔和八真人差不多。讀小學的時候，曾經玩過相撲，當時洋輔、和康和八真人力氣都差不多，現在應該也是。相反地，倘若現在和樫村比賽相撲，恐怕仍會被樫村丟出去。

「對了，」和康開口，打破車內的沉默。「雖然規定不能打他和踹他，但如果他動手的話該怎麼辦？」

雖然事先並沒有考慮到這個問題，但和康這麼一問，就發現完全有這種可能。

「這種時候就可以動手。」

希一用理所當然的語氣說。洋輔也沒有插嘴。既然是報仇，如果對方動手，卻只能忍耐，根本是本末倒置。

洋輔從車門後視鏡中，看到從麵包工廠轉角處出現的人影。

「原來是小學生……先趴下。」

在希一的指示下，所有人都先趴了下來。不一會兒，希一坐直身體，洋輔跟著坐起身，看到三名小學生推著腳踏車走上堤防。車門後視鏡中已經看不到人影。洋輔不由得深深嘆氣。

看了手機上的時間，發現已經過了六點。因為雨雲和暮色的關係，剛才稍微亮起來的天空又開始變暗。

雨滴零星地打在擋風玻璃上。間隔越來越短，頭上傳來雨打在車頂上的聲音。

「如果今天樫村沒出門跑步，或者已經跑完回家了怎麼辦？」坐在後方的和康著急地問。

「那就改天再行動。」希一毫不猶豫地回答。

「那就好，」和康說，「但是既然這樣，今天乾脆放棄不是比較好嗎？」

「不，下雨天做這種事更好。從某種意義上來說，今天是絕佳的日子。」

如果擔心被別人看到，惡劣天氣的確更適合做壞事。既然如果今天不成功，改天還要再來一次，那還不如趁今天速戰速決。

洋輔向後方瞥了一眼，看到八真人鐵青緊張的臉。回想起來，八真人上車之後，就幾乎沒有說話。昨晚回家的車上，他還關心洋輔，但也許他現在比洋輔更緊張。

八真人看起來很穩重，但一旦發生狀況時，他的心臟未必強……洋輔對這件事有很深的印象。

洋輔的二哥雅之在十四年前的夏天，落入遙川送命時，八真人也……

洋輔，出事了！阿雅落水了！

聽到希一大叫，洋輔跑去他們身邊，第一眼看到，而且之後一直留在腦海中的，就是八真人鐵青的臉和發紫的嘴唇。現在回想起來，洋輔他們當時只是小學六年級的學生，看到有人流血，當然不可能保持冷靜，但是八真人在洋輔這個同學的眼中是個很懂事的人，因此看到八真人面如土色，他就先被嚇到了。想到河流下方的景象讓八真人變成這樣，洋輔真的不敢直視。

遙川是從狐狸山市山區的遙池引入的農業水渠，住宅區附近建了護岸，但只要遠離住宅區，就可以來到很像是野溪的上游，兩岸都是鬱鬱蒼蒼的雜草和樹木。那一天，洋輔和比他大兩歲的哥哥，還有八真人等平時經常玩在一起的其他三個人，以及住在附近的兩個學弟，一起騎著腳踏車來遙川玩。哥哥上國中之後，很少和洋輔他們一起玩，那天剛好社團活動休息，於是他就像以前經常帶著洋輔他們一起玩的孩子王時代一樣，加入了他們。

發生意外時，洋輔正在堤防另一側水田旁的小水渠中。水渠中有螯蝦，他們用樹枝做了道具釣螯蝦，兩個二年級還是三年級的學弟在他旁邊。和康也在。起初大家都在這裡玩，但哥哥、八真人和希一不知道什麼時候去了河邊。

洋輔聽到希一的叫聲，衝到河堤上。希一、八真人和哥哥正在距離數十公尺上游的堰堤那裡玩。

阿雅落水了！

洋輔聽到叫聲，跑了起來。剛才把腳踏車放在堰堤附近時，發現塘堰擋住了上游的水，那裡的水很深，小孩子根本無法站直，但是哥哥並不是不會游泳，他覺得應該不會輕易溺水。

哥哥和洋輔不同，個性很強，在幾個兄弟中最活潑調皮。就連平時和同學在一起時很強勢的希一，遇到比他大兩歲的雅之也只好乖乖聽話。一方面因為年紀相差太大的關係，洋輔和比他大十歲的大哥稔彥幾乎很少一起玩，但從小就經常和雅之一起行動，而且雅之似乎覺得自己必須保護年幼的洋輔，所以洋輔很依賴二哥，而且相信二哥無所不能。

但是，當他跑到堰堤前，看到八真人好像凍結般蒼白的臉，他憑直覺知道，後方的景象將讓自己無憂無慮的世界徹底崩潰。

希一手指的方向並不是堰堤的上游，而是下游的方向。塘堰的左右都有排水門，水從水門流向下游。雖然沒有上游那一側的水那麼深，但形成了三、四十公分的淺灘，有些地方露出了堅硬的岩石。

二哥臉朝上倒在那片淺灘中，搞不清楚他浮在水面上還是沉入水中。但他的臉被水淹沒，可能是沉入水中，但是他的襯衫露出水面，阻擋了陽光在水面的反射，並不覺得他沉入水底。他的褲子滑下來，身體被堰堤下方複雜的水流沖得晃來晃去。

他好像慘叫般叫著哥哥的名字，哥哥完全沒有反應。

阿雅想去那裡尿尿，結果沒站穩，掉了下去……

洋輔聽著希一說話，腦袋一片空白。哥哥打算在狹小的堰堤上尿尿，不小心踩空掉下去。幹嘛做這種蠢事？他的腦海中閃過這個念頭，但這個想法很快就消失了。哥哥在掉落時，頭似乎不小心撞到岩石，根本無法從淺灘內站起來，從鼻子中流出的血溶在周圍的水中。

不知道距離堰堤上方有多少落差，和從二樓看地面的距離差不多，才讀小學六年級的洋輔無法輕易下去。

跟著他跑過來的兩個學弟都開始哭了起來，但大家都無暇理會他們。八真人與和康都驚慌失措，只有希一還有能力思考。

要趕快找人來。

如果要去找人，不知道會浪費多少時間。

洋輔和希一討論著，最後決定兩個人一起去找可以走進河裡的地方。

喂，你們趕快去找人，去叫救護車！

希一對八真人、和康說完後，沿著河堤走向下游的方向。洋輔追上去，走了兩百公尺左右，終於找到了可以走進河裡的地方。他們從那裡嘩嘩走向上游的方向，雖然是淺灘，但有些地方水深及腰，而且河底的石頭很滑，他們花了將近二十分鐘才終於回到堰堤。

洋輔和希一一起拉著哥哥的手臂，把他拉到數公尺外的沙洲。看著哥哥蒼白的臉，就知道生命已經離開他的身體。洋輔渾身癱軟，跪了下來。

他不經意抬頭看向堰堤的方向，發現和康去找人求救，但八真人仍然一動不動站在那裡，表情和剛才一模一樣。

八真人至今仍然不時回想起當時的事，關心洋輔的心情。這種穩重貼心的行動，的確很像他的作風。

但這也代表了八真人在那件事上所受到的傷害。久而久之，洋輔很自然地認為，雖然八真人看起來很冷靜，但其實很敏感。

那起意外同樣對洋輔造成很嚴重的心靈創傷。整天把「洋輔，我會保護你」這句話掛在嘴邊，對洋輔而言很重要的人，就這樣一下子從這個世界消失了。家裡像是明燈熄滅，不久之後，父母把對雅之的期待投射在洋輔身上，但是對洋輔來說，那只是沉重的壓力。

回想起往事，果然只有痛苦……洋輔這麼想著，輕輕搖搖頭。

「喂……」

洋輔聽到希一輕輕發出緊張的叫聲，立刻繃緊神經。

「來了。」

洋輔也看著車門後視鏡，但在想事情時，車窗玻璃起了霧，而且後視鏡因為雨水而變得模糊。他無可奈何，只能轉頭看向後方，試圖從貼著隔熱貼紙的後方玻璃確認，但是被同樣轉頭看向後方的和康的腦袋擋住了，看不太清楚。

「是樫村嗎？」

洋輔開口發問，但沒有人回答。

他注視著車門後視鏡，看到一個深色人影慢慢靠近。他立刻看手機確認時間，發現是六點二十五分。比原本預計的時間稍微早了一些……

「就是那傢伙！」

狠狠瞪著車內後視鏡的希一突然很有把握地說，然後慌忙戴起面具。洋輔他們已都戴好面具。

「走吧！」

希一一聲令下，四個人分別打開車門。當他們走下車時，戴起風雨衣外帽的慢跑者已經來到眼前。乍看之下很難判斷，但仔細打量看過來的那張臉，的確就是樫村。難怪希一花了一點時間才確定。

洋輔一行人沒有關上車門，就向樫村逼近。

樫村只是認為走向他的洋輔等人擋住他的路，微微偏向堤防的方向，打算跑過他們面前。

希一不發一語，抓住樫村的手臂，迫使他停下來。

「呃！」

樫村發出叫聲，似乎終於察覺情況不妙。

洋輔幾乎同時蹲在他的腳下，抱住了他穿著短褲，曬得黝黑、肌肉發達的雙腿。樫村搖晃一下，倒在地上。洋輔抬頭時，發現和康發出異樣的叫聲，試圖把樫村的手臂扭向背後。

「住手！你們是誰？」

樫村粗聲問道，但幾個戴著假面具的男人沒有手下留情，樫村的手腳開始用力抵抗，洋輔差一點被他踢開。洋輔抓住他的球鞋，沒想到把球鞋拉了下來，無奈之下，只好緊緊抓住他的襪子不放手。

「喂，你們不要亂……啊嗚嗚……」

八真人用膠帶封住樫村的嘴巴，聽不到他在說什麼。

接著，八真人又用膠帶蒙住他的眼睛，最後纏住希一與和康用力抓住的手。樫村的身體被雨淋濕了，膠帶黏不太起來，多繞幾圈之後，終於成功把樫村的雙手綁在身後，他無法自由活動了。

八真人又開始用膠帶纏住樫村的腳，洋輔及時抽出手來，以免被一起綁住。

樫村被綁住手腳後，無法自由活動，但發出呻吟。他不是用嘴巴，而是用還可以呼吸的鼻子發出聲音。

「走了。」

希一小聲發出指示。

八真人跑向車子，打開車尾門。洋輔抱著下半身，希一與和康抱著上半身，三個人合力抬起樫村，八真人在中途一起加入。

四個人一起把樫村塞進後車廂，但腳塞不進去，最後又折又推，總算把樫村的身體塞進去。關上車尾門，四個人都轉頭打量周圍。道路前後和堤防上都沒有人影，分不清是雨水還是汗水濕了全身，沿著脖子流下。每個人都難掩興奮地喘著粗氣。

「去把遮牌罩拿下來。」

希一指示洋輔的同時，把樫村掉在路旁的鞋子撿起來。洋輔聽從希一的指示，拿下車牌上的遮牌罩。如果不這麼做，萬一遇到警車，被盯上就慘了。

確認並沒有其他東西遺落後，回到了車上。剛才車門沒有關上，座位角落都濕了，但現在根本無暇在意這種事。

關上車門後，整個車內都可以聽到樫村的呻吟。車上人們散發的熱氣在車窗玻璃上產生霧氣，他們換回移動時的衣服，拿下面具，戴上口罩。

「吵死了！」

希一用手捂著口罩，用鼻音喝斥著樫村。

發動引擎，打開空調，消除車窗上的霧氣。六點三十五分。剛才的十分鐘很不真實。

天色越來越黑，雨用力打在擋風玻璃上。

「好了，出發。」希一說完，轉頭看向後車座。「你們看好他，不要讓他起來。」

「好。」和康與八真人用模糊的聲音回應。

洋輔把車子緩緩開出去。他踩油門的腳顫抖著。他用力深呼吸了兩三次，努力讓心情平靜下來。

車子穿越工廠和民宅混在一起的區域，經過市區，駛向沒有什麼民宅的郊區。樫村低沉的呻吟，和以一定間隔搖擺的雨刷聲音填補了四個人的沉默。

因為是雨天的傍晚，市區附近塞車，但來到左右兩側都是雜木林和農田的區域，車流就變得順暢了。不一會兒，就看到了東名高速公路，洋輔把車子駛入捷徑。這條路上幾乎沒有車子，洋輔車子的車頭燈劃開黑暗，雨絲在燈光下變成了白色。

前方就是之前來勘察時經過、位在高速公路下方的小隧道，洋輔轉動方向盤。駛出不長的隧道，立刻看到大島工業的鐵皮圍牆和髒兮兮的房子。

他在拉著鐵鍊的出入口前把車子掉頭，車尾對著大門口停了車，立刻熄了引擎。

隧道旁的路燈和高速公路的燈光，微微照亮大門口，但大島工業內一片黑暗。

「開始吧。」

四個人下車，從後車廂把樫村抬下來。

「你不要亂動，萬一我們手滑，你腦袋著地，就不要怪我們。」

原本以為四個人搬不會太吃力，沒想到樫村的身體被雨淋濕後很難抓住，整個過程很辛苦。

每搬十幾公尺，就必須把他放回地上，然後重新抬起他的手腳，四個人全身都被雨淋得濕透。他們費力地持續抱著樫村，終於來到工廠深處的資材堆放處。雨打在鐵皮屋頂上，發出很大的噪音。

八真人留在現場監視，洋輔和其他人回車上拿東西。

「唉，怎麼會這樣？」

「簡直莫名其妙。」

三個人坐上車後，分別用毛巾擦拭著頭髮和臉，忍不住抱怨著目前的慘狀。

「要不要把他丟在那裡不管，我們直接閃人？」

希一開玩笑問，洋輔忍不住笑了。在極度緊張下，完成了計畫最困難的部分，心情稍微輕鬆一點。

「既然費了那麼大的工夫，那就要好好整他一頓。」

希一急匆匆地抽幾口菸，然後把菸丟進了空罐內。

✦

『太好了，好戲開場。』

三個人回到樫村狼狽地倒在地上的工廠內，希一好像在宣布派對開始般說道。起初擔心樫村會認出他們的聲音，都故意用鼻音說話，但可能覺得這樣太麻煩，只不過即使隔著口罩，仍可以清楚感受到希一聲音的特徵。

『喂，樫村，你躺在那裡要怎麼玩？站起來。』

希一說，但樫村只是躺在那裡呻吟。

『讓他站起來。』

八真人與和康把樫村抱起來，希一撕開了封住他嘴巴的膠帶。樫村的手腳被綁住，眼睛被遮住，一副滑稽的樣子站在他們中間，四個人用手電筒和提燈照在他身上。

『你、你們想幹嘛……』

樫村開口說的第一句話聲音顫抖，而且聽起來帶著口音，希一忍不住笑了出來，其他三個人忍俊不禁。我也覺得很好笑，費了很大的勁才能夠保持安靜。

『樫村，別怕嘛。』和康輕蔑地笑了起來。

『你是誰？你們想幹嘛？』

可能是因為突然遭遇這種事，他十分恐慌，並沒有猜到是誰對他下手。他以前當老師時對學生為所欲為，可能知道不止一兩個學生對他恨得牙癢癢。

『你希望我們怎麼做？』

希一不懷好意地問。這種時候，希一簡直如魚得水。

『放了我！』樫村用稍微恢復力氣的聲音說，『我不知道你們把我帶來哪裡，但放我回去！』

『那可不行，我們費了這麼大的勁把你搬來這裡，當然要好好樂一樂。』

『有人嗎！？有人在這裡嗎！？救命！』

樫村突然大叫起來，我差點笑彎腰，很想舉起手說，我在這裡。

四個人都放聲大笑起來。

『你聽聽下雨的聲音，就算你喊破嗓子，也不會有人聽到。』

『你們是我的學生嗎？聽起來還很年輕。你們是狐狸高的畢業生？還是西高的畢業生？你們知道自己做這種事會有什麼後果嗎？別做蠢事啊噗噗噗……』

他說到一半，希一用杓子舀起水桶裡的水，用力潑在他的臉上。樫村被嗆到了，痛苦地扭著身體。

『哇哈哈哈！』

四個人拍著手大笑起來。我咬牙憋住笑。

『雨從側面打了進來！』

『樫村，不好意思，你剛才的話還沒有說完。你再說一次。』

『你們做這種事噗哇……』

希一再度向他潑水，四個人捧腹大笑起來。

啊啊，太好玩了。

我也想加入……

四個人輪流向樫村潑水、大笑，洋輔的情緒被點燃。平時甚至不知道自己內心是否存在的嗜虐興趣漸漸抬頭，發自內心覺得發洩高中時代的鬱悶很開心。

「差不多該開始那個了，」希一心情愉悅地開口，「樫村，該做那個了。」

「那是什麼？」

「你不知道該怎麼和師長說話嗎？」

和康用吐槽紙扇打樫村的頭，模仿他說話的語氣。聽到其他三個人哄堂大笑，和康得意忘形，拿下口罩，繼續模仿著：「這可不是什麼好笑的事！」

「老師，這傢伙不聽話。」

洋輔戳著樫村的臉說。

「樫村，怎麼又是你！」

和康模仿樫村的語氣維妙維肖，又逗得其他人笑了起來。

「要說幾次你才聽得懂？你有沒有好好反省？嗯？」

洋輔和其他人大笑著，樫村沒有答腔。

「你沒辦法發出聲音嗎？如果發不出聲音，那就教你怎麼發出聲音！來做頂天體操、頂天體操。來吧，嘿喲！」

「樫村，趕快！不是叫你做頂天體操嗎？」
「先蹲下來！」
「快啊，嘿喲！」
洋輔和八真人按著樫村的肩膀，讓他蹲下，然後用力把他拉了起來。
「好好做！發出聲音！」
雖然硬是逼迫樫村蹲下、站起，但他完全沒有發出聲音。
「如果不認真做，就不會結束！」
就算和康一直模仿樫村的口吻，但也沒有人發笑了。
「你以前不是一直逼迫學生做嗎？」
「趕快做！」
雖然在樫村耳邊催促，但他仍完全不動，只是用低沉的聲音回答：「你們不要以為這件事可以善了。」
「要不要把蠍子拿出來？」希一拿出觸電筆說，「如果你再不乖乖聽話，我們帶了蠍子來，讓蠍子咬你。」
樫村沒有說話，站在那裡，似乎並不相信希一的威脅。
希一把觸電筆放在樫村的脖子上。
「呃！」

樫村發出短促的呻吟，扭動身體，反應比想像中更大。

「哇，牠馬上就咬人了。」

洋輔和其他人都樂不可支，紛紛大笑。

「哇，第二隻爬到腳上了。」

八真人用手抓著樫村的小腿骨，他跳了起來，想要用被綁住的雙腳甩掉蠍子，結果重心不穩，倒在地上。

「哇哈哈哈，傻瓜，蠍子往上爬了。」

「住、住手！」

四個人繼續用手指在樫村身上遊走，把觸電筆放在他膝蓋、手和脖子等皮膚上。樫村慘叫著，在水泥地上痛苦翻滾。

「好，先把蠍子收起來。大家先把牠們收起來，喂，樫村，你要躺到什麼時候？」

希一說，洋輔和其他人再度抓著樫村的腋下，把他拉起來。

「怎麼樣？你打算做頂天體操了嗎？」

陷入恐慌的樫村精神似乎很受打擊，但只是急促呼吸，並沒有回答希一的問題。

「怎麼回事？又不吭氣嗎？還是要我們再拿蠍子出來？」

「不、不要！」

樫村用力搖著頭，幾乎投降地叫著。

「既然這樣，那就趕快做！」希一不耐煩地催促著。

「頂、頂天體操要舉起拳頭才是頂天，」樫村說，「我現在沒辦法舉起雙手。」

「什麼嘛，根本不必拘泥這種狗屁細節，」希一笑著說，但停頓了片刻思考，輕輕咂著嘴。

「那好吧……看到那種像尺蠖一樣寒酸的頂天不好玩，把他的手鬆開。」

八真人在希一的指示下，拿出美工刀，走到樫村身後。

「不要動。」

八真人說完，割斷綁住樫村雙手的膠帶。

樫村的眼睛仍然被蒙住，還無法造次，但洋輔仍然不由得感到緊張，和樫村保持距離。

「好了，這下滿意了吧。」

「趕快做吧。」

希一與和康催促著，樫村緩緩蹲下去後，說著「嘿喲！」舉起拳頭站起身。

「繼續做！直到我們說停為止！」

樫村做了一次就站在那裡，洋輔毫不客氣地說。

「嘿喲！」「嘿喲！」「嘿喲！」

樫村在洋輔的命令下，繼續開始做頂天體操。洋輔感到大快人心。

「嘿喲！」「嘿喲！」「嘿喲！」

但是，重新打量後，就發現這種體操實在太無趣了……眼前這種超現實的景象，讓洋輔忍不住和希一等人相視而笑。高中時代，樫村竟然以指導為名，要求他們一次又一次做這種體操，簡直愚蠢到極點。

四個人帶著嘲笑，看著樫村沒出息的樣子，但很快就膩了。因為動作太單調，不膩才奇怪。終於為高中時代報仇的痛快沒有持續太久。

但是，現在說「夠了」似乎還太早。其他三個人似乎也有同感，和康似乎感到很無聊，又從口袋裡拿出觸電筆。

「嘿喲！」

他走向繼續做著頂天體操的樫村，用觸電筆碰他的腳。

「嘿喲！嗚！」

樫村痛得東搖西晃，四個人又開始笑。

「蠍子逃走了！」

「笨蛋，趕快抓住！」

「樫村，誰說你可以停下來？繼續做！」

「嘿喲！嗚！」

和康又用觸電筆碰樫村的膝蓋，樫村呻吟著，用舉起的手撥撥膝蓋。

「喂，不要亂動！」

樫村的手碰到和康的臉，和康吃驚地大叫。

「已經抓住蠍子了，繼續做！」

樫村站在原地，似乎在等呼吸平靜，聽到希一的聲音，又繼續叫著「嘿喲！」開始動作。

和康趁他不備，再度靠近。

「嘿喲！」

和康趁樫村站起來時，用觸電筆碰他的大腿。

下一剎那，樫村沒有按住自己的腳，而是向周圍甩動雙手。和康被他撂倒，一屁股坐在地上。

樫村接下來的動作，顯示剛才並不是巧合。他一隻手左右甩動，不讓他們靠近，另一隻手開始撕下蒙住眼睛的膠帶。

「王八蛋！」

希一叫著衝向樫村，但不知道是否因為發出聲音，曝露站立的位置，樫村的手伸向希一的脖子，而且似乎抓得很用力，希一的喉嚨被他抓了一把，倒向後方。

樫村用雙手扯開膠帶。由於膠帶有部分黏在他的風雨衣上，無法輕易扯下來。

「別讓他扯下來！」

希一站起來的同時，洋輔抱住樫村的手臂。八真人也繞到他的身後，想把他的雙手拉到背後。樫村重心不穩，倒在地上，導致他手上抓著的膠帶被扯下一部分，露出了一隻眼睛。

洋輔和他對上了眼。

洋輔被他狠狠一瞪，不禁一陣心慌，抓住他的手也變得無力。

「用力抓住啊！」

希一喝斥道，洋輔才終於回過神。在他用力抓住樫村掙扎的雙手時，八真人又用新的膠帶封住了樫村的嘴巴和眼睛。

「讓他趴好！把他的手也綁起來！」

樫村臉朝下，被他們按倒在地上，八真人用膠帶把他拉向背後雙手綁了起來。

「這傢伙是野獸嗎？」

希一低頭看著費了九牛二虎之力終於制服，躺在地上喘息的樫村，無奈地發出乾笑。

洋輔覺得樫村剛才清楚看到自己的臉，但究竟如何，就不得而知了。因為現場只有提燈和手電筒的亮光，十分昏暗，而且自己戴著口罩。在同學會遇到時，他看起來完全忘記自己，也許根本不需要擔心……洋輔在努力讓呼吸平靜的同時，思考著這個問題，和康在樫村身旁蹲了下來。

「喂，樫村，你竟然打我。」和康怒氣說，「我要用蠍子教訓你。」

和康掀起樫村的襯衫，用觸電筆電他的側腹，但樫村只是微微挪動身體，並沒有出現剛才那樣的反應。

和康玩了幾次之後，無趣地輕輕咂了一下嘴起身，然後緩緩踹了樫村的側腹一腳。樫村大聲慘叫起來。

「喂，住手。」

和康似乎沒有聽到洋輔制止的聲音。「敢小看我，我就要讓你好看。」和康繼續撂著狠話，繼續踢了樫村的側腰兩三腳。

「喂，阿和，別踢了。」

洋輔看到和康持續不斷的暴力行為，忍不住叫了起來。和康停下腳，驚訝地瞪大雙眼看向他。

洋輔知道自己失言，但話已出口，覆水難收，他只能皺起眉頭。

「到此為止。」

希一語氣平靜地說，好像什麼事都沒有發生。不需要希一提醒，和康似乎也已失去力氣，茫然地站在原地。

「好了，」希一蹲在樫村的腦袋旁對他說話，「我們和你玩膩了，就到此為止。我們只是找你玩玩而已，你應該知道吧。如果你因為這件事有奇怪的舉動，我們就會另有想法。我們知道你的秘密，無恥老師。」

希一說完後，靜靜地站起來。「走了。」他對其他三個人說完這句話，走進雨中。慶典唐突地結束，留下虎頭蛇尾的掃興氣氛。

洋輔和其他人拿著提燈和水桶，小跑著跟在希一身後。

「要把樫村留在這裡嗎？」

原本計畫把樫村再次搬上車，丟回綁架地點。

「我才不想渾身淋得濕透，再把他搬回車上。他有那麼大的力氣，會自己掙脫膠帶，走路回家。」

「他聽到了我的名字，」走在後方的和康緊張地說，「都是因為洋輔叫我。」

「阿和，對不起。」洋輔皺著眉頭向他道歉。

「不是說對不起就解決的問題，不是說好絕對不能叫彼此的名字嗎？如果我被抓，你也要一起被抓。」

「阿和這個名字根本是菜市場名字，你不用在意。」

即使希一這麼說，和康似乎仍然無法釋懷，嘆著氣，嘀嘀咕咕說：「唉，怎麼辦呢？我完了。」

「別擔心，他沒有勇氣去報警。」

希一始終不認為樫村會去報警，但洋輔內心也感到不安。

「我、還是回去看一下，再警告他一下。」

走出大門外，洋輔用遙控器打開車鎖時，對另外三個人說。

「不用了吧？」

八真人關心地說，洋輔搖搖頭說：

「你們在車上等我。」

一方面是因為不小心叫了和康的名字，而且他很在意自己和樫村在至近距離對上眼。雖然希一在最後提出警告，但洋輔並不知道「無恥老師」是什麼意思，而且並不知道那番話能夠對樫村發揮多大的效果。

他把東西放到車上，只拿了一支手電筒，跑回工廠後方。悶熱的空氣中，雨打在身上，就像是汗水從身體外側湧向身體，感覺很不舒服。可以隱約看到樫村在黑暗的後方蠕動，洋輔舉起手電筒，發現他正費力試圖掙脫被綁住的雙手。

樫村可能聽到洋輔的腳步聲，停了下來。

「樫村。」

洋輔跪在他身旁說話。

「今天是在報復你以前無視學生自尊心的行為，你做了這些讓人深惡痛絕的事，但我們打算從此一筆勾銷，明天之後，不想再和你有任何牽扯，不會再對你做任何事，所以你也一樣，忘了今天的事，知道嗎？」

樫村的喉嚨深處發出了「嗚、嗚」的聲音。洋輔覺得那是他的回答，所以並不打算撕下他嘴上的膠帶，聽清楚他到底說什麼。

這樣就可以搞定嗎？

他不知道。

反正雖說要提出警告，洋輔只能說出這種程度的話。事到如今，不可能為自己的粗暴行為道歉，他可沒這個打算。

在報復時，他們算是手下留情了。雖然最後和康差一點失控，但他並沒有用盡全力踹人，而且樫村看起來沒有受傷。

沒問題。

雖然半信半疑，但洋輔努力這麼想。

洋輔站起身，用手電筒照在樫村的身上。綁在他手上的膠帶比剛才把他帶來這裡時鬆了些，他應該很快就會掙脫。

走吧……

雖然內心還有不想離去的心情……

洋輔回頭看了樫村幾眼，但還是下定決心，邁開步伐。

但是，走了兩三步後，他立刻停下來。

五感的某個部分捕捉到可怕的感覺，他瞬間起了雞皮疙瘩。

好像有人在看……

他用手電筒照向周圍，只看到反射燈光的雨滴。

想太多了嗎？

這裡原本就很可怕，但一旦意識到這件事，這種感覺更加強烈。

他開始感到不舒服。

回車上吧。

洋輔忘了前一刻的猶豫，衝進雨中。

他踩著水窪跑向車子，有一種好像被追趕的錯覺，他下意識地轉頭看向後方，腳不小心卡進水泥裂縫，差一點跌倒。他有點崩潰，嘴裡發出了沒有意義的聲音。

好不容易出了大門，打開駕駛座旁的車門。他用力深呼吸的同時坐上了車，但呼吸仍然很急促。

「怎麼了？」坐在後方的八真人問。

「不……沒事。」洋輔回答。

「有沒有警告他？」和康問。

「有。」

「用不著擔心，」希一不以為然地說，「趕快走吧。」

「好……好。」

洋輔點了幾次頭，發動引擎。雨像瀑布一樣打在擋風玻璃上，他打開雨刷，雨刷左右移動，清除雨水。

他把車子開出去，駛入高速公路下方的一小段隧道，頓時陷入令人害怕的寂靜。駛出隧道後，再次聽到雨水打在引擎蓋和車頂上的聲音。

右轉駛入捷徑時，車頭燈的燈光中出現一輛停在路肩的白色雙門車，他急忙踩了煞車。

「小心開車。」

坐在後方的八真人說，他切換了方向盤，在經過那輛車子旁邊的瞬間，他似乎在車內看到一個女人的身影。為什麼把車子停在這種地方？洋輔感到不寒而慄。

他看向車門後視鏡，因為雨滴和黑暗的關係，什麼都看不到。

這也是自己的心理作用嗎？

自己的五感似乎出了問題。

他不知道順著額頭流下的是淋濕頭髮的雨水，還是冷汗。

趕快回家。

洋輔克制著想要嘔吐的衝動，用力踩下油門。

4

完成「假面同學會計畫」隔天的星期日，洋輔七點半起床，去公司上班。

他想不起昨晚幾點入睡，照理說應該睡得不錯，但身體很沉重，而且肌肉痠痛，昨天淋了那麼多雨，可能快感冒了。

戶外一片晴朗，昨晚的雨簡直就像在做夢。他和準備去名古屋購物的一家大小、情侶一起搭電車、轉車，來到了公司。今天星期日，他要在展示室負責接待客人。住宅市場最近漸漸熱絡起來，來展示室參觀的客人絡繹不絕，上司根本沒時間數落他霸氣不足，或是不夠強勢，一天就結束了。

七點下班，洋輔拖著疲憊的身體搭上回家的電車。

今天四個人又要去那家烤羊肉店慶功。希一原本安排昨天執行計畫後，就直接去那裡慶功，但回程的車上大家都幾乎沒說話，也完全沒這種心情，洋輔只是默默把他們都送回家。

其實今天仍不太想去參加慶功宴，只不過過去了之後，就可以讓計畫告一段落。他很想趕快結束這件事，下一個休假日要和美鄉見面，好好約會。

電車即將抵達狐狸山時，收到八真人傳來的電子郵件。電子郵件中說，希望他回家後打電話給八真人。洋輔看了電子郵件，內心頓時慌張起來。

在上班時幾乎忘了這件事，但還是很好奇樫村之後的行動。只不過如果他在那之後衝去警局，而且已經知道洋輔他們幾個人就是綁匪，也告訴了警察，老家或是八真人等其他人就會打電話給洋輔。如果沒有接到電話，就代表可以放心。洋輔基於這個理由，慢慢放下心，也因為這樣，接到八真人傳來的訊息時，頓時感到不安。

電車抵達狐狸山站，走出車站後，他撥打了八真人的電話。

『洋輔，你目前人在哪裡？』

八真人接起電話後，問他目前所在的地點。

「我下班回家，剛到車站。」

『這麼說，你不知道樫村的事嗎？』

「樫村怎麼了？」

洋輔問，八真人沒有回答，反而問他：『我和希一他們可以一起去你家找你嗎？』

「來我家？」洋輔感到不知所措，「今天不是要去慶功嗎？」

『現在形勢不一樣了。』

「怎麼回事？」洋輔內心七上八下地問，「樫村怎麼了？」

他果然跑去報警了嗎……洋輔閃過這個念頭。

但是，八真人的回答出乎他的意料。

『聽說樫村死了。』

洋輔一路走回家時，覺得兩條腿好像不屬於自己。雖然沒有心情做任何事，但幾乎無意識地換好衣服，將換下的衣服和昨天被雨淋濕的那些待洗衣物，丟進洗衣機，然後像上次一樣，把矮桌推到壁櫥旁，騰出空間，等八真人他們上門。

等了一會兒，三個人到了。八真人表情很凝重，和康臉色鐵青，就連昨晚老神在在的希一也皺著眉頭。

「你說他死了，是真的嗎？」

洋輔等他們在榻榻米上盤腿坐下後問道。

「是真的。」希一簡短回答。

「傍晚的地方新聞報導了樫村的事。」和康也證實了。

洋輔完全無法相信。昨天晚上，樫村身上完全看不到死亡的徵兆。

「該不會是因為沒辦法拿下膠帶，導致窒息死亡？」洋輔想到什麼就說了出來，「問題是膠帶並沒有封住他的鼻子。」

三個人的目光彷彿在觀察洋輔，然後相互交換了眼神，八真人開口。

「事情有點奇怪。」

「奇怪？」

「嗯……樫村的屍體並不是在昨天的廢棄工廠被人發現，而是在靜池。」

「咦？」

靜池是位在大島工業東方一兩公里處的蓄水池。雖然比遙池小很多，但站在那裡的堤防上，可以釣到鱸魚，洋輔小時候曾經去那裡釣過幾次，只不過那裡並不在樫村住家所在的地區往大島工業的路上，而且昨天沒有經過那附近。

「所以，那傢伙……回家時迷了路，走去靜池那裡，失足掉進去嗎？」

昨晚下那麼大的雨，不能排除這種可能性……應該說，除此以外，想不到其他可能性。

但是，希一與和康沒有點頭，只是看著洋輔。

「我也這麼猜想。」只有八真人終於回應。

四個人之間的氣氛不再和以前一樣，這並不意外。洋輔仍然對樫村死了這件事沒有真實感，反而對眼前冷漠的空氣感到不太對勁，希一等人則深刻體會到事情的嚴重性。

「聽說警方認為很可能是他殺。」希一皺起眉頭，看著洋輔說。

「這代表現場的狀況看起來不像是意外嗎？該不會膠帶還在他身上？」

洋輔隨口說出內心的想法，沒有人回答他。

「警方很納悶，為什麼出門跑步的樫村會死在靜池。」

洋輔聽著八真人說這句話的同時，從書架上拿出狐狸山的地圖。

樫村家和靜池之間的直線距離是九公里，來回大約二十公里。樫村每天跑步的距離最多十公里左右，而且有固定的路線。

「但是，樫村說要參加半馬，可以認為他練習跑二十公里左右很正常……」

洋輔這麼說，但自己都覺得不太可能。昨天那時候下雨，沒有人會在那種天氣下，打算跑二十公里。

「洋輔，」希一叫他，「你昨天送我們回家之後，就直接回來了嗎？」

希一的問話改變了談話的方向，洋輔有點不知所措，但還是點點頭。

「當然啊。」

希一與和康互看一眼，洋輔發現他們似乎在懷疑自己。

「你們該不會以為我又回去那裡，然後幹掉了樫村？」

「我們可沒有這麼說。」

希一說這句話時相當嚴肅，似乎道出了他真心的想法。

「開什麼玩笑，」洋輔情緒化地搖搖頭，「我為什麼要回去那種地方殺了樫村？」

「洋輔，你臨走的時候，不是又回去樫村那裡嗎？」和康雖然用質問的語氣這麼說，但聲音在發抖。「你當時做了什麼？」

「那個時候，就是警告樫村啊。我說我們不會再對他做任何事，要他也忘了今天的事。」

「阿和說，你從那裡回來之後，神情就有點怪怪的，」希一說，「我昨天也有同樣的感覺。」

「那是因為……」洋輔結巴，「不知道為什麼，我一個人回去那裡，突然感到很害怕。那裡很暗，而且樫村發出呻吟，在那裡蠕動，還有……」

「還有什麼？」

「我總覺得有人在看我。」

「在那裡嗎？」八真人訝異地問。

「對。」洋輔突然回想起當時的感覺，背脊發涼，點點頭。

「下雨天的晚上，怎麼可能有人在那種地方？」希一說，「就連飆車族也不會去那裡。」

「但是，」洋輔又接著說，「我們離開的時候，經過東名下方右轉時，不是有一輛車子停在那裡嗎？我覺得車子裡有一個女人的影子。」

但是，其他人都不記得有這件事。

「就算停在高速公路另一端的車子裡有人，也不可能聽到那家工廠後方傳出來的聲音，而且雨下那麼大，即使在工廠的大門口，搞不好都聽不到。」

「雖然是這樣沒錯啦……」

洋輔無法說出昨天、那一刻全身感受到的可怕感覺，內心有點焦急。

「樫村有沒有說什麼？」

希一不理會洋輔說的事，繼續問道。

「說什麼？」

「他是不是知道我們是誰了？」

「不，我沒有撕掉他嘴上的膠帶，只是單方面對他說話。」

希一皺著眉頭，聽著洋輔的回答，然後一臉沉思。

「我覺得和洋輔無關。」八真人瞥了希一的臉後說。

希一吐了一口氣，輕輕點點頭，但那表情並非認同。和康也仍帶著懷疑的眼神看向洋輔。

「算了，」希一說，「先不說這個，接下來才是問題。」

「就是警察有沒有發現是我們。」八真人一臉為難。

現在不必擔心樫村會說出他們四個人的名字，但如果警方認為樫村的死並非意外，完全有可能根據某些線索，查出他們四個人所做的事，搞不好還會懷疑他們和樫村的死有直接關係。

「如果他的手上和腳上還留著膠帶就很不妙，」和康陰鬱地說，「馬上就知道他被人綁架了。」

「如果樫村是靠自己離開那裡——應該說，不可能有其他人昨天剛好去那裡，唯一的可能就是他自己離開，如果是這樣，他應該會把膠帶撕掉。」

八真人冷靜地說，和康煩躁地回答說：

「既然這樣，為什麼警方認為是他殺？」

「那就不知道了。」

「是不是該再去大島工業那裡看一下？確認有沒有膠帶留在那裡。」

「開玩笑吧？」

洋輔一聽到和康的提議，立刻感到背脊發涼，表示拒絕。

「為什麼？」

「如果警察在那裡監視怎麼辦？」

洋輔回想起昨天可怕的感覺，因此有這種反應，但其他三個人無法理解，他只能搬出這個理由。

「不，屍體是在靜池發現的，警察應該不會馬上查到大島工業那裡曾經發生過事情，」希一用謹慎的語氣說，「更重要的是，如果膠帶還留在那裡，就得趕快撿走。」

「有道理。」八真人表示同意，「除此以外，搞不好還有其他東西留在那裡。」

「真的假的，我可不去。」

「我們可以先確認警察有沒有在那裡。」

「不，我不去。」

洋輔語氣堅定地拒絕，希一微微皺起單側臉頰說：「那我們自己去。」

他們剛才似乎是由八真人開車帶他們一起過來，於是就由八真人開車去昨天的現場。

「洋輔，你先去烤羊肉店。雖然現在不是慶功的時候，但昨天之後，就不再去那裡很不自然。」

希一說完這句話，他們三個人一起離開了洋輔的公寓。

事情大條了……

洋輔獨自坐在榻榻米上，深深嘆了口氣。

當初答應參加這個計畫實在太蠢了。

『呵呵呵……沒想到事態的發展這麼好玩。』

聽到哥哥開心的說話聲，洋輔忍不住咂嘴。

「哪裡好玩？」

洋輔不耐煩地問，哥哥開心地笑了起來。

『沒想到希一竟然不知所措，太不像他了，光是這件事，不就很好玩嗎？』

「任何人都會不知所措，根本沒有人想要那傢伙死，但他自己死了。」

『不不不，希一並不光是因為這個原因不知所措。』

「啊？」

『他是因為你才不知所措。』

洋輔不知道哥哥想說什麼。

『你說不想去大島工業，希一就爽快同意，如果是平時，他會怎麼樣？』

沒錯，如果是平時，希一可能會找各種理由，硬是拉著洋輔一起去……

『那是他對你有了戒心。』

「他為什麼會對我有戒心？」

『阿和也一樣。也就是說，他們懷疑你殺了樫村。』

「開什麼玩笑……我在雨中送他們三個人回家，然後就回來了。」

『你沒有自覺嗎？』

「哪有什麼自不自覺，我沒做，怎麼可能會有自覺？」

『你不是對樫村恨之入骨嗎？甚至覺得他死有餘辜。』

「沒到那種程度。」

『你昨天有點不太對勁。』

「在大雨中綁架一個人，要為以前的事復仇，當然不可能保持平常心。而且對方還看到了我的臉，我又不小心叫了阿和的名字，心就更累了。我獨自去警告之後，突然很害怕，變得有點搞不清楚狀況了。」

『搞不清楚狀況……你做了什麼？』

「我沒做什麼，只是回來這裡而已，我累死了。」

『結果樫村就死了……根本說不通啊。』

哥哥調侃洋輔後笑了起來。

「我怎麼知道！樫村自己離開，然後落水了。」

『如果不是這樣呢？』

「不是這樣是怎樣？」

『沒事，我只是覺得好玩。』

「莫名其妙。」

洋輔結束和哥哥的聊天，迅速沖完澡，吹乾頭髮，換上T恤、短褲和薄連帽外套來到車站前。看了手機的時間，快十點了。

烤羊肉店應該打烊了吧……他這麼想著，走去一看，發現店內仍然亮著燈，但向店內張望後發現一個客人也沒有。

「有人在嗎？」

他對著吧檯內叫了幾聲，年邁的老闆終於從店內深處走出來。

「拉麵和啤酒。」

當他在榻榻米的老位子坐下來時，老闆拿了啤酒過來。

「這裡營業到幾點？」

「還有拉麵，對嗎？」

老闆似乎沒有聽到。翻開菜單，但上面沒寫營業時間。

算了，如果在吃拉麵時，其他三個人還沒來，吃完就回家……洋輔喝著啤酒，想著這件事。

警方會查到自己和其他人嗎？

他認為綁架樫村的行為本身並沒有露餡，現場沒有監視器，應該也沒有目擊者。前往大島工業時，也都走小路，一路上都很小心謹慎。

他不記得現場留下了任何可能成為證據的物品，唯一擔心的，就是不知道樫村是否認出他們四個人。

在同學會遇見時，他完全沒有認出自己，在眼睛被蒙住的狀態下，聽到戴了面具的四個人七嘴八舌地對他說話，照理說應該根本分不清楚誰是誰。

但是，蒙住樫村眼睛的膠帶中途被扯開，洋輔和他對上眼，而且洋輔也不小心叫了「阿和」。雖然對上眼，但自己並沒有拿下口罩，那裡的光線又很昏暗，不知道他有沒有馬上認出洋輔。高中時代，樫村都叫和康「和康」，不知道他會不會聽到「阿和」，就想到是和康。但是，如果樫村回家翻閱以前的名冊或是畢業紀念冊，這可能會成為他猜出自己和其他人的線索。

問題在於如果他在現場就已經認出自己，是否有可能之後打電話報警，或是打電話回家，把這件事告訴其他人……但如果是這樣，應該有人會去接他，不可能落入靜池中送命。

如果他沒有告訴別人自己被綁架，警察發現洋輔和其他人的危險性並不高。

不會有問題……洋輔努力這麼告訴自己。

問題在於洋輔無法理解，為什麼警方認為樫村可能是他殺？

如果他搖搖晃晃走去靜池的方向，結果被車子撞到，或許還能夠理解。

如果是他殺，恐怕只有這種可能性。

其他人認定有人把樫村帶去靜池，然後推入池中，所以才會莫名其妙地認為自己很可疑。

如果真的有人用這種方式殺了樫村，就代表是四個人中的某一個人下的手……

既然不是自己，那就是其他三個人中的某個人……

洋輔突然意識到這種可能性很有現實感，身體抖了一下。

怎麼可能？

老闆遲遲沒有把拉麵送上來，等了將近二十分鐘，才終於把只加了筍片和蔥花的醬油拉麵端上來。

這時，另外三個人走進店中。

「老闆，我們也要啤酒和拉麵。」

希一點完餐，在榻榻米座位坐下。

「情況怎麼樣？」

等老闆把加點的啤酒和杯子放在桌上，消失在吧檯後方，洋輔立刻問道。

「慘了，這下真的慘了。」

希一意味深長地說，在杯子中倒了啤酒。

「什麼慘了？」

負責開車的八真人拒絕了希一為他倒啤酒後，滿臉愁容地看著洋輔說：

「那裡並沒有膠帶。」

「什麼？」

「沒有發現樫村撕下膠帶，丟在那裡的痕跡。」

怎麼會沒有？

和康的臉色蒼白。

希一抬起眼，以觀察的目光看著洋輔。

洋輔再度感到背脊發涼，忍不住抖了一下。

隔天醒來，洋輔就發現身體沉重。昨晚沒睡好，身體狀況當然無法恢復。

『報紙，趕快去看報紙。現在不是睡懶覺的時候。』

他剛走下床，就聽到哥哥欣喜雀躍的聲音，腦袋一下子清醒過來。他拖著沉重的身體，去門口的報箱內拿了報紙，回到床上，翻開了社會版。

「退休高中老師　在蓄水池離奇死亡　狐狸山」

這個標題出現在社會版頭條，不知道是否因為是地方報的關係，報導這起案件的篇幅超過想像。洋輔臉色發白地看著報導內容。

「出門跑步後行蹤不明」、「手腳都被綁上膠帶」、「凶手是否不止一人？」

之前就已經從希一他們口中得知，星期天早上，有人發現他的屍體浮在靜池水邊，但從報導中可以確定，他是在手腳都被膠帶綁住的狀態下被人發現。

怎麼會有這種事？

『不知道是誰幹的。』

「我怎麼可能知道。」

哥哥的聲音聽起來對這起意外狀況樂在其中，洋輔打斷他，闔起了報紙。

你有沒有看到樫樫的新聞？我超害怕，從早上到現在，一直發抖～＞＜

去公司上班的電車上，收到了美鄉傳來的訊息。

一般人很少會遇到認識的人被捲入報紙和電視都大篇幅報導，而且不幸死亡的案件，洋輔能夠理解她的害怕，但那和洋輔目前所感受到的害怕屬於不同的層次。

如果是和樫村的死毫無關係的人，這種時候會怎麼回覆……由於洋輔和這件事算是有點關係，因此常常必須思考這個問題。他除了回覆自己也很震驚，還寫了幾句關心她的話。

美鄉似乎內心很受打擊，白天上班時，也不時傳訊息給洋輔，最後他們約好下班後，在名古屋見面吃晚餐。

「對不起，勉強約你出來。」

晚上下班後，洋輔走進久屋大道旁的義大利餐廳，坐在預約的座位上等了一會兒，美鄉稍微過了約定時間才現身。她說話的聲音和表情都沒有洋輔擔心的那麼嚴重，洋輔放下心。當他這麼告訴美鄉時，她回答說：「看到你我鬆了一口氣。」然後調皮地笑了起來。

「但是，我真的大吃一驚，上次同學會時看到他還好好的。」

點完餐，他們用單杯的紅酒乾杯時，她深有感觸地說。

「除了我以外，妳還有傳訊息給其他同學嗎？」

「嗯，我和上次同學會時遇到的幾個同學傳訊息聊了一下，太好玩了。」

「太好玩？」

「不，不能用好玩來形容，」美鄉說完，捂住嘴，似乎很羞愧。「因為每個人的反應都不一樣……有人說『好可怕』，有人說『太震驚了，好想哭』，但也有人的反應很冷淡，說什麼『如果不是樫樫，才可能會很震驚』，或是『不意外，應該有很多學生恨他』。」

洋輔完全能夠體會後者的意見，然後發現果然有很多女生都有這種感覺。

「看到她們的這些反應，覺得自己好像也不能只是說害怕或是震驚……雖然我並沒有特別喜歡樫樫，跟其他人一樣，覺得他太嚴格，又很煩；更何況畢業到現在已經七年了，在這種狀況之下，只是嚷嚷很可怕，就算是我內心真實的感情，也似乎有點不合時宜。今天一整天下來，我有點搞不清楚該怎麼面對這件事。」

「這代表妳很敏感，即使妳很震驚，也是正常的反應。」

美鄉聽了洋輔這句話，露出柔和的笑容說：「謝謝。」

然後，她又帶著一絲愁容，探出身體問：

「但是，你對樫樫被殺有什麼想法？我覺得很可能和狐狸高的畢業生有關……這麼一想，就覺得超可怕。」

「為、為什麼覺得和狐狸高的畢業生有關？」洋輔結結巴巴地問。

「樫樫不是出門跑步時被襲擊嗎？而且被人用膠帶綁住，怎麼可能是陌生人幹的？他又是那種老師，應該有不少學生恨他。」

「但是，樫村又不是只在狐狸高當老師。」

「雖然是這樣，但我總覺得是上次的同學會，成為這起命案的契機。因為樫樫不是在同學會上告訴大家，他要去參加半馬，目前正在練習跑步嗎？還說什麼有興趣的人可以和他一起跑，然後大家都不理他。」

美鄉說完，噗嗤一笑，洋輔跟著放鬆了嘴角，但意識到自己的嘴角有點僵硬。

「所以我才會想，也許不能排除是某個畢業生下的手。」

美鄉說話有點急促，表情豐富，一下子微笑，一下子皺眉頭。可以感受到由於身邊發生了重大案件，造成她的情緒有點焦躁，只是洋輔有點無所適從。

「這很難說，」洋輔微微歪著頭說，「再怎麼痛恨樫村，都隔了這麼多年，我不認為有人想要殺他。」

「照理說應該是這樣，但是不是也曾經有人對很多年前，學生時代的怨恨耿耿於懷，結果闖入母校，造成他人死亡或受傷，或是預告要對學校不利嗎？我覺得有些人覺得自己的人生不順遂，是當時那所學校造成的，或是某個老師害的，反正就是有人會這麼想。高中時代剛好是多愁善感的年紀，我覺得自己內心或多或少有這種感情，只是不至於到因此犯罪的程度……洋輔，你完全無法理解嗎？」

「不，我並不是無法理解……」

洋輔非但能理解，而且自認為比美鄉更加理解這種想法，只不過他不知道該不該輕易談論這件事，因此說話變得有點不乾不脆。

「對啊……因為你之前說討厭樫樫。」

「是啊，」洋輔故意冷冷地回答，「雖然討厭他，不過還是完全無法理解殺人這件事。」

從某種意義上來說，這是他的真心話，他自認為說話的態度很自然，但他突然發現美鄉目不轉睛地盯著自己觀察，頓時六神無主，亂了方寸。

「是喔。」美鄉的嘴角浮現笑容，「至少代表你並不是凶手。」

「當、當然啊……」洋輔差點把葡萄酒吐出來，「妳在說什麼啊。」

美鄉露出潔白的牙齒笑了，輕輕聳肩說：

「我當然知道你一個人不可能做這種事，但你最近不是經常和八真人他們混在一起嗎？如果只有八真人也就罷了，但皆川不是也和你們一起玩嗎？還有大見……你們這幾個人，就是當年經常被樫樫找去的四人組，所以我有點擔心，會不會是皆川他們動了什麼歪腦筋。」

美鄉用叉子吃著送上來的義大利沙拉，說話的語氣明顯像在開玩笑，洋輔只能勉強跟著笑起來。

「妳想太多了，我們聚在一起只是在烤羊肉店聊以前的事。希一年紀輕輕，現在可是皆川不動產的專務；和我們在一起時，經常拿著手機和客戶談事情，不會像以前那樣吊兒郎當了。」

「想像皆川工作的樣子，就會想到黑心房屋仲介。」美鄉調皮地笑了，「你不要告訴皆川，我這麼說他。」

事實雖不中，但亦不遠，洋輔只能跟著一起笑。

「這樣啊。」美鄉收起笑容，輕輕嘆了一口氣。「那，我就不需要替你做不在場證明。」

「啊？」

「我原本還在想……也許需要我證明那段時間，我和你在一起。」

洋輔發現美鄉並不是開玩笑，而是真心以為自己和樫村的死有關係。

「妳不必擔心這種事。」

「也對，只是原本擔心你會捲入麻煩。」

可能因為前一陣子洋輔總是以四個人的聚會為優先，在同學會之後，就沒有和美鄉見面，讓美鄉產生了這些猜疑。

「妳想太多了。」洋輔擠出笑容，否定她的話。「可別把這種胡思亂想告訴別人。」

洋輔說完這句話，才發現很不自然，但說出口的話已經收不回來。他偷偷觀察美鄉的神色，想確認她是否覺得奇怪，這時美鄉開了口。

「洋輔，你和皆川這麼合得來嗎？」

「啊？」

「你們屬於不同的類型，但從高中時就一直很要好。」

「我記得之前提過，老實說，我和他並不算合得來，只是從小學就認識，有時候即使不用開口，他也大致知道我的想法。」

「原來就是所謂的孽緣。」

「是嗎……其實我和希一還好，八真人和希一關係很好，我從以前就和八真人很要好。」

「八真人和皆川也屬於不同的類型，不知道他們為什麼會變成好朋友。」

「嗯，如果說奇怪，的確有點奇怪……可能是因為阿和傻傻的，讓氣氛變得比較輕鬆的關係。」

雖然試圖找原因，但不可能有什麼像樣的回答，洋輔只能敷衍地隨便找了一個理由。

「我不喜歡皆川那種類型的人，他的眼神很凶，而且也不知道他在想什麼。」美鄉似乎有點難以啟齒，露出淡淡的苦笑。

在同學會時已經聽美鄉提過，似乎可以認為是對洋輔的親近感，所以洋輔並不覺得不高興，只是多少察覺到美鄉的言下之意，是希望他不要和希一走得太近。

「雖然他很有個性，但並不是壞人，而且我已經有好幾年沒見到他了，這次的狀況平息之後，我想以後應該也不會見面。」

「這次的狀況？」

「我是指同學會之後，這陣子經常玩在一起。」

洋輔慌忙補充說明。

雖然相隔多日，終於和美鄉約會，一起享用義大利料理，但洋輔無法發自內心高興，因為隨時必須小心謹慎，以免在說話時露出破綻。

「那改天再好好安排約會。」

「好啊。」

走出狐狸山車站，和美鄉道別後，洋輔終於鬆了一口氣。

他當然很想和美鄉好好約會，只不過目前心情無法平靜，無法優先考慮這件事。

最重要的是，和她在一起時，必須極力掩飾星期六的暴行。美鄉顯然在懷疑洋輔，有一半是開玩笑，但另一半是真心的。因為希一也是洋輔的朋友，美鄉認為希一有可能會做這種事。

如果只是這種程度的懷疑當然沒問題，問題在於如果自己不小心露出什麼破綻，就會造成無可彌補的結果。不僅和美鄉之間的關係會破裂，洋輔他們所做的事也會被人發現。

是不是暫時不要和美鄉見面……洋輔怔怔地想著這件事。

話說回來……

滿腦子都是理不出頭緒的事。

樫村在被膠帶綁住的狀態下死亡，究竟是怎麼一回事？

雖然他從早上就開始在想這件事，卻完全搞不清楚。

退一百步想，如果他死在大島工業的廢棄工廠後方，那還能夠理解。

但是，樫村離開了那裡。

如果樫村是自己走路離開，至少必須先撕掉腳上和蒙住眼睛的膠帶。如果能夠撕掉這些膠帶，當然也會把手上的膠帶撕掉。

但是，他的屍體被發現時，身上仍然纏著膠帶。

既然如此，想必有人把他搬去了那裡。

洋輔他們離開後，不管樫村動作再怎麼慢，只要掙扎一個小時，就可以掙脫手上的膠帶。

在那之前，有人去了工廠。

在那個大雨的夜晚，在倒閉公司的工廠後方……

有人會去那裡嗎？

除了洋輔他們四個人以外，還有其他人會去那裡嗎？

5

那個週四的傍晚，洋輔提早離開名古屋的營業所，回到狐狸山，來到高三時同班同學祖父江兼一的家中。

兼一正在選購改建的二世帶住宅所使用的系統廚具，洋輔在同學會之後，準備型錄寄給他。今天除了他的父母，他的未婚妻也會在場，洋輔要和他們討論具體希望打造什麼樣的廚房。

兼一家正在進行拆除的準備工作，把家裡的東西陸續搬去臨時租賃的房子，家裡有點空蕩。

兼一的父親之前在大型重機公司的名古屋工廠任職，不久之前退休了，目前在子公司擔任技術顧問。這次就是用他父親的退休金作為改建的費用。

也許是因為兼一的父母在場的關係，兼一的未婚妻顯得很文靜，但可以感受到她很有主見，很聰明。兼一的母親個性開朗，一家四口聚集在客廳的景象，看起來是典型的幸福家庭。

「我已經習慣目前的廚房，比較想要這一款，但瓦斯爐最好有三口，而且水槽要大一點。」

「考慮到孩子出生後的狀況，我希望能夠在下廚或是洗碗時，可以看到客廳的情況……」

洋輔聽取兩位女主人的意見後，認為一樓父母使用的廚房可以採用L形，二樓兼一夫妻則適合使用中島型廚房。

「這個系列看起來很不錯。」

兼一的母親看了型錄後，似乎中意高級系列的L形廚房，定價將近一百萬圓。

「這個等級，當然很不錯啊。」兼一說完後笑了起來。

「但是考慮到接下來要使用二、三十年，就覺得沒必要省二、三十萬。」兼一的母親老神在在地反駁，「而且新谷應該也會盡量幫我們爭取優惠。」

「那當然，既然是好朋友下訂，我絕對盡力而為。」

洋輔滿面笑容回答，兼一的母親心滿意足地微笑。

「所以，你們不要有什麼顧慮……老公，對不對？」

兼一的父親點點頭，她看著兒子和未來的媳婦，示意他們快做決定。

「既然有這麼高級的廚房，那我要開始好好學做菜了。」

兼一的未婚妻很機靈地順水推舟，她似乎早就有相中的商品了。

公司的樣品室內有展示同一個系列的廚具，於是他們決定改天一起去參觀。

「我到時候會開估價單給你們。」

由於客戶是老同學家，難得進展順利。他們還說去樣品室時，要順便看一下洗手台，如果一切順利，最近業績一直沒有起色的洋輔可以暫時鬆一口氣。

談完工作後，兼一的母親似乎叫了壽司，請洋輔留下來和他們一起用餐。吃完之後，洋輔起身準備告辭時，兼一問他：

「你今天不用再工作了吧？要不要去喝咖啡？」

「好啊。」

兼一目送未婚妻離開後，坐上洋輔的車子。

「對女人來說，廚房果然是無法妥協的地方。」兼一對洋輔露出了苦笑，「我覺得每一款看起來都大同小異。」

「一旦看上高級款，就很難再降低標準。」

「只要能夠家裡太平，那也就值了……洋輔，今天對你的業績也小有貢獻吧。」

「真的太謝謝了，由衷地感謝。」

他們一起走進連鎖咖啡店「米田珈琲」，兩個人都點了冰咖啡，廚具的事也談完了。兼一用吸管吸著冰咖啡時，果然開口聊起樫村的案子。

「話說，看到樫樫的新聞，真的嚇了一大跳。」

「喔喔……你是說那件事。」

「再怎麼說，我們上次同學會的時候才剛見到他。」

「是啊。」

樫村在同學會上致詞時，洋輔忍不住狠狠瞪著他。兼一當時看到了這一幕，還對他說：「洋輔，你的表情很可怕。」洋輔想起這件事，不由得緊張，以為兼一要說什麼，但他似乎多慮了。

「我目前工作的地方有一位同樣是狐狸高畢業的學長，比我們大兩屆，他爸爸是市議員，他也雄心勃勃，之後打算參選，總之，他很喜歡八卦，這次很常和他一起聊樫樫的事。」

「是喔……那個學長說什麼？」

「他說應該是狐狸高的畢業生下的手，我也這麼認為。」

原來大家都會朝這個方向推理……想到警方可能會朝這個方向偵辦，就感到不寒而慄。

如果警方開始查訪畢業生，也許就會有人提到希一是當時的問題學生，到時候會發現案發前後，洋輔等四個人經常見面。

他們星期日去烤羊肉店時，已經商量好不在場證明。星期六傍晚，他們四個人原本打算去KTV，但來到KTV的停車場時，發現沒有停車位，於是他們只能作罷，回到了洋輔的公寓，隨便填飽肚子，八點左右，洋輔分別送另外三個人回家。

那家KTV離大島工業不遠，以去那裡作為不在場證明似乎有點危險，但是開車行動時，不知道會在哪裡被防止犯罪攝影機N系統拍到，如果裝糊塗謊稱沒有開車出去玩，反而可能會自掘墳墓。幸好那家KTV位在和靜池相反的方向，希一的確是那裡的會員，平時經常去玩。在執行「假面同學會計畫」當天，在前往大島工業途中經過KTV時，看到停車場的停車狀況。

雖然最好能夠製造四個人一起去了某家店的不在場證明，只不過這還需要其他人證明，事情並沒有這麼簡單。希一認為，與其勉強編出不在場證明，還不如四個人口徑一致，證詞不要出現反覆更重要。他的意見很合理。

「狐狸高很多畢業生，應該都有可能對樫樫下手。」

聽兼一說話的語氣，似乎對這起案件樂在其中。如果洋輔和這起案件完全無關，應該會像他一樣輕鬆討論這件事，正因為並非如此，反而得繃緊神經，偽裝自己。

「但是會有人大費周章地動手殺他嗎？」

洋輔脫口問了之前曾經問過美鄉的問題。這也是他發自內心的疑問。

「這我就不知道了，但既然他手腳被綁住，被人扔進靜池，顯然不是一個人下的手，可能超過兩個人。雖然不知道他們原本的動機，但可能起初並不想殺人，現場狀況一發不可收拾，最後就乾脆殺了他。」

兼一的猜測簡直就像看透了洋輔他們所做的事，洋輔聽到後如坐針氈。

洋輔沒有吭氣，不知道兼一如何理解這件事，他繼續說道：

「可能原本只是想揍他兩三拳而已，結果被樫樫發現了身分，為了避免他去報警，乾脆殺人滅口。」

聽著兼一的見解，洋輔心驚肉跳。從客觀的角度來看，洋輔他們四個人有殺害樫村的動機。

當時，洋輔叫了和康的名字。

和康驚慌失措，洋輔也發現不妙。

雖然希一表現出這不是什麼大問題的態度，但只要冷靜思考就知道，樫村以那句話為線索，要找出襲擊他的人並非難事。

樫村可能知道是誰綁架了他……可以說，這是他們四個人的共同認知。

洋輔他們有殺人動機。

正因如此，希一他們才明顯表現出懷疑洋輔的態度。

只不過洋輔反而覺得希一才更可疑。

和康當然也很可疑。

樫村在手腳被綁住的狀態下死了，凶手一定是他們四個人之一。

另外兩個人認為樫村發現他們的身分，是否在洋輔送他們回家之後，又再次聯絡，馬上回去工廠？

果真如此的話，他們一定商量好要隱瞞洋輔和八真人，不僅如此，還故意表現出懷疑洋輔的態度。

他們可能認為一旦警方懷疑到他們頭上，到時候可能無法脫罪，於是就預先準備一個替死鬼。

只不過他們並沒有露出有這種企圖的狐狸尾巴。

目前看起來都齊心協力，全力避免被警察搜索。

雖然攜手合作，努力不被警方發現，但把背叛的王牌藏在口袋裡。一旦鬆開合作的手，他們就會拿出那張牌。

自己必須謹慎行事。

「對了，聽說明天就是樫樫的守靈夜。」

既然警方認為他殺的可能性很高，那麼應該會進行解剖，因此延誤了守靈夜的日期。

「我如果有時間，打算去看一看，洋輔，你有什麼打算？」

「啊？」洋輔皺起眉頭，「你真的打算去嗎？」

「我想瞭解一下狀況。」兼一若無其事地說，「既然是狐狸高的畢業生，去參加守靈夜很正常吧。至於白包，包個一兩千圓就好。」

洋輔同樣很想知道守靈夜的狀況，但是警方很可能虎視眈眈地守在那裡。自己出現在那裡，可能就會引人注意。更何況如果自己不去參加，並不會有人責怪自己不講義氣，因此還是不要輕舉妄動。

「雖然我有點想看看現場的狀況，但我時間上沒辦法。」

「這樣啊……我也是有時間的話才會去。」

洋輔隨口敷衍，兼一沒有強人所難。

『洋輔，你明天晚上有空嗎？』

洋輔回到家，泡完澡，坐在電視前放空時，美鄉打電話給他。

「啊……有什麼事嗎？」

他們前幾天才剛一起吃過飯，而且之前每次約會前，她都是傳訊息聯絡，洋輔忍不住感到奇怪，這麼問她。

『聽說明天晚上是樫樫的守靈夜。』

「妳要去嗎？」

『你沒興趣嗎?我問了之前去同學會的人,有好幾個人都說會去參加。』

「嗯……我並不想專程跑一趟,更何況還有工作。」

『這樣啊,也對,沒必要為了這件事提早下班,雖然我有點好奇守靈夜的狀況……』

狐狸山高中的畢業生中,認識樫村的人似乎都很關心這次的事。打算去參加守靈夜的人之中,純粹為樫村的死感到悲傷,或是因為無法忘記他生前的恩德而去的人應該寥寥無幾,對其他人來說,明天晚上就像是某種慶典聚會。

和美鄉結束通話後,又接到了八真人的電話。

『聽說明晚是樫村的守靈夜。』

「怎麼回事?連你也在說這件事。」洋輔不耐煩地說,「你該不會打算去參加吧?」

『不是啦,只是覺得可以去觀察一下情況。』

「我勸你還是打消這個念頭,如果有警察在那裡監視,就會被盯上。」

『聽說很多人都是去看熱鬧,不去反而可能會引起懷疑。』

「太扯了……希一他們該不會也打算去?」

『他們說可能會去。』八真人說,『去了之後,搞不好就可以從誰的口中聽說警方目前偵辦的進度。』

洋輔確實很在意警方的動向,但知道了也無能為力。

「我勸你們最好不要太引人注目,」洋輔說,「有一句話要提醒你,你最好不要太相信希一。」

『希一……為什麼？』

「你倒是想想看，樫村在手腳被綁住的狀態下被丟進靜池，是從大島工業搬去那裡，除了我們以外，還會有其他人做這件事嗎？」

八真人低吟一聲，什麼話都沒說，但是他不可能沒發現這件事。

「如果不是我們幹的，還會是誰？一個人很難把他搬去靜池，我認為很可能是希一與阿和幹的。阿和很擔心樫村知道他是誰，有點驚慌失措。」

八真人停頓了一下，似乎很認真思考洋輔說的話，然後才開口說：『原來如此，但是希一懷疑是你幹的。阿和甚至很認真地說，你接下來會不會把我們也殺人滅口。』

「我嗎？」為了殺人滅口而幹掉他們……這句話太不現實了，洋輔失笑。「太可笑了。」他斷然否定，立刻收起笑聲。「但是他們的確表現出懷疑我的態度……八真人，我認為這是他們為了以防萬一。他們打算在火燒到我們身上時，把我推出去當替死鬼，所以現在故意玩這一套。」

『你是說，萬一警察盯上我們嗎？』

「對啊。」

『但是，我覺得你想太多了。』八真人說。

「你說我想太多是什麼意思？」

『我的意思是，他們只是不知道該怎麼理解眼前的狀況。』

「那你認為真相是什麼？」

『我也不知道。』

「問題並不是說不知道就行了，樫村確實死了啊。」

『我當然知道這件事，但目前警方未必盯上了我們。大島工業雖然離靜池很近，但還是有一段距離，更何況我們留在樫村身上的只有膠帶而已。我在使用膠帶時，從頭到尾都戴著手套，不會留下指紋之類奇怪的證據。雖然也許不該說這種話，但我覺得樫村死了，我們被抓的可能性反而降低了，只要把樫村搬去靜池的那個傢伙沒有露出什麼破綻……然後其他人不要露出馬腳。』

「也就是說，你認為不管是誰殺了樫村，這個問題並不重要嗎？」

『極端地說，就是這麼一回事。我們要是相互猜忌，完全沒有任何好處。雖然不是模仿阿和的說法，一旦被逼入絕境，搞不好真的會發生殺人滅口這種事。現在的首要任務，就是等風頭過去。』

事到如今，誰的想法最正確這個問題已經沒有答案。洋輔覺得八真人的話有點扭曲，除了希一與和康，不可能有其他人殺了樫村，能不能繼續和他們來往，就像什麼事也沒發生？……洋輔沒有自信可以做到。

✦

樫村的守靈夜散發出一種和「肅穆」兩字有微妙落差的氣氛，一走進殯儀會館，就可以明顯感受到這一點。有一種廟會之類場合常見的興奮感，讓我感到舒服自在。

在接待櫃檯登記後走進禮廳，選了最後排的空位坐下，不時看到之前在同學會時見過的狐狸高畢業生，以及在狐狸高任教的老師。不一會兒，就開始誦經，但那些人仍然把頭轉來轉去，到處可以聽到窸窸窣窣說悄悄話的聲音。

前方的祭壇上，比現在稍微年輕，看起來像是樫村以前教師時代的照片在菊花的包圍下，面對所有的弔唁賓客。有稜有角的臉上，掛著在狐狸高任教時，經常戴著的那副淺棕色墨鏡，露出了無敵的笑容。

差不多一百個座位幾乎都坐滿了人，我不經意向後張望，發現牆邊也在不知不覺中站滿了人。他應該並不是受學生愛戴的老師，你們這些人，絕對有一半是想來看好戲……我這麼想著，差一點笑出來。

誦經持續進行，弔唁客開始上香。從前排開始，賓客依次起身，在三個並排的燒香台上完香後回到座位。不一會兒，就輪到了最後一排，我也恭敬地上了香。

我不經意地看向祭壇，由於走到前面，感覺樫村的照片近在眼前，而且淺色墨鏡後方的那雙眼睛好像緊盯著我，讓我感到很滑稽，又差一點笑出來。我拚命忍著笑，用力皺起整張臉，對著站在那裡向大家打招呼、看起來像是樫村太太的女人鞠躬。她可能以為我的表情滿是哀傷，向我深深鞠躬。

在長長的隊伍終於上完香時，僧侶剛好誦完經，但並沒有太多人轉身離開殯儀會館，大家都在大廳停下腳步，看到熟人後，嘰嘰喳喳聊了起來。

我大致看了一下，發現美鄉並沒有來參加。雖然之前她說要來，但可能時間來不及。

在場的人中，是否有刑警正睜大眼睛觀察是否與案件相關的人也來參加……我突然好奇這件事，想要來好好找一下，但看到該打招呼的人，於是就分了心。

「嗨，希一。」

我舉手向他打招呼，希一驚訝地瞪大眼睛看著我。八真人也站在他身旁。

「八真人，你也來了！」我笑著走向他們，「阿和呢？他沒來嗎？」

「你說話太大聲了。」希一為難地皺起眉頭，「阿和沒有來。」

那個傢伙太膽小了，所以沒有膽量若無其事地來這裡嗎？

「是喔是喔，」我看到希一，心情就很愉快，輕輕拍了拍他的肩膀，「但是我說希一啊，你以前那麼調皮搗蛋，曾經被樫村老師嚴格指導，別人會很好奇你怎麼會來參加他的守靈夜……不是嗎？」

「你在說什麼屁話！」希一左右張望，慌張地說：「你還不是一樣，哪有資格說我？」

「不好意思，不好意思，」我哈哈大笑著說，「多虧了樫村大恩師的嚴格指導，我的人生才能走上正軌，也才有今天的我，我今天特地趕來參加老師的守靈夜，就是為了親自表達這份感謝的心情。就算你沒特別強調聲明，大家也都懂。」

希一滿臉不悅地附和後，和八真人互看了一眼說：「我們要走了。」

「你在開玩笑吧？」我身體向後仰，開玩笑說，「如果不和恩師的太太聊一下，不是枉費了特地來參加守靈夜嗎？」

我搭著希一的肩膀說：「來吧來吧，不必有什麼顧慮，我們去向師母打聲招呼。」我們沿著大廳往回走。

樫村太太仍然坐在祭壇旁的家屬席上，雖然有些家屬準備走去休息室或是其他地方，但她似乎沒有力氣馬上站起來，茫然地看著樫村的遺像。

「師母。」

她聽到我的叫聲後轉過頭。我說話的語氣當然比和希一說話時沉穩多了，這種雕蟲小技難不倒我。

「我們是狐狸高的學生，在學校時，老師很照顧我們。這次真的太驚訝了，所以我們趕來參加……」

「這樣啊……」

她微微站起來，準備回應我。

「不，您請繼續坐著。」

我制止了她，她握著手帕和佛珠的手疊在腿上，深深鞠躬說：「不好意思……謝謝你們特地趕來。」

「其實我們以前很調皮，經常被老師修理，包括今天很遺憾無法前來的阿和在內，老師對我們四個人大發雷霆的日子記憶猶新，簡直就像昨天才發生的事，是很美好的回憶。」

「啊喲，原來是這樣啊。」

當我提到阿和的名字時，站在我身旁的希一肩膀抖了一下，但師母的表情沒有任何變化。希一和八真人應該已經從剛才的對話中得知，樫村那天晚上，並沒有用手機之類告訴他太太，他被幾個人襲擊，其中有一個人叫「阿和」。

「我至今仍然無法相信，那麼關心學生的熱血老師已經離開人世了，但是，我聽說好像被捲入了什麼案件。這件事我不敢相信，覺得很可怕。」

師母聽我說話時頻頻點頭，用手帕掩著眼角說：「我也完全搞不清楚是怎麼回事……至今無法相信。」

「到底發生了什麼事？老師生前有沒有說什麼？」

「他並沒有說什麼奇怪的事，」師母說，「他這一年每天都出門跑步，說打算參加狐狸山的半馬比賽……他這個人很頑固，一旦做了決定，就會堅持到底。除非天氣非常惡劣才會休息，一般颳風下雨照樣出門。每天我開始準備晚餐時，他就會換上運動服出門跑步。那天雖然也是下雨天，但時下時停，他看到雨變小了，就說要趁現在去跑步，然後就出門了，但一直沒有回來。我晚餐都做好了，他仍然沒有回家；我以為他在路上發生車禍，或是中途身體不舒服昏倒，被送去醫院。我胡思亂想了半天，找了住在附近的兒子，開車去附近找人，又打電話去市民醫院，但完全沒有找到他。晚上十點左右，我們去了警局，但沒有打聽到任何消息。沒想到隔天就接到警察打來電話，說發現了遺體，有可能是我先生……雖然我完全不知道為什麼會發生這種狀況，但我兒子說，他很可能在跑步時被惡劣的飆車族之類的人纏上，把他擄走，最後被推入蓄水池中……」

「喔喔。」我故意皺起眉頭，「老師很有正義感，很可能遇到那種人時發生了什麼摩擦。以前曾經發生過情侶遇襲，結果被擄走，最後遭到殺害的案件。雖然現在飆車族比以前少了，但這附近還是有一些整天騎著機車，發出很大噪音的傢伙。」

「對啊，那天是週末，所以我覺得那天飆車族可能在街上撒野。目前的社會太可怕了。」

「警察有沒有說些什麼？」

「警方似乎認為很可能是好幾個人把他擄走後犯的案。他是在跑步時遭遇意外，但到了隔天黎明才遭到殺害。」

「是喔，這是警方在偵查之後發現的嗎？」

「聽說是解剖後得到的結果，可能是三點或是四點……歹徒可能是開車把他帶去很多地方，然後把他的手腳綁住，推進蓄水池內，然後他就溺死了。」

「這樣啊……這真是太過分了。不知道是否該說歹徒簡直沒血沒淚，竟然會做出這種事，真希望可以早日逮捕那些心狠手辣的凶手。」

師母微微鞠躬，回應著我的話。

「師母，您應該很傷心，請您節哀，老師應該希望您不要太傷心，真捨不得老師就這樣離開了，感覺心裡好像破了一個大洞。今天回家之後，我想和在天上的老師乾一杯……嗚嗚。」

雖然我完全不想哭，但還是硬擠出嗚咽聲，用手捂著嘴巴。我的演技實在太做作，連我自己都快笑出來了。

「謝謝你的關心。」

師母向我道謝，我仍然捂著嘴，向她鞠躬，然後拍了拍希一和八真人的肩膀。

「事情就是這樣，真是搞不懂到底是什麼狀況。」

✦

『聽說樫村並不是在星期六晚上被殺的。』

早晨起床，洋輔昏昏沉沉地喝著從冰箱裡拿出來的豆漿，哥哥這麼對他說。他一時無法理解哥哥到底在說什麼，好不容易才意識到不對勁時，反問哥哥：「你剛才說什麼？」

『目前推測死亡時間在星期天的凌晨三、四點左右。』

「這是怎麼回事？」

『你自己看報紙啊。』

洋輔咂著嘴站起身，拿了塞在玄關報箱內的報紙走回來。

「退休老師遇害前，曾經長時間失去自由嗎？」

雖然並不是很大篇幅的報導，但提到了警方針對樫村殺害案件展開偵查後，目前所掌握的事實。在進行司法解剖後，推測死亡時間為週日黎明的三點到四點，目前警方認為樫村從週六傍晚跑步時失蹤後，被歹徒長時間囚禁，很可能開車把他帶往其他地方。

「在那個時間？」

洋輔在小聲嘀咕的同時，內心既感到鬆了一口氣，也同時產生了疑問。

他無法理解希一他們為什麼把樫村囚禁到這麼晚，最後還把他殺了。不，既然是那個時間，搞不好並不是希一他們幹的？他內心產生了一絲這樣的想法。

他也同時感到安心，覺得自己擺脫了遭到警方懷疑的危險。如果樫村死於隔天黎明三點到四點，距離他送另外三個人回家，回到自己家中超過六個小時。

「那個時間，我早就睡著了。」

『你那個時候真的在睡覺嗎？』哥哥硬是胡亂猜測。

「你應該也知道啊。」

『那就難說了，我也睡著了，並不清楚。』哥哥故意裝糊塗，『問題在於光是說自己「睡覺」，警方會不會相信。』

哥哥說得沒錯，如果警方要求自己拿出那時候在睡覺的證據，就會很傷腦筋，但對每個人來說都一樣。如果為這種事感到擔心，那就擔心不完了。更何況洋輔目前並沒有發現警察開始在自己周圍展開調查，他覺得是因為警方很難懷疑到自己頭上。

不會有問題。

他在內心得出這樣的結論後感到安心，然後重新確認剩下的疑問。

除了自己和其他三個人以外，可能有其他人殺害樫村嗎？

樫村是在凌晨三、四點被推入靜池，遭到殺害，凶手應該是在洋輔等人離開現場後不久，就和樫村接觸。樫村即使再怎麼慢吞吞，只要一個小時，就可以掙脫手腳上的膠帶，不可能耗費六、七個小時還沒有掙脫膠帶。

既然這樣，就意味著凶手就是知道樫村在那裡的四個人之一……

如果是希一與和康回到工廠，為什麼囚禁樫村到凌晨三、四點才動手？

難道是他們回到工廠，把樫村搬上了車子，卻沒有具體計畫，於是就開車載著他，同時思考該如何處理，最後把他推入靜池中？

洋輔認為這種可能性很高。

如果只有兩個人犯案，應該需要耗費更多時間，如果原本並不想殺人，在決定殺人滅口之前，一定會產生猶豫。仔細思考之後，就發現一兩個小時恐怕無法處理完畢。

八成就是希一與和康下的手。

但是，如果長時間開車流連在深夜的街頭，不是會引起注意嗎？搞不好會被警方的N系統鎖定。當初綁架時，希一事先查好路徑，決定走小路，在移動的問題上小心謹慎，他在深夜時會堅持這麼做嗎？

如果警方並沒有追查到希一他們，代表希一是很厲害的罪犯。他不只是在高中時代調皮搗蛋而已，而是壞到骨子裡。

事實到底如何呢？

『這起案件搞不好無法輕鬆破案，恐怕還要折騰一番，才能知道新的狀況。』

「折騰什麼？」

『那我就不知道了。』

哥哥似乎對事態的發展樂在其中。

6

星期日，洋輔帶兼一和他的家人參觀了名古屋的展示間。

兼一的母親和未婚妻都參觀了之前看目錄時選中的系統廚具實物，似乎都非常滿意，又決定在一樓和二樓都訂製特別尺寸的洗手化妝台。洋輔在這一陣子的忙亂中，總算有了寶貴的充實感。

「今天太感謝了，改天請你吃飯。」

雖然平時只有招待建築師或是土木工程行的老闆，才能向公司申請請客的費用，但今天談成了一筆大生意，課長應該不會囉嗦。洋輔在兼一準備離開時，悄悄向他咬耳朵。

「喔，好啊，那我就期待嘍，而且我也想和你聊一聊那起案子的後續情況。」

兼一經常和那位狐狸高的學長、也是職場前輩的同事聊樫村案件的八卦，洋輔既害怕聽這件事，但又希望打聽各種消息。

隔天星期一是洋輔的休假日。前一天完成一筆大生意，課長難得鼓勵了他，今天終於能夠好好休息一下。

他上午回了老家，看了寄給自己的信件後，母親拿了米糠醃漬的茄子、蘿蔔、地瓜乾、醬滷黃豆、香蕉等水果，還有利樂包蔬菜汁等一大堆食物給他，必須裝在紙箱內才有辦法帶回租屋處。平時即使一次買很多食物，但冰箱內很快就空了，有時候就回老家當「兒子賊」。父親又回到退休之前任職的零件工廠上班，非假日都會出門上班。他很慶幸父母都很健康，生活沒有什麼問題。

「對了，聽說狐狸高的老師被殺了，你認識那個老師嗎？」

洋輔吃著母親拿出來給他嚐味道的米糠醃菜時，母親提起這件事。

「認識是認識，」洋輔說，「他是我們一、二年級時的體育老師。」

「這樣嗎？那你聽說他被人殺害，應該很吃驚吧。」

「是啊。」

聽到母親聊起樫村的事，洋輔頓時感到渾身不自在，敷衍回答後離開了老家。

他去便利商店買了啤酒，走進出租DVD店。今天並沒有特別的事，所以打算租一部電影，回租屋處邊喝啤酒邊看電影，但他在外國電影和日本電影區域轉了半天，並沒有看到任何讓他想要伸手拿的作品。他在店內逛了三十分鐘左右，才終於發現其實自己並不是想看電影。

雖然工作上小有成績，和美鄉的關係也不錯，但心情完全好不起來。就像是美食當前，卻因為嚴重的口腔潰瘍導致失去了食慾。

早知道不應該參與那種事……坐回車上後，他內心湧起了極度的後悔，忍不住用力捶打方向盤。

乾脆主動向警方說明狀況？

但是，他無法這麼做。

雖然和命案本身無關，但洋輔他們做出的事明顯是犯罪行為。除了綁架和囚禁，各種惡作劇舉動很可能被視為是施暴。雖然不知道這些行為的惡劣程度是否會被判刑，但絕對會遭到逮捕，接受審判。

更何況目前尚未查明殺害樫村的凶手，很可能會遭到不必要的懷疑，沒有任何人能夠保證警察會明辨是非，認為洋輔並未涉案。

雖然希一與和康應該被警方逮捕，但如此一來，警方就會知道洋輔所做的事，他當然不樂見這種情況。

最好的情況，就是警方的偵查不了了之，整起案件石沉大海。

只不過想到在此之前，每天都必須過這種如坐針氈的日子，就覺得很厭煩。在日常生活中，只要一有空，就會思考樫村的事，然後因為惴惴不安而痛苦不已。

他放棄思考這些事，靜靜地回到了租屋處。打開罐裝啤酒的拉環，打算用米糠醃漬小菜配啤酒，看之前錄下未看的節目，最後還是覺得意興闌珊。他無法靜下心，於是放下罐裝啤酒，關上了剛打開的電視。

他忍不住用力嘆了一口氣。

『你真是沉不住氣啊。』

哥哥嘲笑他。

「不用你管。」

洋輔在反駁的同時，又重新穿上剛脫下的長褲。

『你又要去哪裡？』

「我要去現場看一下。」

『大島工業嗎？還是靜池？』

「都去。」

『搞不好剛好遇到警察。』

案件發生至今已經超過一個星期，警察應該不至於那麼閒，期待和案件有關的人可能去現場察看情況，整天守在那裡監視。

洋輔拿起車鑰匙，再度走出公寓。

人生就像是考試，隨時在解答眼前的題目。考試的題目一旦作答，就無法再重寫答案。眼前有新的考題，照理說應該專心解答眼前的新考題，但洋輔總是回想起之前的考題，為之前寫錯答案感到沮喪，然後每次都回想起這件事，計算著死去的人的年紀，痛苦掙扎，希望可以挽回。

於是就造成了眼前的結果。

人無法回到過去。

不，人不可以回到過去。

然而，即使深切認識到這一點，也已經來不及了。

越是想要置之不理，內心就越對警察的幻影感到惶惶不可終日。

警方應該還沒有掌握大島工業是和這起案件有關的地點……洋輔如此猜測，於是決定在去靜池之前先去那裡。

雖然今天是梅雨季節特有的陰天，但由於不是晚上，原本以為可以輕鬆踏入當時的現場，但是當他把車子停在大島工業的大門口，就發現自己必須努力排除內心的恐懼，鼓起勇氣才能打開車門下車。

洋輔在車內猶豫幾分鐘後，才終於下車。

周圍完全沒有人，後方東名高速公路來往車輛的聲音，甚至奪走了這個冷清地點的寂靜。

洋輔小心謹慎地跨過大門口的鐵鍊，走進了廢棄的大島工業，然後小跑著來到工廠後方。

他在廢棄工廠的角落停下腳步，悄悄向當時的現場張望，當然完全看不到半個人影。

他繼續往前走，來到鐵皮屋頂下方。

那天就是在這裡凌虐樫村。但是，現場沒有留下任何可以想像到當天情況的痕跡。正如希一他們所說，現場並沒有看到膠帶的碎片。

洋輔觀察現場後，發現沒有任何異狀，終於放了心。也許希一他們決定把樫村推入靜池後，行動格外小心謹慎。雖然這麼說很奇怪，但想像著他們的努力，甚至不由得佩服。即使殺害的對象是樫村，殺人仍然是天理不容的事，但既然無法用其他手段避免事情曝光，也只能對他們的行為睜一隻眼，閉一隻眼。

洋輔站在那裡片刻後，又走去鍋爐後方和鐵皮圍牆的破洞處張望，確認是否有任何可疑的事物。

他多少消除了點內心的不安和恐懼，漸漸恢復鎮定。那天晚上，獨自折返回來警告樫村時所感受到的那種毛骨悚然的感覺，也完全消失了。

沒問題。

雖然搞不清楚什麼沒問題，洋輔本能地感到安心。他自我分析後認為，不會發生任何意外狀況，預感到日常生活會照常繼續。

他正準備離開，突然停下腳步。水泥地面的有些地方沙塵堆積，但洋輔看到了像是輪胎的痕跡。

機車嗎？

不，從輪胎的痕跡來看，可能有車子停在這裡，或是在這裡緩慢移動。

這應該是最近留下的痕跡。

上方有鐵皮屋頂，所以並沒有受到下雨的影響，也可能是那天晚上留下的痕跡。

洋輔走回大門口。

大門口掛著鐵鍊，車子無法隨便進入，而且還放了三個交通錐。

移開交通錐很簡單。

但是鐵鍊用大鎖鎖在門柱上，無法拿下來。

洋輔雙手拿起垂在大門中央的鐵鍊。

鐵鍊可以舉到頭的高度。

他張開雙手到車子寬度的位置。

鐵鍊可以舉到洋輔嘴巴的位置，也就是一百五十公分左右。

若是想要硬闖，洋輔的小廂型車高度超過一百六十公分，絕對會卡住，八真人的Volvo也無法進入。

但是，如果是希一的車子呢？他的雙門車高度只有一百三十幾公分，而且他還調整了懸吊系統，把車子高度壓得更低。

希一覺得在雨中把樫村搬到工廠後方太累人了，為了避免累死自己，於是就把車子開進來，將樫村搬上車後，一路開往靜池……會不會是這樣？

聽起來很合理。

把樫村塞進狹小的後車座，然後鑽過鐵鍊離開。

洋輔很希望把自己的推理告訴希一。

無論隱藏在黑暗中的犯罪行為多麼可怕，只要知道真相，恐懼就會減少一半。

洋輔體會到這一點，於是決定親自前往靜池，確認到底在那裡發生了什麼狀況。

他離開高速公路旁，在農田和雜木林之間不時可以看到小型工廠的產業道路上行駛了五、六分鐘，就看到被雜木林圍起的蓄水池。

有一輛車子停在前方的空地上。那是一輛廂型車，看起來不像是警車，但洋輔小心謹慎地緩緩駛過靜池旁的產業道路。

他瞥向蓄水池，發現看起來像是在釣鱸魚的釣客站在蓄水池深處岸邊釣魚。

洋輔讀中學的時候，曾經好幾次來這裡用路亞假餌釣鱸魚。雖然這裡比遙池小，魚也不大，但前方有護岸，後方有樹木突出，釣點變化很豐富，只是岸釣仍樂趣無窮，是很受本地釣魚少年喜愛的釣鱸魚好去處。

洋輔猜想停在空地的車是屬於那名釣客，於是在經過蓄水池後又開了回來。

他再度回到空地，把車子停在那裡。

走下車子，立刻感受到空地上的青草香氣和梅雨的濕氣一起撲鼻而來。這裡和廢棄的大島工業不同，有一種懷念的溫度。對洋輔來說，是一種像家的感覺，並不是可怕的地方。

但是，樫村在這裡溺死了。

他站在空地邊緣，低頭看著蓄水池。

從產業道路到空地附近的水邊設置護岸，凹凹凸凸的水泥塊排成斜坡。坡度並不陡，可以沿著水泥塊的凹凸走上走下。蓄水池深處沒有設置護岸，沒什麼站立的地方，如果想迅速把樫村丟進蓄水池，應該在空地的這個位置沿著護岸斜坡推下去。

蓄水池內積滿混濁泥水。不同時期的水位不同，目前最深處應該有兩公尺左右。看到小魚在水中游來游去，想起了少年釣客時代的感覺，不由自主地興奮起來。

他無法相信竟然在這裡發現了樫村的屍體。

但是，樫村的汗水、皮脂和唾液，以及各種體液都溶解在蓄水池的水中。一想到這件事，就忍不住想吐，但這只是想像而已。如果什麼都不想，就可以像後方那個釣客一樣，若無其事地在這裡釣魚。

洋輔想著這些，抬頭一看，發現原本在蓄水池後方的釣客走了過來，已經走到護岸旁。

洋輔看到那個人伸出手指著他，大吃一驚。

「果然是你。」

那個男人說。洋輔聽不懂這句話是什麼意思。

他不懂這句話的意思，只感到背脊發冷。

釣客拿著釣竿，沿著護岸上來。

男人戴著棒球帽，看不清他的臉，但洋輔發現曾經在哪裡見過他。

「我徹底調查過你。」

男人走上護岸後，再次抬起頭。洋輔終於想起他是誰。

他就是之前在車站埋伏美鄉的跟蹤狂。

「我並不討厭你這種人，只是太瘋狂了。」

男人對洋輔說了這句莫名其妙的話。

「你又是誰？」聽到對方突然說了讓人無法理解的話，洋輔忍不住提問。「你在這裡幹嘛？」

「不要問我是誰，而是要問你自己是誰。」

洋輔完全不知道對方想說什麼。

「你在這種地方幹嘛？」

「我只是在這裡釣魚，」男人用鼻子冷笑著，舉起釣竿。「你又是來幹什麼？」

「這、這和你無關。」

男人看到洋輔驚慌失措的樣子，揚起嘴角笑了。

「當然有關係啊，你沒有帶釣具，跑來這種地方不是很奇怪嗎？」

「沒什麼好奇怪的，我今天休假，開車出來兜兜風。」

「真的只是這樣而已嗎？」男人挑釁地問。

「你想說什麼？」

「我想問你是不是和離奇的案件有關。」

洋輔倒吸了一口氣，看著男人。

「你、你在胡說什麼……」

雖然搞不懂男人知道什麼，但洋輔只能裝傻。

「我在這裡釣魚，順便看有沒有人沒事跑來這裡……美鄉拜託我這件事。」

洋輔懷疑自己聽錯了。

「你、你和美鄉見了面！？」

「當然啊，」男人面不改色地說，「上次只是有點小口角，所以她鬧脾氣，她現在已經消氣了，也沒再避著我。」

「你、你騙人。」洋輔方寸大亂，「她可沒有對我說這件事。」

「沒必要告訴你啊。」

「你和美鄉是什麼關係？」

「我之前不是說了嗎？我是她的救世主。」

這個男人果然有點不正常……洋輔聽到他無厘頭的回答，確信了這件事。美鄉不可能理會這種人。

雖然洋輔這麼告訴自己，但對方五官端正，算是帥哥，既然他明顯表現出喜歡美鄉，那就不能大意。

「雖然搞不清楚你是怎麼回事，美鄉和我在交往，你不要來搗亂。」

「她只是故意氣我，」他說，「我並不會在意。」

「她為什麼要氣你？」

「因為美鄉真正喜歡的人是我。」

男人似乎真心這麼認為。原來這就是跟蹤狂給人的感覺。洋輔想到這裡，不由得心裡發毛。

「我明確告訴你，不可能有這種事，」洋輔說，「你最好不要有這種不切實際的期待。」

「為什麼？」男人問。

「沒為什麼，你似乎對自己很有自信，但你最好冷靜一下。正常的女生會對你這種人避之唯恐不及。」

「我是哪種人？」

「就是一廂情願的人。」洋輔說完，又補充說：「在旁人眼中，會覺得你不太正常。」

「哈哈哈，」男人一笑置之，「我才要說這句話，新谷洋輔，你才不正常。」

雖然只是相互攻擊，但被這種男人說是怪胎，心裡很不是滋味。

「我很正常。」

男人聽了他的回答，繼續笑道。

「新谷洋輔，你有病。」男人指著洋輔，語氣堅定地說，「你無法順利擺脫過去的心靈創傷，內心被創傷侵蝕得支離破碎。」

「你想說什麼？」

「我清楚記得你哥哥掉落遙川死亡的意外，我和你哥哥同年，雖然讀不同的學校，但當時我周圍很多人在討論那起意外。」

這個傢伙比我大兩歲嗎？洋輔怔怔地想著這件事，同時很驚訝他為什麼突然提起哥哥的事。

「你一直無法放下那起意外，整天在想那起意外真的是單純的意外嗎？」

「什麼意思？」

男人看了洋輔的反應，誇張地瞪大眼睛。

「喔喔，是我想太多了嗎？如果你沒有任何感覺，那還真是太傻太天真了。」

洋輔聽不懂他這句話的意思，但還來不及開口，男人就繼續說道：

「先不說這個，問題在於你的失落感和心靈創傷。你無法消除內心的失落感和心靈創傷，所以選擇在內心和已經從這個世界消失的哥哥對話。你讓你哥哥繼續活在內心，你的哥哥和你一起成長，於是你變成雙重人格。這兩種人格的差異簡直就像天使和魔鬼，你內心無法順利成長的部分，自己也感到厭煩的想法遲遲無法放下，結果就形成了揶揄這個部分的扭曲人格，這成為你哥哥人格的主軸。」

洋輔茫然地注視著男人。

「你到底在說什麼？」

「我都說到這種程度了，你還聽不懂嗎？」男人很無奈地說，「你知道你哥哥活在你內心嗎？」

「你憑什麼說這種話？」洋輔反問他，「你到底瞭解我什麼？」

男人注視著洋輔，停頓片刻，似乎在思考，然後開口。

「是美鄉告訴我的。」

「你、你騙人！」洋輔話音變尖，「如果真的像你說的那樣，難道美鄉認為我有雙重人格，人格有缺陷，仍然和我交往嗎！？」

「所以我說了，她並不是真心和你交往。」男人泰然自若地說。

「太荒唐了！你故意編造這些謊言，想要破壞我和美鄉的感情。」

「哼，隨便你怎麼想。」男人露出無敵的笑容說，「話說回來，不知道你是真的沒有意識到，還是拚了老命想要隱瞞。不過就算你拚命隱瞞，周圍的人搞不好都已經發現。這麼一想，就覺得你是一個可憐的男人。」

除了美鄉以外，難道八真人、希一、和康，還有兼一和公司的同事，在和自己接觸時，都知道自己人格有缺陷嗎？洋輔根本不相信這種事，在內心斷然否認。

但是，雖然這麼想，仍然很在意這個男人在美鄉的要求下守在這裡，監視有誰來這裡這件事。不能隨便認定這件事也是他在胡說八道。美鄉對樫村的案件很感興趣，而且還在意洋輔是否牽涉其中，只是不知道她是認真的還是開玩笑而已。

也就是說，這的確能夠成為這個男人出現在這裡的合理理由。

「你剛才說，是美鄉叫你來這裡……這是真的嗎？」洋輔改變話題問道。

「當然是真的。」男人說。

「你在這裡悠閒地釣魚，好像在等人出現，但美鄉請你做這件事到底有什麼目的？你答應做這件事之前，知道這裡曾經發生過什麼事嗎？」

「當然知道啊，有一個姓樫村的退休老師被人丟進這個蓄水池。根據我的調查，差不多就是在這個位置。」

男人揮著釣竿，把路亞假餌甩出去。靠產業道路的護岸，和空地這一側的護岸交會處剛好位在下風處，水面聚集了很多樹枝和落葉等漂流物。樫村似乎就是在那裡溺水。雖說是溺水，下方是水泥護岸形成的斜坡，水深只有數十公分。只要走在產業道路上，一眼就可以發現，但對凶手來說，這裡是方便把人推下水的位置。

「你為什麼要調查這種事？」

「當然是因為美鄉想知道啊。」

男人理所當然地回答，洋輔閉上了嘴。

「聽說那天半夜兩點多時，有一輛白色跑車停在這裡。」

「白色？不是銀色嗎？」

洋輔想著希一的銀色雙門車，脫口這麼問，男人立刻問他：「如果是銀色，你就有頭緒嗎？」

「不，那倒不是……」

「當時是半夜，在車頭燈的燈光下，把銀色看成白色也很正常……喔喔，上鉤了！」

男人突然大叫，他的釣竿都彎了。

「喔喔，很大尾喔！」

他對洋輔揚起得意的笑容，轉動著捲線器，走下護岸。他走到水邊，抓起被他拉過來的鱸魚嘴巴。

在這個蓄水池，這尾將近四十公分的鱸魚算很大。男人故意高舉起來，讓洋輔可以清楚看到。

「費了不小的力氣，終於把牠拉上來。」

男人心情愉悅地說完，從工作褲口袋裡拿出折疊刀，把剛釣上來的鱸魚壓在護岸的水泥地上，刀子割向魚鰓。

「你、你在幹嘛？」

「什麼幹什麼？當然是殺魚啊。」

男人若無其事地說，然後在魚尾也割了一刀，用池水嘩嘩洗著滴著血的鱸魚。

「你要吃嗎！？」

「雖然有點腥味，但可以吃啊。我昨天乾煎，今天來鹽烤。」

「雖然可以吃，但你忘了剛才說的話嗎？不是有人在這裡溺水嗎？」

「那又怎麼樣？」男人嚴肅地問洋輔，「魚是無辜的。」

「魚是無辜的……」

這個人腦袋真的有問題。

雖然早就知道這件事，但現在更覺得他的腦袋不僅有問題，而且問題還很嚴重。

不要再和這個人有任何牽扯……洋輔這麼想著，男人把裝在塑膠袋內的鱸魚和釣竿一起放進車子的行李廂，揮揮手，坐進駕駛座。

「再見了。」

「他到底是誰啊……」

洋輔目送著遠去的廂型車，小聲嘀咕著。

隔天晚上，美鄉下班後來到洋輔家中。

前一天，洋輔傳訊息告訴她，見到了跟蹤男的事。如果男人的話屬實，美鄉在樫村的案件上，基於某種意圖，要求男人在那裡監視，結果洋輔自投羅網。洋輔希望美鄉在聽取男人的報告之前向她辯解，避免加深她的懷疑。

同時，他也想要問清楚，美鄉和那個腦筋有問題的男人仍然有聯繫這件事。

美鄉收到訊息後似乎有點慌張，八成是因為洋輔質問她和那個男人的關係。她回覆說，想和洋輔當面談一談。

「我不希望你誤會。」

美鄉走進洋輔家中，坐在座墊上，語氣有點不自然地開口。

洋輔隔著矮桌和美鄉面對面，覺得和美鄉之間產生了和之前見面時不同的距離。

「不好意思，之前都沒有告訴你。我和他在偶然下聊了幾句，我們之間就只是這樣的關係而已。」

「為什麼不告訴我？上次聽妳說，那個傢伙之後就沒再出現，我一直以為是那樣。」

「因為我不希望你擔心，」她說，「而且自從你上次把他趕走之後，他的態度變溫和，也就沒那麼可怕了。」

「妳只是被他騙了，他是個瘋子。」

「我知道他很怪，」美鄉從皮包裡拿出寶特瓶裝的水，喝了一口，似乎想讓心情平靜下來。「目前可以用這種方式和平相處，總比不必要地刺激他好多了。」

「妳要小心，如果妳對他讓步，他會以為你們很合得來，於是就會得寸進尺。」

「我知道。」

洋輔說話時帶著責備的語氣，美鄉在回答時當然也沒好氣。

「那個人到底是誰？」

「我也不知道啊。」

「妳不知道？妳沒有問他是誰嗎？」

「我不是說了嗎？我們並不是那種關係。」

「連名字都不知道嗎？」洋輔感到驚訝，「妳連他的名字都不知道，就請他去靜池嗎？」

「不知道他的名字也可以聊這種程度的事。」美鄉說完這句話後，微微聳肩說：「不知道他叫什麼名字，所以就叫他『喬治』。」

「喬治？」洋輔皺起眉頭說：「為什麼這麼叫他？」

「你有沒有聽過『燒烤籤喬治』？」美鄉露出一絲調皮的眼神問，「讀小學的時候，這件事曾經很轟動。」

洋輔聽到這個名字，懷念和恐懼在內心翻騰。

那是在洋輔上中學前，在狐狸山發生的一起案件。有一個叫什麼喬治的中學生看到他父親和外遇對象上床時，用烤肉用的燒烤籤之類的東西，刺殺了他父親和外遇對象，造成兩人身負重傷。

洋輔並不是從報紙上知道這件事，也不記得曾經在電視上看到相關新聞，只是某一天，不知道從哪裡聽說了這個傳聞，那一陣子，這件事在洋輔的周圍造成不小的轟動。

自己即將進入中學世界，而且就在狐狸山發生了這麼可怕的案件——這對洋輔造成了不小的衝擊。雖然現在可以想像那名中學生看到父親和外遇對象上床時，用烤肉的燒烤籤之類的東西行凶刺殺是什麼狀況，但當時只是心生恐懼，覺得現實生活中，也有像恐怖電影中那種像怪物一樣的中學生。

洋輔當時也曾經和同學討論，不知道『燒烤籤喬治』是哪一所中學的學生。有人說是洋輔他們準備就讀的狐狸岡中不良少年的老大，也有人說是西狐狸中的學生，但由於拒學，沒有人看過他的樣子……雖然「喬治」這個名字很明確，卻不知道他是哪一所學校的學生。傳聞這種事往往會越傳越離譜，這件事漸漸變成了某種都市傳說。

「好懷念的名字。」洋輔回想起當時畏懼的感覺，苦笑著說。

「但是那起案子太震撼，一直烙在我的記憶中。」美鄉說，「我覺得那個跟蹤狂很像是我對『燒烤籤喬治』的感覺。」

「嗯，那種瘋狂的感覺，的確很符合。」

如果美鄉是因為覺得跟蹤狂和「燒烤籤喬治」都很異常而覺得他們很像，洋輔無意多說什麼，只不過從美鄉的比喻方式中，透露出她內心覺得好玩的感覺，似乎並不討厭這種人。洋輔很在意這件事。

那個跟蹤狂如果站在那裡不說話，很像是男性雜誌的模特兒，這是洋輔唯一在意的問題。他很擔心如果美鄉和他接觸的過程中，稍微改變對他的看法，他很可能就會趁虛而入，把美鄉搶走。

「無論如何，反正那個人很危險，妳最好小心一點。」洋輔叮嚀道。

「我當然知道。」美鄉順從地回答後，抬眼看著洋輔問：「但是，你為什麼會去靜池？」

「呃，那是因為……」

美鄉輕而易舉地用這個問題反守為攻，洋輔有點慌了手腳。

「我剛好沒事，原本並沒有打算去那裡，在開車亂晃時，剛好經過那裡。而且我高三時的同班同學祖父江兼一說要建二世帶住宅，要訂購廚具，在同學會之後，我們見了好幾次面，兼一常聊起樫村命案的情況。妳也不時和我聊這件事，又從兼一那裡聽說，我也就開始好奇，想去看看現場……」

「這樣啊。」

美鄉看著洋輔附和道，無法判斷她是否相信洋輔的說詞。

「你和八真人他們不會聊這件事嗎？」

洋輔這才發現，自己在無意識中避談八真人和其他人，聽起來有點不自然。

「不，並不是沒有聊，只是他們並沒有很感興趣。兼一是因為他的同事剛好是狐狸高的學長，所以經常大聊特聊。」

「是喔……我和兼一雖然讀同一所中學，但幾乎沒有說過什麼話。」美鄉意興闌珊地回答後又問：「兼一說了什麼？」

「沒說什麼重要的事，他也問我是不是知道什麼情況。」洋輔掩飾道，然後突然想起一件事，改變了話題。「對了，我想起來了，那個跟蹤狂說了很奇怪的事。」

「喬治嗎？」

「……對，喬治。」洋輔在無奈之下，只好跟著她這麼叫。

「喬治說什麼？」

「他說在蓄水池發現樫村那一天半夜兩點多，有人看到有一輛白色跑車停在水池旁。」

「啊？是凶手的車子嗎？」

「以時間來判斷，可能性相當高。因為聽說是在那天黎明的時候死的。」

「原來是這樣。」美鄉說完，倒吸一口氣，看著洋輔說：「但是你的車子——那是跑車嗎？」

「也差太遠了。」洋輔故意一笑置之，「我之前不是就說了，和我沒有關係嗎？」

「喔，對喔。」美鄉一笑，掩飾自己犯傻。「我之前覺得樫樫的事和你沒有關係，但你去了蓄水池，所以把我搞混了。」

「妳不要亂懷疑我啦。」

「這樣啊。」美鄉收起笑容，嘆氣。「如果他說的話屬實，就意味著和你完全沒有關係。」

「雖然那個傢伙腦筋有問題，但我覺得這件事上可以相信他。」

「這樣啊。」美鄉並沒有對洋輔一廂情願的說法產生懷疑，順從地附和道，但不知道又想起了什麼，看著洋輔問：「你有沒有認識誰開這種車子？」

「啊？為什麼這麼問？」

「沒有特別的理由。」

她只是憑直覺提出這個問題，洋輔內心嚇了一跳，但避重就輕地說：

「不，我想不到有誰開這種車子。」

「我之前曾經在『米田』見過皆川，我記得他開一輛很帥氣的車子。」

「但他的車子並不是白色。」

「是什麼顏色？」

「……好像是銀色。」

「這樣啊。」

美鄉的回答聽起來似乎有言外之意，但洋輔只能祈禱她相信。洋輔最怕她真心懷疑自己，然後當面要求他說實話。如果美鄉真的這麼問，他沒有自信能夠繼續隱瞞下去。

「算了。」

美鄉看到洋輔沒有吭氣，很乾脆地結束了這個話題。

「幸好是喬治守在蓄水池，如果是警察，可能就不是被懷疑而已了。」

「兩者根本沒有關係，為什麼要懷疑我？」洋輔發出乾笑聲說。

「嗯，也對啦。」

她不置可否地聳聳肩，拿起放在旁邊的皮包。

「我送妳。」

「不，不用了……我想順便去便利商店。」

「這樣啊。」

洋輔無意堅持，於是就決定順從她的意思。

「不好意思……為了那個喬治的事東問西問，」洋輔送她到門口時向她表達了歉意，「我只是擔心妳，並沒有惡意。」

「嗯，我知道，我也很抱歉，之前都沒有向你提這件事。」美鄉輕輕笑了笑回答。

「下次我們再約時間慢慢聊，」洋輔清了清嗓子，雖然覺得有點突兀，但還是補充說：「或是可以在連假的時候安排去哪裡旅行。」

雖然他們抽空在洋輔的公寓見面，但受到日常瑣事的影響，兩個人的感情並沒有升溫。洋輔認為需要遠離日常的地點和時間，提出這樣的希望。

美鄉愣了一下說：「好啊，改天吧。」然後嘴角露出淡淡的笑容。

「改天見。」洋輔揮揮手，送美鄉離開了。

今天沒有像上次那樣接吻道別，美鄉離開後，留下意外把她找來家裡質問的尷尬氣氛，洋輔輕輕嘆息。

『她懷疑你。』

哥哥這句幸災樂禍的話讓洋輔煩躁起來。

「別胡說了，我已經否認，美鄉她相信我。」

『不，看她的反應，反而是更加懷疑你了，只是她努力不讓你察覺而已。』

洋輔有同感，但反射性地否認。「怎麼可能有這種事？只因為希一的車子是跑車，為什麼連帶懷疑我是同夥？」

『因為你特地去蓄水池察看啊。』

「那件事已經順利敷衍過去了。」

『你可能認為是這樣，但你在這種時候總是表現得很沒有自信，表達方式也很差勁，對方會覺得事實可能並不像你說的那樣。』

「少囉嗦，不要以高高在上的態度幫我分析！」

哥哥一針見血的意見，讓洋輔氣得大聲怒斥。這時，門突然打開了。

美鄉探頭進來，看著洋輔。

「嗯……怎麼了？有東西忘了嗎？」

洋輔大吃一驚，但仍然這麼問，她的視線左右移動，打量室內後說：「不，沒事。」然後關上門。

7

和美鄉見面隔天，報紙上刊登出樫村案的後續報導。報導中提到，附近居民在案發當天黎明路過附近時，目擊有一輛可疑的車輛停在靜池前，警方極度重視這條線索。雖然報導中並未提到車款，但想當然目擊者應該已告訴警方，很可能就是跟蹤狂「喬治」所說的「白色跑車」。

之後兩天沒有發生任何狀況。週末時，洋輔和兼一約在名古屋的居酒屋見面。這次是洋輔主動邀約，為了答謝順利簽約請他吃飯。

「這次太感謝你了，真的幫了大忙。」

以啤酒乾杯後，洋輔再次為簽約的事道謝，兼一隨口應了一句「小事一樁」，立刻改變話題。

「我上次不是和你提到狐狸高的學長嗎？聽說警察去找他了。」

「啊？真的假的？」

洋輔感到喉嚨好像被人掐住，把杯子放在桌上。

「他有去參加樫樫的守靈夜，我原本也很猶豫，不知道該不該去，最後因為要和女朋友討論婚禮的事，所以就沒去。」

「你的意思說，學長去參加了樫村的守靈夜，然後就被警察盯上了嗎？」

「你說被警察盯上，感覺好像是被懷疑有涉案嫌疑，但其實好像只是來向他打聽情況，問他是不是知道什麼線索。警方可能認為，既然去參加守靈夜，應該和樫樫很熟。」

「喔，原來是這樣。」

「但是，學長說，警察問了他的不在場證明，他還緊張了一下。」

「真的假的？」

「洋輔，你也沒去嗎？」

「嗯……對，我沒去。」

「那就不必擔心了，如果為了湊熱鬧跑去看，就會被捲入麻煩。那個學長說，守靈夜本身並不精采，去了沒什麼意思。」

「是喔。」洋輔隨口附和著，然後不經意地問：「所以說警方目前還沒有鎖定嫌犯嗎？」

「學長他也很好奇，問了警察好幾次，但警察可不是吃素的，不可能把這種事告訴學長。」

「我看到報上提到了車子的事。」

洋輔套他的話，兼一點點頭說：「是不是白色跑車？」

果然……

「刑警也問了學長，是否知道哪個老同學開這種車子。學長說，刑警一直圍著86，還有Z和8打轉，尤其對86很執著，認為凶手的車子可能是86。」

洋輔再次感到喉嚨被掐住般的窒息。

希一的車子是速霸陸的BRZ，那是豐田86的姊妹車，外形很相似。

洋輔覺得似乎已經聽到了警察的腳步聲。

既然警方已經找到這些線索，早晚會查到希一。白色和銀色的差異根本無法矇騙警方。

「我覺得既然已經鎖定車輛，只要清查市內所有車主，就可以查到了。」

「嗯……」洋輔只能不置可否地回答。

「只不過飆車族也會開86的車子，仍然有可能不是住在狐狸山周圍的人，而是從岐阜、名古屋或是三河之類很遠的地方來這裡的飆車仔。事實上，聽說在守靈夜的時候，就有人提出這種看法。」

「你是說，凶手可能並不認識樫村嗎？」

「那一帶在週末仍然有一些飆車仔出現，聽說還有人在遙池附近山頂的山路玩甩尾。不光是狐狸山的人，還有不少人從其他地方來飆車。他們會用罩子遮住車牌，躲過N系統，所以警方可能需要耗費一點時間，才能夠清查他們的動向。恐怕只能採用人海戰術，也許今天晚上就會開始取締吧。」

雖然現在很少看到以前那種穿著特攻服的飆車族，但每到像目前這種天氣回暖的季節，發出轟隆隆的聲響在街上蛇行的機車集團就開始出沒。以前就曾經聽說飆車仔會聚集在遙池那一帶，現在似乎仍然沒有改善。

有可能是那些飆車仔帶走樫村，然後把他推入靜池嗎？

「樫樫看到那些胡作非為的傢伙就會忍不住數落幾句。以前每逢假日，就會去遊樂場或是保齡球館巡邏，監視我們玩樂，現在可能看到那些人，也會毫不客氣地教訓幾句，結果就發生衝突，最後被幹掉了……我覺得這種可能性很高。」

但是，洋輔知道這種可能性並不存在。樫村已經被綁住了手腳，即使那些不肖之徒開車或是騎機車出現，他也不可能痛斥他們。

「話說回來，狐狸山的治安真的變差了，或者說變成一個可怕的地方。」兼一用筷子夾起送上來的生魚片說，「深夜去車站前的便利商店，經常看到一些不三不四的人出沒，簡直就像變成了無法無天的地方。從來沒有去哪家店買一瓶果汁就那麼緊張，我們小時候從來沒有聽過狐狸山發生命案這種事。」

「這很難說，狐狸山很大，而且我們小時候又不看報紙，如果發生過這種事，我們可能根本不知道。」

「也許吧，」兼一同意洋輔的意見，但又補充說：「但是，我記得看過你哥哥那起意外的報導，高中時和你分在同一班後，聽你提到你哥哥的事，我想起以前看過那起意外。」

「可能那一陣子剛好沒有發生其他事，就大篇幅報導了那起意外。」

「我清楚記得，我媽在看報導時一直說，真是太可憐了。」

「你媽人真的很好，這次超感謝她。」

兼一聽了洋輔的話，只是輕輕聳聳肩回應，並沒有繼續談論那個話題，而是關心地對洋輔說：

「那種事就算想忘也忘不了。你媽媽，還有你是不是還無法走出來？」

洋輔輕輕笑道：「姑且不論當時，畢竟已經過了十四年，現在完全沒問題了。」

「除了死去的那個哥哥，你還有另一個哥哥吧？」

「對，但是我和大哥相差十歲，所以聊不來，已經好幾年沒見面了。」

「這樣啊……如果是這樣，你二哥去世，會對你造成很大的打擊。」

「是啊……我和二哥經常一起玩，他很照顧我，我常常在想，如果他還活著就好了。」洋輔坦率說出內心的想法。

「他比你大兩歲嗎？我那個學長同事也比我們大兩屆，有大兩歲的哥哥，真的很不錯。我是獨生子，從小就很嚮往有一個哥哥。獨生子的話，要一個人扛起所有的期待和責任。」

「是啊，我也差不多。」洋輔輕輕笑了笑，然後突然想起一件事。「說到比我們大兩屆，不知道你那位學長同事知不知道『燒烤籤喬治』。」

「『燒烤籤喬治』！好懷念的名字！」兼一好像想起了少年時代英雄的名字般興奮地說。

「他是西狐狸中的嗎？」洋輔看了他的反應後問。

「不，『燒烤籤喬治』並不是西中的，我聽說是岡中的學生。」

「不，我很確定並不是我們學校。」洋輔回答說，「我進了岡中後，完全沒有聽說這件事。」

「這樣啊……我知道有很多種不同的版本，」兼一發出了開心的笑聲，「雖然知道喬治這個名字，卻不知道他是哪一所學校的學生這件事很有意思。畢竟是中學生犯案，所以雖然很轟動，但搞不好並沒有受到太大的處罰，照理說，應該有人知道他之後的情況。我不知道學長是讀哪一所國中……改天問他看看。」

他們邊吃邊喝，連續喝了好幾杯酒，從高中時代的回憶聊到了工作，相談甚歡。兼一問他有沒有結婚的打算，他向兼一坦承，才剛開始和美鄉交往，兼一調侃了他，表示很羨慕。

兼一和美鄉國中和高中都讀同一所學校，但從來沒有同班過，美鄉之前曾經提到，和兼一幾乎沒說過話，但兼一當然對美鄉印象深刻。也許這代表美鄉在女生中很突出。

「竹中應該是全年級最漂亮的女生吧。」兼一帶著幾分醉意，用開玩笑的語氣表達了他的嫉妒。「沒想到竟然落入了你的魔爪。」

「說她是全年級最漂亮的女生有點言過其實了，」洋輔笑著掩飾著內心的害羞，「不瞞你說，雖然我當年就喜歡她，但一方面是因為她個性的關係，外貌方面，還有比她更漂亮的女生。」

「不不不，你不需要這麼謙虛，」兼一調侃地說，「從客觀的角度來看，她就是最漂亮。」

「不不不，真的沒有，」雖然覺得討論這種事很無聊，但洋輔還是有點得意地和兼一繼續談論這個話題。「像是一年級的時候，經常和美鄉在一起的日比野真理，無論怎麼看，都比美鄉更可愛。她們在一起的時候，馬上就可以分出高下。」

「喔，你說日比野，」兼一發出贊同的聲音，「那個女生不一樣，國一的時候，她轉到西中，在我隔壁班，我們全班男生都一起去看她。」

「原來還有這種事。」

「對啊，聽說她是單親家庭，和她媽媽相依為命，而且好像經常搬家。不知道是否因為這樣，她不輕易交朋友。有人說她散發出一種拒人千里的感覺，好像生活在不同的世界；但有人說並沒有這回事，她只是有點孤僻，讓人很想保護她。我屬於前者，不過有很多人喜歡她那種類型的女生。」

「老實說，我也一樣。」洋輔說，「但是她和美鄉在一起的時候，經常露出天真無邪的笑容，如果近距離和她接觸，可能會很想保護她。如果她經常搬家，搞不好真的很孤僻。」

「是啊，總之她很神秘，然後也死得很神秘。」

兼一突然用感傷的語氣說，他喝了一口燒酒On the Rock，輕輕嘆氣，茫然地眨了幾次眼睛。

「這次又是樫樫……說諷刺還真是諷刺……只是應該不可能吧。」

他越說越小聲，引起了洋輔的注意。

「什麼不可能？」

「沒有啦……」兼一吞吞吐吐起來。

洋輔看到他的反應，想起一件事。

「對了，同學會的時候，你原本想說樫村的事，後來聽說我和八真人關係不錯，就欲言又止……該不會和日比野有關？」

「嗯，你說對了。」他輕輕抽動臉頰回答。

「是什麼事？」

兼一低吟著，似乎在思考該不該說，可能因為有了幾分醉意的關係，最後還是開了口。

「你千萬別告訴八真人。」

八真人和兼一都參加了體操社，認識對方，只是八真人後來就沒再去參加社團活動。

「我也是在日比野自殺很久之後，才聽說了那個傳聞……據說樫樫對日比野做出了形同強暴的行為，日比野大受打擊，她才會自殺。」

「怎麼會有這種事？」太意外了，洋輔震驚不已。「這個消息是從哪裡傳出來的？」

「我也不知道，日比野生病留級，但在留級後無法適應學校的生活，可能有很多煩惱。於是就和負責生活指導的樫樫有了交集，我記得是在三年級春季的時候，我因為社團的事去了體育教員室。體操社的顧問櫻井不也是體育老師嗎？所以我才會去那裡……結果看到日比野和樫樫在教員室內面對面說話。日比野留級一年，那時候是二年級學生，樫樫對她說，如果妳現在放棄，以後一定會後悔。日比野可能在和他討論退學的事，可能在日比野眼中，樫樫那種雞婆的老師更關心學生。」

真理被信賴的樫村背叛，於是墜入了失意的深淵嗎？雖然不知道真理和樫村之間有這樣的交集，但是即使現在知道了，也不太相信這個傳聞的真實性。

「我並不認為所有的學生都討厭樫村，如果她很崇拜樫村，遇到問題時找他商量，我不會覺得太意外……但還是無法想像樫村踰越分際，對她做出不當行為。」

「你認為像樫樫這麼嚴格的老師，不可能做這種事嗎？」

「也許只是我的成見，但差不多就是這個意思。」

「你當年被他整得很慘，是不是因為這樣，覺得他很厲害，很不好對付？」

雖然洋輔自己並不這麼認為，但在內心的確對這個討厭的對象有自己的認識，只是兼一對樫村的認識和他並不一樣。

「樫樫也是普通人，」兼一意味深長地挑眉，「那時候，樫樫差不多五十多歲，雖然有點年紀了，但我們眼中的五十多歲和當事人的自我感覺相差很多。我爸也在五年前，差不多這個年紀的時候，被我媽發現在外面有女人，當時他們為了要不要離婚吵翻天。」

「這樣啊。」洋輔想起上次討論廚具時，兼一的爸爸看起來很老實的樣子，忍不住苦笑起來。

「所以他現在都順著我媽。」

「原來是這樣。」洋輔笑了起來。

「就是這樣，樫樫體力很好，雖然他覺得自己人生的意義，就是讓學生聽自己的話，但是想到幾年之後就要退休了，未來不可能再有什麼發展，也就一輩子當生活指導老師了。在這種狀況下，校花美少女很信賴自己，找自己傾訴各種煩惱。在設身處地傾聽美少女的煩惱後，開始覺得美少女對自己有意思，而且越想越覺得絕對就是這麼一回事。然後他就發現自己努力了一輩子的東西都不再重要，佔有那個美少女比任何事更有價值……差不多就是這樣。」

聽到兼一這麼說，就覺得樫村內心有這種想法和感情很正常，但又覺得把這些事視為常識侃侃而談的兼一，具備了和自己不同的成熟。

從某種意義上來說，自己一直沒有走出少年時代，並沒有成熟。即使同樣在聊高中時代的事，兼一能夠從成年人的角度看問題，大家都已經是成年人，照理說這是理所當然的事，但自己整天還在抱怨過去，因此悶悶不樂。

洋輔也認為必須向這樣的自己訣別，所以希望「假面同學會計畫」成為這樣的契機。

沒想到變成目前的結果，簡直是莫大的諷刺。

「只是我搞不懂八真人，」兼一說，「如果樫樫真的做了那種事，他應該不可能悶不吭氣。但是，我從來沒有聽說他和樫樫之間曾經發生過什麼事，而且這件事本身只是傳聞而已，很難分辨到底有幾分真假。」

八真人有可能知道這個傳聞嗎……洋輔思考著這個問題，突然想到一件事。

希一當時曾經說。

我們手上有他的把柄。

而且在現場時，還警告樫村。

我們知道你的秘密，無恥老師……

希一絕對知道。

既然這樣，八真人應該也知道。

想到這裡，洋輔感到混亂。

如果八真人知道這件事，他表現得那麼冷靜，不是反而很奇怪嗎？雖然八真人也加入那個計畫，但他自始至終都沒有失去理智。如果傳聞屬實，他和樫樫有過節，照理說應該比任何人更加凶殘。

還是說，八真人知道那個傳聞並非事實？

但是，如果是這樣，希一當時說的那句話就失去了說服力。希一說話的態度，顯然知道實際發生的事和那個傳聞相去不遠。正因為希一確信樫村做了身為教師不該做的事，身為被害人的真理也因此自殺，所以才會把那件事當作武器。

不知道八真人當時在一旁默默聽著希一說那句話時的心情如何？雖然洋輔自認是八真人的好朋友，但即使絞盡腦汁，仍無法搞清楚八真人的想法。

「但是，八真人說，真理自殺時，他們已經分手了……」洋輔幾乎像在自言自語般說。

也許只能從這件事中尋找八真人那麼冷靜的理由。

八真人曾經告訴洋輔，和真理交往之前，其實喜歡的是美鄉。從他說話的語氣，感受不到他對真理舊情難忘，似乎早就已經放下了那件事。

「你的意思是，就算八真人知道樫樫的事，也不可能怒氣沖天嗎？」兼一思考地說完這句話後問洋輔：「八真人對樫樫的案件有沒有說什麼？」

「沒有……他並沒有表示特別的意見。」洋輔結結巴巴地回答。

「怎麼會這樣？那麼大的事你們竟然沒有討論？還是在同學會之後，你們就沒有聯絡？」

「不，同學會之後我們有見面，也聊過這起案件，但只是相互交換各自知道的情況而已。」

「他的態度如何？案發那天前後，你有沒有和他見面？」兼一追問道。

「那時候，我們星期六是有碰面……」

「案件發生在星期天的黎明，星期六可以說就是案發當天。」兼一頓時難掩興奮的語氣說，「他的態度怎麼樣？」

兼一這麼執拗地追問八真人的情況，洋輔當然不可能沒有發現他的想法。兼一除了認為凶手有可能是和樫村毫無關係的飆車仔或是不良分子，也在懷疑八真人犯案的可能性。

「他和平時差不多啊。」洋輔在回答後，故意用開玩笑的語氣笑著問兼一：「你為什麼問這個問題？」

但是，洋輔同時意識到內心受到兼一啟發所產生的疑問，不由得微微緊張起來。之前一直都懷疑希一與和康，但原來八真人也可能犯案……

「不不不，我沒有特別的意思。」兼一同樣用開玩笑的語氣回答。

他的回答顯然知道洋輔已經察覺了他的意圖，確認這是他們兩個人共同的認知。

「不可能吧。」

洋輔在明白這一點的基礎上否定了這個可能性。但是，他的腦袋仍然一片混亂，內心並沒有比剛才回答時更有把握。

「但是，如果……是認識的人犯案，我認為很可能就是八真人。他有動機，而且對那個傳聞保持沉默，簡直就像是把仇恨埋藏在內心，靜靜等待時機成熟。」

「首先，不知道那個傳聞的真實性，」洋輔說，「而且，八真人對日比野已經沒有感情了……其實當初是日比野向八真人告白，八真人沒有拒絕，才和她交往。」

「真的嗎？被那麼漂亮的女生告白，通常不是會欣喜雀躍嗎？無論是我還是你之所以對她不怎麼感興趣，都是因為她很難接近，如果她主動接近我們，我們對她的印象也會一百八十度改變。」

「我不清楚，反正是八真人說的。」

如果告訴兼一，八真人其實喜歡美鄉，只會把事情變得更加複雜，所以洋輔這麼回答。

「也可能是他故意放煙幕彈。」兼一看著洋輔，倒酒給自己，喝了一口後繼續說道：「如果他真的對日比野已經沒感情了，為什麼高三的時候留級？」

洋輔聽了兼一這句話才猛然想起。雖然不至於忘記這件事，但他們一起去參加同學會，因此洋輔之前都沒有意識到這件事。正如兼一所說，八真人他們數學不及格，高三讀了兩次。

「我聽到八真人留級的消息時，馬上想到是因為他女朋友比我們低一個年級。而且她的學校生活有很多煩惱，經常和樫樫討論，所以八真人決定為了支持她犧牲自己……我記得當時甚至覺得雖然他看起來很冷酷，但選擇這麼做，是他受女生歡迎的秘密，還有點佩服他。」

「不，並不是你想的那樣。」洋輔說，「經常和他一起玩的希一、阿和也一起留級了。他們根本不指望高中畢業就能考上大學，蹺課太凶。數學不及格，又沒有參加補課，體育也因為蹺課太多不及格，簡單地說，就是他們玩過頭才會留級。」

洋輔在一年級、二年級時都和希一他們玩在一起，結果被樫村盯上而感到厭煩。升上三年級後，和他們分在不同班，很少繼續和希一他們一起混，所以才幸運地沒有一起留級。只不過他沒有如願考上想讀的大學，只好重考一年。希一他們在讀了兩次高三之後，考上了符合他們能力的大學，於是和洋輔一起展開了大學生活，這情況導致洋輔很少意識到他們和自己繞了不同的遠路。

「玩過頭？真的只是這樣而已嗎？」兼一似乎難以理解地問，「八真人應該懂得掌握分寸，班導師應該也會警告他，如果繼續蹺課，就會無法畢業，但他仍然留了級，就代表他無視班導師的警告繼續蹺課，從某種意義上來說是明知故犯，我還是認為和日比野有關。」

「你想太多了。」洋輔一笑置之，「他們的確無視了班導師的警告，有點像是懦夫賽局。樫村威脅他們，體育課的出席率不足就會被當。希一很生氣，覺得如果他要當就讓他當，結果就一發不可收拾了。這件事，我是在畢業前聽八真人說的。」

「八真人需要陪著一起留級嗎？」

「雖然我也這麼想，但他以前就和希一很要好，經常玩在一起。我有時候因為有事，會拒絕希一的邀約，但八真人很上道，從來不會拒絕，希一也就經常找他。」

「皆川希一看起來就是壞蛋。」兼一皺起眉頭說，「我不喜歡那種類型的人。」

「嗯，雖然是這樣，但認識久了，就不會太在意。」

洋輔覺得兼一不僅懷疑八真人，還懷疑到希一頭上有點不妙，於是稍微替希一辯解。

「但是說起來真稀奇，」兼一用帶著一絲諷刺的語氣說，「通常小學、國中和高中會交不同的朋友，但你們從小學就一直玩在一起。」

「很稀奇嗎？」

「很稀奇啊，如果是從國中時代結交的朋友，或許還會一直來往，但我現在的朋友中，沒有一個是小學時的朋友，就算讀高中時遇到，也不會說話。雖然並沒有吵過架，只是讀小學時大家都很天真無邪，之後就想要裝大人，再像以前那樣說話，總覺得有點怪怪的。」

是這樣嗎……洋輔既覺得有點理解，又不太能理解。

「也許就是所謂的孽緣。」

「沒錯，就是孽緣。」

絞盡腦汁都想不出答案，索性同意兼一的話。

「孽緣喔。」兼一小聲嘀咕，「但是你好像有點擺脫了這種孽緣，同學會續攤時，你也是以和班上同學的聚會為優先。」

「之後我有去了八真人他們的聚會。」

「但是有微妙的距離……你和他們並沒有黏得很緊，留級和同學會的時候都一樣。」

「你想說什麼？」

洋輔有點煩悶，說話的聲音有點變尖了。

「我只是說，他們之間可能有你所不知道的羈絆，」兼一抱著手臂，看著洋輔說：「也許可以說是秘密，或者是共同的仇恨……」

「仇恨？」

「比方說，對樫樫的仇恨。」

洋輔倒吸一口氣，看著兼一，然後臉頰抽搐，硬是擠出笑容。

「沒想到你竟然得出這樣的結論。」

「樫樫的生活指導把他們整得很慘，而且留級的事不是也有糾紛嗎？」兼一意味深長地挑眉，「你覺得呢？」

「太扯了……你不要隨便和別人說這種話。」

洋輔搖著頭，瞪著兼一叮嚀道，兼一露出了僵硬的笑容。

「我怎麼可能跟別人講？我只是突然想到，隨口說說而已，你也不要告訴八真人或是皆川希一他們，說有人說這種話。如果我被丟進靜池，就要找你算帳。」

兼一扮著鬼臉，說著不知道有幾分是玩笑的話。

洋輔努力排除內心七上八下的不安感覺，和他一起發出了乾笑聲。

小時候，班上總有兩三個看起來特別聰明，讓人覺得那傢伙和其他人不一樣的同學。他們的姿勢端正，眼神堅定，不會露出那種微張著嘴的呆樣，說話有條理，於是很自然地被選為班幹部，他們也理所當然地擔任這些職務。

八真人就是這樣的學生，洋輔在小學三、四、六年級和八真人同班，八真人在三、四年級時擔任班長。

八真人運動能力很強，在玩樂方面並不輸人。在玩躲避球時，八真人丟的球會在中途突然跳起來。三、四年級的學生中，除了他以外，沒有人能夠丟出那種球。希一丟的球速度很快很可怕，但是命中率不高，只要轉身逃走，經常可以順利閃開。如果是八真人丟球，就只能投降了，而且他很會控球，而且總是打在別人不會痛的腳上。

從小學高年級到國中的成長過程中，八真人漸漸跳脫了模範生的框架，感覺像是他故意擺脫這個外殼。雖然他和以前一樣待人和和氣氣，但經常和希一混在一起，有時候蹺課，或是做一些危險的事，把不良當成一種調味劑。

因此上了國中後，女生都很喜歡他。雖然不知道名古屋這種大城市的私立學校情況如何，在狐狸山這種郊區的公立國中，普通的模範生都過著刻苦用功的生活，只有那些敢反抗大人，不知道會闖什麼禍的不良少年，才能吸引眾人的目光。如果這種不良少年非但不粗野，而是瀟灑有型，甚至會成為被崇拜的對象。

洋輔也在那個時候，在八真人的邀請下，和一群女生一起去名古屋玩。八真人客氣地說著「不好意思」，拜託洋輔一起參加，洋輔很高興受到邀約。只是實際出去玩的時候，發現女生都圍著八真人打轉，洋輔根本只是陪襯而已。現在回想起來，完全想不起開心的感覺，反而是一群男生一起去遙池或是靜池釣鱸魚時更開心。

上了高中後，八真人不再那麼引人注目。一方面是因為狐狸岡中的畢業生只是少數派，但感覺他自己努力偽裝得很平凡。狐狸山高中並不是歷史悠久的名校，更不是入學門檻很高的學校。以前是以軍隊式管理教育出名的愛知新設的升學學校，在廢除軍隊式管理教育後，學校失去特色，淪為一所平庸的郊區公立高中。國中時代勤奮苦學的人都考進名古屋的名校，剩下的學生都就讀本地的幾所學校，在這樣的高中內，八真人的成績並不出色，幾乎和洋輔差不多。

很大一部分原因，是希一帶他一起去享受夜生活。希一除了去狐狸山的遊樂場或是玩老虎機，幾乎每週都會去名古屋的酒店，八真人也跟著希一玩通宵。洋輔身上沒那麼多錢，無法像他們那樣玩，但持續那樣的生活，留級也是遲早的事。

雖然八真人上了高中後，在學校的存在感大不如前。那只是因為洋輔從小就認識八真人，才有這種感覺，也許在女生眼中，會覺得自己發現了被埋沒的鑽石原石。雖然他的異性緣不如國中時代，但仍然有好幾個女生對他產生好感，日比野真理也是其中之一。

洋輔後來才知道，是美鄉為他們牽了線。一年級暑假結束後，經常可以看到八真人和真理在課間休息時間或是放學後，在走廊或操場上出雙入對。他們郎才女貌，洋輔總是帶著羨慕看他們。

只不過洋輔印象中的他們雖然出雙入對，但彼此並沒有交談，只是好像認為課間休息時間結束之前，和對方在一起是自己的職責。雖然或許能夠從中發現因為緊張而說不出話，或是在一起就覺得很幸福之類高中情侶的甜蜜感覺，但又覺得散發出某種空虛、不協調的感覺。真理和美鄉在一起時，都會露出開心的笑容，但在八真人身旁時，經常滿臉憂鬱。也許是因為這樣，每次想到日比野真理，腦海中就會浮現帶著這種表情的她，不負責任地認定她是一名背景複雜、難以接近的少女。

事到如今，洋輔猜想她的憂鬱也許是因為她的身體從那個時候開始出問題，但根本的原因，應該是她雖然如願和八真人交往，但感情發展並不順利。雖然對她來說很殘酷，但八真人並沒有很愛她，他們的感情也無疾而終……

這就是洋輔對八真人和真理之間關係的粗略認識。

但是，可能並非如此。

八真人對前女友自殺這件事的反應太冷淡了……仔細思考之後，就覺得似乎應該覺得不太對勁。

洋輔是在重考那一年秋天，聽說了真理的死訊。記得是十月的時候。他在真理死去的一個月後才知道這件事，意即她是在九月自殺。

九月的時候，洋輔曾經和八真人見面。洋輔在重考期間考取駕照，於是就向父親借車，載著八真人，在鄉間小路上開車兜風。八真人當時的樣子和之前並沒有什麼不同。重讀高三的八真人說，在暑假結束之前，還是和以前一樣，整天和希一他們玩在一起，但開學之後，終於開始準備為考大學認真讀書。

那時候，真理已經自殺了，而且才自殺沒多久，但八真人對真理的事隻字未提。之後洋輔從別人口中得知真理自殺時，想起了這件事，還感到很納悶。八真人留級後，和真理在同一個年級，就算他們已經分手，幾乎可以馬上知道真理自殺的事，不可能像洋輔一樣，相隔一個月之後才終於知道。

八真人表現得若無其事，背後有什麼隱情嗎？

雖然可以認為，一旦分手，前女友的事和自己無關，但對還沒有完全長大，才十幾歲的人來說，有辦法這麼灑脫嗎？

八真人的確有冷靜的一面，他並不是那種會主動胡鬧的人，很適合用「冷酷」這兩個字來形容。

但是，洋輔同時知道八真人並不是個性很強的人。小學生的時候，在決定要玩什麼，或是要去哪裡時，經常會先問洋輔的意見，然後聽從洋輔的建議，而且他很在意別人的眼光。洋輔隱約覺得，他之所以沒有拒絕希一的邀約，除了開心以外，更因為希一的強勢，讓他無法拒絕。

正因為這樣，洋輔不認為他得知真理自殺後能夠無動於衷。

他是不是在壓抑自己的感情？

是不是用殼包住了複雜的想法，深藏在內心？

果真如此的話，到底是為什麼？

他知道樫村和真理的自殺有關……

既然希一在樫村面前說他是「無恥老師」，暗示了這件事，八真人知道這件事的可能性相當高。

但是，在執行「假面同學會計畫」時，八真人看起來並沒有發洩壓抑在內心的復仇心理。雖然他加入計畫，但發揮了節制作用，看起來不像是在報復樫村，而是希望計畫順利完成。

八真人在那種情況下仍然繼續壓抑復仇心理嗎？

如果是這樣，他到底打算什麼時候發洩？

有人行凶殺人，樫村才會送命。

這個事實和他們的計畫密切相關，因此，洋輔無法忽視兼一暗示的可能性。

條件很充分。

回想起來，洋輔重考的那一年，沉浸在終於擺脫高中拘束生活的喜悅中，展開了新的生活，幾乎沒有去想仍然留在高中的八真人他們過著怎樣的生活，如果八真人他們在那裡度過了洋輔所不知道的一年，然後和這次的案件密切相關，完全不會令人感到意外。

星期天，洋輔下班回家後，傳了訊息給美鄉，希望下週約時間一起吃晚餐。除了想約會以外，他還想向美鄉打聽關於真理的事。既然無法向八真人打聽，那麼美鄉和真理從國中開始就是朋友，說起來就像是洋輔和八真人那樣的好朋友，美鄉可能知道真理自殺的內情。

不一會兒，美鄉就回覆說，她星期二晚上有空。

和美鄉約好之後，他把手機放在矮桌上，起身準備去泡澡時，有人敲玄關的門。

敲門聲很用力，而且肆無忌憚。洋輔不由得開始緊張，不知道現在是什麼狀況。

「哪一位？」

洋輔沒有打開門鎖，站在門前問。

「新谷先生，不好意思，深夜打擾。我們是警察，可以佔用你一點時間嗎？」

洋輔聽到「警察」這兩個字，愣了一下。那種感覺，就像在逃命時，原本以為和對方還有一大段距離，沒想到回頭一看，竟然已經追到了身後。

「喔、喔……」

他用沙啞的聲音回答後，打開了門鎖。一個身穿西裝的中年微胖男子站在門口，站在後方的是一身相同打扮，但個子稍微高一點的男人。

「你就是新谷洋輔先生嗎？」

中年微胖男子目不轉睛地打量著洋輔問。他的聲音很粗，很有威嚴。

「我就是……」

男人拿出證件，視線同時迅速地從頭到腳打量了洋輔，以及他身後屋內的狀況。

「我們正在調樫村貞茂先生的案件。」

「喔。」

知道警察遲早會上門的心理準備，和果然是為此而來的衝擊交織在一起，他立刻慌了神。雖然不知道警方會問什麼問題，但無論問什麼問題，都非常可怕。

「我們目前正在四處拜訪參加樫村先生守靈夜和葬禮的人，打聽是否有任何可以成為偵查線索的消息。」

「啊？」

洋輔懷疑自己聽錯了，輕輕叫了一聲。

「怎麼了？」刑警看到洋輔的反應，皺眉問道。

洋輔見狀，不由得心生警戒，覺得不能隨便反應。

「不，請問……你們是聽誰說我有出席？」

「是家屬提供協助，給我們看了弔唁客簽名的簽名簿。」

怎麼可能有這麼荒唐的事？自己根本沒去，竟然有自己的簽名……洋輔覺得莫名其妙。

他好不容易才吞下想要說出口的異議。他覺得如果告訴刑警，自己根本沒去，刑警就會起疑，納悶到底是怎麼回事。

「這樣啊……所以呢？」

雖然是很大的賭注，但洋輔有一半默認後，示意對方繼續說下去。

「是的。所以想請教一下，你和樫村先生是什麼關係？」

「之前在狐狸山高中時，我是他的學生。」

「是班導師嗎？」

「樫村老師是保健體育和生活指導老師。」

「原來是這樣。」

刑警問了洋輔畢業的年次後記了下來。

「既然你會去參加樫村先生的守靈夜，想必你們的關係很不錯，可以請你具體說明一下你們的關係嗎？」

「也不是啦……就是讀高中時，老師每次看到我都會打招呼，很關心我。」

「喔……比方說，他都對你說什麼？」

「呃、類似『最近好嗎？』之類的。」

「他只特別跟你打招呼嗎？」

「不，他會關心很多學生，並不是只有我而已。」

「這樣啊……可以說你很感恩。」

「也不是說感恩，總之，他是一位熱血親切的老師。」

「原來如此，」刑警點點頭，微微瞇起眼睛說：「也就是說，他是一位好老師。」

「對。」

「聽說他很嚴格，你有沒有被他罵過？」

「不是沒有，但我認為那是愛的鞭策。」

刑警聽了洋輔努力掩飾的話，微微歪著頭問：

「你說是愛的鞭策，那是指曾經受到體罰嗎？」

「不是，」洋輔慌忙搖頭，「不是這樣，只是形容曾經挨老師的罵。」

「聽說五月時曾經舉辦過高中同學會，你有去參加嗎？」

「有。」

「有和樫村先生聊天嗎？」

「只是打招呼而已，老師問我：『最近還好嗎？』」

為了強調和樫村之間關係良好，可以毫不猶豫地說謊。

「你當時有沒有聽說他的近況。」

「沒有，真的只是打招呼而已。」

「聽說樫村先生有在同學會上致詞，你記得他說了什麼嗎？」

「我記得他提到，目前每天都出門跑步，打算參加狐狸山的半馬。我當時還想，老師的精力還是這麼旺盛。」

洋輔認為不要刻意避開這個話題，於是很乾脆地回答。也許是因為分泌了腎上腺素，他覺得自己面對刑警，回答得穩穩當當，反應也很靈活。

刑警聽了之後，點點頭。

「除了同學會以外，你最近有沒有和樫村先生見面？」

「沒有，只有在同學會時見過他。」

「同學會時，你們有沒有約定改天再見面？」

「我們沒有機會聊這麼多。」

刑警停下正在記錄的手，停頓了一下，似乎在思考什麼，然後又接著發問。

「請問你有沒有聽說任何關於樫村先生的什麼令人在意的事，即使不是從他本人口中聽說的也沒關係。」

「沒有耶。」洋輔露出在思考的表情，然後歪著頭回答。

「完全沒有嗎？」

「對。」

刑警似乎接受了他的答案，洋輔對自己裝糊塗的演出產生自信時，對方突然問了意想不到的問題。

「對了，請問你一個人住在這裡嗎？」

「呃，呃呃……」

洋輔心慌意亂地應了一聲，他完全搞不清楚問題的方向，心情不由得緊張起來。

刑警大剌剌地打量了房間內的狀況，繼續問道：

「不好意思，請問你從事什麼工作？」

「我只是普通的上班族。」

「具體做什麼工作？」

「在系統廚具公司做業務工作。」

「是喔。」

刑警繼續詳細問了公司地址等資料。

「既然你從事廚具的業務工作，是否會在向以前恩師報告近況的同時，不經意地詢問他們是否打算換廚具？」

「這個嘛……我不知道其他人的情況，我自己是從來沒有做過這種事。除非是新建或是改建房子，否則就算推銷，別人也不可能買。」

「哈哈哈，那倒是。」刑警點點頭，似乎認為很合理，然後又接著繼續問：「請問你是週六、週日休假嗎？」

「不，基本上營業所是週三休假，除此以外，每個月可以有三個排休。」

「原來是這樣，我對樣品屋很有興趣，最近經常去，週六、週日真的很熱鬧，廠商應該根本沒有時間休假。」

「如果有考慮買房子，請務必讓我有機會為你服務。」

洋輔勉強裝出從容不迫的樣子，開玩笑說道。

「哈哈哈，那到時候就拜託了。」刑警大聲笑著敷衍道，「對了，」刑警突然提到了執行「假面同學會計畫」的那一天，「你那個週六有上班嗎？」

「不，那天我休假。」

「休假？」刑警微微睜大眼睛，「你也會在週六和週日休假嗎？」

「並不是什麼稀奇的事，」洋輔故作平靜地說，「每個月差不多都可以排一次週六或週日休假。」

「是喔。」刑警帶著鼻息附和道，「那天你做了什麼？」

「那一天……」洋輔摸著下巴，假裝思考。「朋友來找我，我們在這裡吃吃喝喝。」

「你是說那天晚上嗎？」刑警輪看著手上的記事本和洋輔的臉問。

「對，原本說要去KTV唱歌，開車一起出門，但後來KTV人很多，我們就回來了，然後在這裡聊天。」

刑警詳細打聽了時間，好在洋輔之前就和希一等人討論過這個問題，便就按照當初說好的方式回答。從市中心去KTV時，剛好和靜池位在相同的方位，原本以為說出店名時，刑警會追問什麼，但刑警的表情完全沒有變化。

「所以你們九點前結束，然後你送朋友回家……」

「對。」

刑警並沒有問他有沒有酒駕。洋輔原本想好要回答自己喝的是無酒精啤酒，但刑警沒有問，自己主動回答很不自然，於是沒有特別提這件事。

「你和這些朋友是什麼樣的關係？」

刑警似乎對這個問題很有興趣。

「就是小時候的玩伴，從小學開始的。」

他刻意省略了高中，但刑警追問：「高中也是嗎？」

「嗯，是啊。」

「是否可以請你提供這幾位朋友的名字作為參考？」

既然刑警提出這樣的要求，洋輔在無奈之下，說出了三個人的名字。

刑警把那三個人的名字寫在記事本上，從他們的態度，完全無法確認是從中感受到可疑的徵兆，或是完全沒有察覺任何事。

「片岡和皆川也去參加了守靈夜，你們有沒有約好一起去？」

「嗯，當初只是聊到，如果剛好有時間，就會去參加。」

「大見為什麼沒有去？」

「不知道……我們並沒有專程約好，可能他那天剛好沒空。」

「原來是這樣。」刑警點點頭，繼續發問：「你和片岡他們針對這起案件有沒有聊過什麼？」

「大家都很驚訝，覺得在畢業後多年，在同學會看到老師才沒多久，然後聊一些案件的詳細情況和傳聞之類的事。」

「具體聊了些什麼？」

「像是老師在星期天黎明時被殺，老師對年輕人的行為很嚴格看待，搞不好和從其他地方來狐狸山的飆車族發生了衝突，結果就被擄走，還有人說聽說有人在靜池看到一輛白色跑車。」

其實洋輔和八真人等人只聊了善後事宜，只好裝模作樣地說了和美鄉、兼一聊天的內容。

「原來是這樣，你們聊了這些事。」刑警既沒有肯定，也沒有否定，只是回應了這句話。

「除此以外，還有沒有聽說其他有關櫻村先生的事？像是有沒有和誰結怨之類的傳聞也沒有關係。」

「這……」洋輔露出沉思的表情後回答，「我倒是想不起有這種事。」

「這樣啊。」

刑警似乎已經問完了所有的問題，簡單道謝後就離開了。

洋輔認為在整個過程中，刑警並沒有表現出任何懷疑他的態度。

他並沒有殺害櫻村，當然不應該被懷疑，但他覺得在「假面同學會計畫」的問題上，已經巧妙地閃躲過去，沒有露出任何馬腳。

『真是有驚無險。』剛才始終沉默的哥哥似乎對這種刺激樂在其中。

「你剛才看到了嗎？沒想到我在關鍵時刻應對很沉著。」洋輔對自己順利應付了剛才的場面很得意，「但是他們說簽名簿上有我的名字，到底是怎麼回事？我完全無法搞不懂。」

『你不記得自己去過嗎？』哥哥調侃地說。

「我怎麼可能記得？」

雖然當時吃了一驚，但幸好並沒有引起刑警的懷疑，順利化險為夷。

刑警遲早會去向八真人和希一打聽情況。

是不是該通知他們一下？

他們可能真的殺了人，所以必須思考該和他們之間保持什麼樣的距離，但如果他們在刑警面前露出破綻就傷腦筋了，也許該通知他們，提供一些參考。

洋輔拿起手機，聯絡八真人。

「八真人嗎？」

『喔，洋輔啊……有什麼事嗎？』

八真人一如往常地用溫和的語氣說道，但似乎從洋輔低沉的聲音中察覺到了什麼。

「警察有沒有去找你？」

『沒有……』

「警察剛才來找我了，據說是看了出席樫村守靈夜和葬禮的簽名簿，四處找人問話。雖然我不知道為什麼簽名簿上有我的名字，但剛才有兩名刑警來找我。」

『這樣啊，』八真人沒有理會洋輔的納悶，問道：『他們問了你什麼問題？』

「問了我和樫村的關係，還有不在場證明。我按照我們之前討論的方式回答了不在場證明。」

『他們的反應如何？』

「我並不覺得他們有起疑，我認為只要鎮定回答就沒問題。」

『這樣啊。』

「他們也不像是在找嫌犯，而是在蒐集有關樫村的情況，問我有沒有聽說什麼有關樫村令人在意的事。」

八真人聽到洋輔的話後陷入沉默。

洋輔思考著這份沉默所代表的意義。

『你怎麼回答？』八真人終於再度開口問。

「我說可能和從外地來狐狸山的飆車族發生衝突，結果就被擄走了……你不是也認識祖父江兼一嗎？我之前和他見面時曾經聊到這件事，所以我就這麼回答。」

『這樣啊……』

八真人簡短回答後，重重地嘆氣。

『這樣看來，搞不好很快就會來找我們。』

「嗯，但是只要別表現得躲躲閃閃，就不會有問題。你最好也通知希一一下。」

『嗯，我知道。』

「我聽兼一說，案發之前，有人看到一輛白色86停在靜池。」

『嗯，這件事希一也有告訴我。』

八真人回答得很乾脆，洋輔不禁感到驚訝，以為自己沒有傳達出事態的嚴重性。

「86和希一的BRZ是姊妹車，白色和銀色也很像。如果警察上門，恐怕會盯上他。」

『希一為了這件事很困擾，』八真人說，『但是那天他要改裝懸吊系統，剛好把車子送去車廠了，而且證據明確，所以不用擔心。』

「啊？是這樣嗎？」

『你不要這麼驚訝，』八真人輕輕笑了，『簡直就像認定是希一幹的。』

「不，我不是這個意思……」

『希一還懷疑是你為了嫁禍給他，不知道去哪裡搞了一輛86，他還說幸好那天把車子送去車廠。如果彼此認為是對方幹的，這完全沒有任何建議性，搞不好會因此被警察發現什麼破綻。』

「不，我並沒有那麼懷疑他。」洋輔只能努力掩飾，「我只是希望你們能夠好好應付警察上門。」

『好，我知道，謝啦。』

洋輔掛上電話後，陷入茫然。

難道不是希一幹的嗎？

那又是誰幹的？

真的是來自其他地方的飆車族幹的？

但是這個假設建立在樫村在跑步時，被捲入了麻煩這個前提。

洋輔不認為有人在下雨天，剛好騎車進入大島工業廢棄的工廠後方，把手腳被綁住的樫村搬去靜池。

這是他經過多次思考後得出的結論。

凶手是參與「假面同學會計畫」的成員之一。這個想法最合理。

只不過，犯案細節可能並不像自己想的那麼簡單。

也許凶手事先縝密地思考了如何湮滅證據和掩人耳目。由於洋輔是參與計畫的成員之一，因此可以察覺其中某個人是凶手，但凶手可能設置了某種外人難以察覺真相的煙幕。

也許把樫村推入靜池並不是希一下手，而是八真人主導……

洋輔回想起八真人剛才在電話中欲言又止的態度，突然閃過這個念頭。

雖然難以接受，但至少很合理。

8

兩天後的星期二早上，很快就解開了白色86之謎。

『趕快看報紙，有後續報導。』

早上剛醒來，昏昏沉沉的腦袋內就響起哥哥的聲音。他在這個聲音的催促下，翻開早報，看到樫村案件的追蹤報導。

「失竊車輛和退休高中老師命案有關？」

狐狸山市郊區的山上發現一輛棄置的轎車，經過調查發現，原來是在鄰市發生命案當天遭竊的車輛，同時還發現和當天有人在靜池看到的車款相同，警方正在深入調查，是否和案件有某種關係。

失竊車輛導致警方更難追查到凶手。遙池周圍的山區都很偏遠僻靜，尋找很少有人經過的林道並不困難，失竊車輛就隨便停在林道旁，可見凶手相當狡猾。

警方會如何進行犯罪側寫？

不良分子開著失竊車輛兜風時，和正在跑步的樫村發生衝突，於是就綁架他，把他擄走，最後把他推入靜池內……應該可以描繪出這樣的劇本。但是從把失竊車輛棄置在山上這件事，可以強烈感受到凶手不希望警方很快發現車輛，消除跡證的意圖，顯然有計畫性。

果然是曾經結怨的熟人犯案嗎……警方可能會如此推論。

凶手偷竊86犯案，是因為這輛和希一平時開的車款是姊妹車的車子比較容易取得嗎？雖然這一點不夠謹慎，但凶手的確很小心翼翼地成功殺人。希一在「假面同學會計畫」時提出的方案很縝密，如果八真人是同夥，從那天八點左右解散之後，到隔天黎明三、四點之間有充足的時間，他們當然有辦法細心周到地處理這些事。

其實洋輔內心並沒有責怪他們犯案。雖然覺得有點做過頭了，但是對樫村幾乎沒有絲毫的同情。如果在和自己無關的情況下，樫村成為某起命案的被害人，從新聞報導中得知這個消息時，應該會想起高中時代的事，幸災樂禍地認為他是惡有惡報。如果像兼一所說，樫村過去曾經有過導致日比野真理自殺的行為，洋輔能夠對八真人隱藏在內的憤怒產生共鳴，也支持他的復仇。

問題在於洋輔參與了可說是命案前奏曲的「假面同學會計畫」，如果警方查到這件事，可能對自己很不利。

希一與和康並非只是極力隱瞞犯案，甚至在不在場證明的問題上，試圖讓人對洋輔產生懷疑。如果不及時解決這個問題，當他們處境危險時，很可能會把洋輔當作代罪羔羊。希一等人的態度，很可能就是正在著手進行這樣的準備。

為了避免落入這樣的圈套，必須盡可能掌握他們的行為，以及這些行為背後的秘密。樫村和日比野真理之間的事，也是其中之一。

這一天，洋輔下班之後，如週日所約，和美鄉在名古屋久屋大道上見面，然後在電視塔的餐廳吃飯。

「哇，好漂亮。」

服務生帶他們來到窗邊的座位，美鄉看著窗外的夜景後瞪大眼睛，沉浸在約會喜悅中。洋輔無法像她那樣懷抱著約會的心情。

「怎麼了？你看起來好像很沒精神。」

美鄉興奮了一陣子後，把臉湊過來，抬眼觀察著洋輔。

「不，沒這回事。」

「對了，聽說警察去找我認識的一個同學打聽情況。」

美鄉突然提起這件事，洋輔聞言一驚，但美鄉還來不及注意到洋輔的臉色，就發現服務生正準備為他們點餐，於是調皮地掩著嘴。

美鄉在點完餐之前，都一臉嚴肅，當服務生離開之後，才又繼續說道：

「你還記得一年級時和我們同班的亮子嗎？她目前已經結婚，是家庭主婦；亮子她很好奇這起案件，所以去參加了樫樫的守靈夜，沒想到昨天有刑警上門去找她，說是看了守靈夜的簽名簿，正在四處拜訪參加的人。幸好我沒有因為好奇去湊熱鬧，」她說到這裡後笑了笑，「你周圍有人去參加守靈夜或是葬禮嗎？八成會被警察盯上。」

洋輔不知道該不該說自己的事。雖然他無意隱瞞，但美鄉似乎懷疑洋輔參與了犯案，只不過不知道她是真心還是開玩笑。如果得知自己沒去參加守靈夜和葬禮，警察卻上門盤問，搞不好又會亂猜了。

「兼一有個同事是狐狸高的學長，有去守靈夜，警察也去找過他。」

「喔，這樣啊。」美鄉似乎樂在其中，「不知道皆川有沒有去？我覺得他和亮子一樣，很可能好奇跑去湊熱鬧。」

「那我就不知道了。」

洋輔實問虛答，美鄉呵呵地笑了。

「上次聽說白色跑車，我就想到皆川的車，但後來才發現搞錯了，那是一輛失竊車子。」

「是啊，報紙上都報導了。」洋輔附和道，「而且希一的車子不是白色，不能因為都是跑車就懷疑他。」

「對啊。」美鄉以輕鬆的口吻回答，然後帶著意味深長的視線看向洋輔，「但是，聽說刑警去找亮子時，還問了你的事。」

「什麼？」

「刑警問她，新谷洋輔是怎樣的人。」

洋輔頓時臉色發白，說不出話。

「刑警什麼時候去找亮子？」他好不容易才擠出這句話問道。

「昨天。」

刑警前天星期天上門找洋輔，這是否代表在盤問洋輔後，引起了某些懷疑？事態似乎有點不妙……他頓時產生危機感，差一點崩潰時，美鄉噗哧一笑。

「我騙你的……你不必嚇成這樣吧？」

「啊？」

「警察根本沒有問你的事。」

「妳別嚇人好不好……」

洋輔用力吐了一口氣。雖然他因自己輕易上當而窘迫，但既無法生氣，也無法掩飾自己的窘態。

「你沒事吧？看你被我的玩笑嚇得魂不附體的樣子，我反而嚇了一大跳。」

「誰叫妳突然說這種莫名其妙的話。」洋輔再度重重吐氣。

「我只是隨口開玩笑。」

美鄉完全沒有不好意思，反而是洋輔受到了沉重的打擊。

「刑警來找過我了。」

洋輔原本打算隱瞞，但由於內心過於慌亂，脫口告訴美鄉。

「啊？你也去了守靈夜嗎？」美鄉瞪大眼睛，「你不是說不會去嗎？」

「不，我沒去。」

「既然你沒去，警察為什麼會去找你？」

「我完全搞不懂怎麼回事，警察說簽名簿上有我的名字。」

雖然這種說明只會讓美鄉覺得可疑，但他不知道除此以外，還能夠怎麼說。侍者送上啤酒後，美鄉沒有和他乾杯，就獨自喝了起來，以懷疑的眼神看著洋輔。

「說不定是八真人在奠儀的袋子上多寫了我的名字……」

洋輔說出他想到的可能性，但美鄉的眼神仍寫滿狐疑。

「這也有可能。或者，是你的另一個人格跑去了。」

雖然美鄉一臉嚴肅地說，洋輔只能聳肩，當作是笑話。

「八真人有去守靈夜嗎？」

「他應該有去……希一也有。」

「這樣啊。」美鄉含蓄地附和，「但是無論怎麼想，他們根本不可能喜歡樫樫啊。」

「就像妳剛才說的，他們只是基於好奇去湊熱鬧。」

「皆川去那裡我並不意外，但八真人照理說並不喜歡湊熱鬧。」

「八成是希一約他，然後就一起去了。因為八真人無法拒絕希一的邀約。」

「這樣喔？」

「是啊。」

美鄉似乎接受洋輔的答案，又重新聊回剛才的話題。

「警察問了你什麼？」

「就是問我是否知道有關樫村的事。」

「還有不在場證明嗎？」

美鄉沒有看服務生送上來的湯，探出身體問洋輔。

「嗯，也問了相關問題……我相信也這樣問亮子吧。」

「你怎麼回答？」

「我就正常回答，說和朋友在家裡一起喝酒。」

「朋友？你是說八真人他們？」

「對啊……那天我真的和他們在一起。」

「那警察相信嗎？」

聽美鄉的語氣，好像她完全不相信。

「當然相信啊，對方也不覺得我是什麼可疑人物。」

「這樣啊。」美鄉不置可否地附和，「希望就到此結束。」

「沒什麼希不希望，如果不到此結束，就傷腦筋了。」洋輔嘟起嘴說，「美鄉，妳好像從之前就覺得我和這起案件有關，很害怕警察。」

「這個嘛，」美鄉笑著說，「你很討厭樫樫，而且和皆川這種可能會做出什麼可怕行為的人又很要好，還曾經去過靜池……聽了你剛才說的話，覺得你今天約我見面，好像是因為順利通過了警察上門盤問案而鬆了一口氣。我不得不想很多啊。」

「警察是在我和妳約了見面之後才上門的。」

「這樣啊，」美鄉始終帶著笑容，「我是開玩笑、開玩笑啦，而且我也沒有告訴亮子。」

「真是……」

洋輔原本想再叮嚀一下，但又覺得美鄉會說，為什麼對開玩笑的話這麼認真，於是只好把話吞了下去。

「我是有事想問妳，才會約妳見面。」

洋輔吃著桌上的料理說道。

「什麼事？」

「也沒有什麼。之前，我和兼一聊起樫村的事，聽到一件有點在意的事。」

「果然和樫樫有關。」

「因為兼一和我聊這些事啊。」

洋輔辯解道，美鄉捂著嘴，似乎忍著笑說：

「你乾脆承認自己對那起案件很有興趣。」

「起初並沒有興趣，但因為妳、八真人和兼一都整天和我聊這件事，沒興趣也變有興趣了。」

美鄉呵呵笑著問：「你要問什麼事？」

「是關於日比野的事。」

美鄉聽了洋輔的回答，立刻收起笑容。

「真理的什麼事？」

「不是啦，我只是聽說，她似乎和樫村之間發生了什麼事……這該不會就是她自殺的原因？」

「喔喔。」

「妳知道這件事？」

「我只是聽到傳聞，」美鄉似乎刻意不讓感情表現在臉上，「並不是她親口告訴我的。」

「妳聽說了什麼？」洋輔問了之後又補充說：「如果妳覺得難以啟齒就算了。」

「我不太清楚詳細的情況，但聽說，樫樫在車上對她做了色色的事。」

「果然……但是，這件事到底是從哪裡傳出來的？如果有目擊者，樫村早就被逮了。」

「不知道……有人說遺書上寫了這件事，但我認為這個消息不是真的。我去參加了真理的葬禮，她媽媽什麼都沒說。」

「是我們畢業那一年的秋天吧？妳和她那時候也經常見面嗎？」

美鄉搖搖頭說：「真理住院的時候，我曾經去看了她幾次，她的病好了之後，我鬆了一口氣……上了大學之後，我開始打工，那時候只有偶爾傳訊息或是打電話聊天而已。」

「她自殺之前，妳和她打電話聊天時，有沒有發現她態度有點異常，或是哪裡很奇怪嗎？」

「她那時候很沒精神，」美鄉似乎想起當時的情況，有點痛苦地皺著臉。「她很怕孤單……她曾經說，我畢業後她覺得很孤單，所以想退學，還說除了我以外，她無法相信其他人，但是我完全沒想到她竟然會自殺。」

「對啊。」

洋輔安撫著她的心情。雖然覺得繼續追問有點殘酷，但他還有很多想問的問題。於是他決定小心謹慎地繼續問下去。

「妳對樫村的傳聞有什麼看法？」

「我並不是聽真理親口說的，樫樫也否認這件事，我能有什麼看法？」

「妳說樫村否認是什麼意思？有人去質問他嗎？」

「真理死後，這個傳聞在學校傳開，不知道是否有傳到縣裡的教育委員會之類的地方，反正事情鬧到上面去了，但是樫樫否認之後，這件事就結束了。畢竟真理已經死了，又沒有證據，當然不指望會有什麼結果。」

「原來還有這種事。」

洋輔聽到這個帶著一抹灰色的結局，心情也忍不住鬱悶起來。像教師這種公務員，除非有確鑿的證據，否則只要當事人否認，就不會受到處罰。尤其是在學校這種地方，很容易在內部將問題本身壓下來，根本不可能驚動警察。

「真理的確很崇拜樫樫。她沒有父親，有點戀父情結，所以覺得那種乍看之下很嚴格的大人，或許能夠督促自己。我曾經聽她提過，她坐過樫樫的車子好幾次。保健室不是在體育教員室的隔壁嗎？她一年級的時候，經常因為身體不舒服去保健室，常遇到樫樫，而且她身體不舒服時，樫樫還曾經開車送她回家。」

「這麼說來，的確有發生傳聞中那起案件的基礎。對樫村來說，大部分學生都討厭他，有人這麼崇拜他，他可能會自作多情。」

「這我就不知道了。」

美鄉似乎放棄深入思考。

「美鄉，沒想到妳這麼冷靜。」洋輔忍不住這麼說，「雖說是傳聞，但傳出了這樣的消息，妳不會對樫村產生複雜的心情嗎？」

美鄉似乎不太高興，冷冷地瞪著洋輔說：

「那你覺得我該怎麼做？無論我怎麼做，真理都不會回來，我該對這個傳聞做出什麼反應？還是我該把樫樫推入蓄水池？你認為我一個人有辦法做到嗎？如果我開口，你願意協助我？」

「不，對不起，我不該這麼說，我向妳道歉。」洋輔無力招架，合起雙手。「光是從外表，無法瞭解妳的心境……而且，八真人照理說應該知道這個傳聞，但表面上完全看不出來，所以我有點搞不懂是怎麼回事。」

「因為他那時候已經和真理分手了。」美鄉冷冷地說。

「他沒有告訴我詳情，他們為什麼分手？」

洋輔問，美鄉微微皺起眉頭。

「你說他沒有告訴你詳情，那他是怎麼告訴你的？」

「他只說日比野自殺時，他們已經分手了。」

「就只是這樣而已？你不是和八真人的關係很好嗎？」

美鄉責備的語氣，讓洋輔有點不悅，但這的確就是他聽說的所有內容，因此無可奈何。

「八真人很少聊這方面的事，他目前已經有一個在職場認識，打算結婚的女朋友，但就連這件事也只是之前在聊天時提了一下而已。」

「他這個人很冷漠……人性很冷漠。」

美鄉的責備太出乎意料，洋輔大吃一驚。

「怎麼說？」

「哪有為什麼，真理死的時候，他甚至沒去參加葬禮。光憑這件事，就可以知道他是什麼樣的人。」

「不，他的確很冷靜，但妳說他冷漠，我又覺得好像不太貼切。而且既然他已經和日比野分手了，可能不方便去參加葬禮。他在這方面很低調。」

「他原本就不是因為多喜歡真理，才和她交往。感覺是真理主動示好，他就順其自然，然後走在一起……」

八真人曾經告訴過洋輔這件事，洋輔聞言無法反駁。

「他乍看之下似乎在為對方著想，但其實只是更折磨對方。其實他只想到自己，才會做這種事。」

「等一下，和八真人分手，也是日比野自殺的原因之一嗎？」

「我不知道。」美鄉冷冷地說，「但這應該是導致她絕望的契機。」

「我當然不會說完全不可能，但是通常不會想到對方會因為交往不順利而自殺，如果妳這樣責怪八真人，對他未免太不公平了。」

「有一次他去探視真理時遇到我，約我下次一起去看真理，於是我們就一起去了，沒想到探視完之後，他約我一起去喝咖啡，最後還說想和我交往。他自己做出這些行為，我哪裡有冤枉他？」

「原來曾經發生過這種事……」

洋輔第一次得知這件事，的確感受到不小的衝擊，但內心並不是不瞭解八真人的感受。

「我能夠理解妳的心情，但也不希望妳為了這件事責怪他。」洋輔說，「我最近才知道，他其實喜歡的是妳，沒想到妳去對他說，希望他和日比野交往，所以他的心情很複雜。他覺得和妳交往已經沒指望了，再加上是喜歡的妳拜託他，很多因素都摻雜在一起，他在百般苦惱之後，才決定和日比野交往。」

「既然決定了，就應該好好珍惜真理，讓她得到幸福。」

美鄉語帶憤怒，洋輔有點手足無措，思考著如何結束這個話題。

「我相信八真人最初有這種想法，只是最後沒有成功而已。」

美鄉用鼻孔輕輕噴氣，冷冷一笑。

「洋輔，你說得好像對八真人瞭若指掌。」

「並不是這樣。」洋輔覺得美鄉的語氣中透露出一絲輕蔑，感到有點生氣。「只是因為認識他很多年，自認還算瞭解他。」

「我和真理也是從國中一年級就認識了。」美鄉不甘示弱地說，「並不是只有男生才有友情。」

「妳不需要提醒我，我當然也知道。」

「是嗎？」美鄉微微歪著頭看著洋輔，「通常都認為，女人即使表面上是好朋友，背地裡卻貌合神離，勾心鬥角，見色忘友。」

「我可沒這麼想。」

雖然洋輔這麼回答，但又覺得內心深處的確有美鄉說的那些想法，意識到自己有點在掩飾。

「女生之間也有友情。」

美鄉的眼神好像看透洋輔內心，小聲地說。洋輔無力反駁，只能點頭表示同意。

「國中一年級第二學期時，她轉學到我們班上。她那個時候就很漂亮，而且很文靜，看起來像洋娃娃，但不知道為什麼，我覺得她很可怕。」

美鄉怔怔地低頭看著桌子，娓娓道來。

「可怕？」

「對，不是覺得她的個性可怕，而是覺得自己望塵莫及，所以我起初欺負她，而且還找了班上的女生一起孤立她……說起來，明明是我比她更可怕。」

美鄉說到這裡，似乎又想起之前的事，呵呵笑了。洋輔很訝異美鄉竟然會主導霸凌這種事，但她和朋友在一起時，總是成為中心人物，只要她想，這並非不可能。

「但是，有一次班上的男生叫我們不要欺負她，雖然我當時罵回去，但後來發現全班的男生都支持真理，然後我身邊的朋友也都倒戈了，有一個叫明奈的女生個性很強，突然翻臉不認人，然後換我變成被孤立的對象，最後變成了全班對付我一個人。站在真理的角度，一定覺得我是活該。我那時候真的很痛苦，而且我之前的那些好朋友開始叫我『竹中菌』。課間休息時，我都一個人發呆，秋季的遠足時，我知道大家不會理我，很想請假，但我是向來很少感冒的健康寶寶，無法如願。」

美鄉帶著快樂的心情談著照理說應該不願回想的痛苦往事。

「果然不出所料，遠足的遊覽車上，大家都有說有笑，只有我一個人坐在最前排的座位，從頭到尾沒有人和我說話。那次的遠足是去遊樂園和採集化石，在小組活動時，我像幽靈一樣跟在大家身後，但可以勉強說我找到了自己的容身之處，但是到了中午吃午餐時，大家都和自己要好的同學一起吃午餐。我原本就不指望有人和我一起吃便當，就獨自坐在遠離人群的長椅上，沒想到真理走到我身旁，有點不知所措地問我：『我可以和妳一起吃嗎？』」

美鄉似乎打算對痛苦的回憶一笑置之，她掩著嘴，笑得肩膀都抖動起來。

「我完全輸給她了。在我變成孤立的對象之後，真理雖然沒有和任何一個女生變成好朋友，但應該有一起吃便當的朋友，而且全班男生都像是她的親衛隊。她有一種讓人想要保護她的力量，這真的可以稱為力量，而且是很強大的力量。我對她那麼壞，她竟然能夠在我面前擺出低姿態，展示自己脆弱的一面……難怪男生都願意和她站在同一陣線。只要她展現那種力量，任何人都想要保護她。」

激發別人想要保護她的力量……雖然刻意想這麼做，恐怕很難做到，這可能是她天生的個性。總之，洋輔之前從來沒有認真思考過，這種事也是一種能力。

真理的確很漂亮，有一種弱不禁風的感覺，從她臉上看不到每天過得幸福快樂的樣子。洋輔和她之間的關係並不密切，無法感受到是不是魅力，但也許她周圍的人會認為這是一種力量。無論是真理刻意，還是天生使然，當她願意在對方面前曝露出自己的弱點，展現這種力量，就代表對方是她願意接近的人。不過洋輔在她眼中，並不是這樣的對象。

「但是，有人就算和她朝夕相處，都感受不到這種力量。」美鄉微微皺著臉，「那種人缺乏想要保護別人的感覺，認為自己最重要，只想保護自己。」

洋輔思考著美鄉指桑罵槐的對象，然後想到她在暗指八真人。

八真人在和真理交往的同時，還來追求自己——她似乎對八真人產生了極大的不信任。

但是……洋輔思考著。

八真人也許涉及殺害樫村。這種可能性絕對不低。

如果八真人和命案有關，那就是為了真理當年遭到玩弄而採取的復仇行為。

如果像美鄉所說，真理具備了讓人想要保護她的力量，她把這種力量用在了錯誤的對象身上。那個人就是樫村。

樫村身為教師的人生，並不是建立在教導學生某項技能的基礎上。比方說，他上保健課時，只是朗讀課本而已，上課無聊透頂，完全感受不到他絲毫的熱情。

他全力投入加強管理和支配學生上，他的支配力遍及整所學校，結果導致了外校的人揶揄「體育教員室掌握了狐狸山高中」。即便其他老師認為是可以睜一隻眼，閉一隻眼的事，只要樫村說不可以，就會成為問題行為，學生就必須接受指導。這已經超越他身為教師的職權，根本是支配欲的產物。他就是支配怪獸。

那種男人絕對不該過度接近激發別人保護慾的女生，他太投入了。

樫村是否完全脫離身為教師的本分，真的做出傳聞中的行為？這個疑問似乎可以迎刃而解。

傳聞中的事應該的確發生了。

八真人經過七年的時間，成功地向他復仇。八真人說他已經有打算結婚的對象，或許為了繼續向前邁進，他想要清算尚未解決的過去。這樣很合情合理。

「如果他那時候就沒有想要保護日比野的感覺，顯然早就忘了她。」

美鄉聽了洋輔的話，輕輕聳肩。

「是啊，人一旦死了，就很無力，無力得可憐。」

「但是，」洋輔緩緩喝完啤酒後繼續說道，「也許他片刻都沒有忘記日比野的萬念俱灰，最後導致目前的結果。」

「啊？」美鄉皺起眉頭問：「什麼意思？」

洋輔很猶豫，不知是否該讓美鄉察覺這次的案件有可能是八真人犯案。這是一起殺人案，但是按照目前聊天的感覺，八真人這次很可能是建立在正確價值觀基礎上的犯案。如果八真人果真殺了樫村為真理報仇，美鄉也能夠超越善惡，重新認識八真人的為人。

洋輔最後還是想要說服美鄉，於是提了這件事。

「如果這次的案件是八真人下的手，不就代表他是在為日比野復仇嗎？」

「這次的案件……你是指樫樫的事嗎？你的意思是八真人幹的？」

洋輔沒有回答，但神情極其嚴肅，顯示自己並不是在開玩笑。

沒想到她搖搖頭，一笑置之。

「太離譜了……為什麼突然這麼說？」

「妳為什麼會覺得離譜？」

「八真人不可能做這麼可怕的事。」

「如果找希一或是其他人幫忙，仍然不可能嗎？」

美鄉的笑容微微扭曲起來。

「洋輔，你是不是知道什麼內情？」

「不，並沒有。」

他明確否認。

「你那天不是和八真人、皆川他們見了面嗎？」

「但是八點多就解散了，我不知道八真人他們之後做了什麼。」

「他們有沒有聊到樫樫的事？」

「沒有啊。」一旦承認，日後可能會影響自己的處境，因此洋輔含糊其辭，美鄉冷漠地看著他，他慌忙補充說：「但是同學會那天晚上和他們喝酒時，曾經聊到樫村的事，大家聊起以前的事，都對他超火大。」

「這樣喔。」美鄉附和的態度有點微妙，似乎覺得光從這些狀況，無法進行判斷。「如果是這樣，先不談你有沒有接受，照理說，他們不是會邀你一起加入嗎？你們在同學會之後，不是又見了好幾次面嗎？」

「嗯……是啊。」美鄉的話十分合理，洋輔結巴起來。

「他們該不會真的找過你？」美鄉斜眼看著洋輔問。

「沒、沒有啦。」洋輔加強語氣否認。

「喔。」美鄉注視洋輔片刻，突然移開視線，露出淡淡的笑容。「反正，八真人不會做這種事，我無法想像。」

「是嗎？未必不可能喔。」洋輔故意用輕鬆的口吻說：「如果是這樣，妳對八真人的看法會不一樣吧？」

「如果樫樫的傳聞是真的，而他真的為了真理報仇，姑且不論是非對錯，我對他的看法的確會改觀。」

雖然她這麼說，但沒有忘記最後補充一句：「總之，我認為不可能。」

雖然美鄉認為以八真人的性格，不可能做出什麼復仇行為，但洋輔認為可能性相當高。他根據各種事實進行推理後，認為這是最合情合理的真相。洋輔比美鄉更瞭解八真人，又和八真人一起在同學會之後，到案發之前，進行一連串不可告人的行動，因此當然知道。洋輔沒有參與黎明時分在靜池的行動，只能發揮想像，但從形勢的發展來看，並不認為毫無脈絡可循。

和美鄉一起吃飯的隔天，在洋輔內心已經確信八真人是殺害樫村的凶手之際，八真人打電話給他。

『昨天警察來找我了。』

洋輔坐在床上，仔細聽著八真人的聲音，但是他的聲音聽起來和平時沒什麼兩樣，無法從中解讀出任何感情。

『關於不在場證明，我就按照之前討論的方式回答，警察沒有懷疑我，我想應該順利過關了。』

「警察有沒有問你深夜做了什麼？」

洋輔覺得警察面對頭號嫌犯的態度太大意了。

『他們沒問，就算問了，我也只能回答在家睡覺。』

「嗯，也對。」洋輔附和道。

『警察今天好像去找了希一，他那麼精明，沒什麼問題。』

「這樣啊……」

『但是……』八真人的語氣有點憂鬱，『阿和有點神經質。』

「阿和怎麼了？」

『他雖然沒有去參加守靈夜，但我們的不在場證明都提到了他的名字，警察不是有可能去找他嗎？雖然只要按照我們之前說好的方式回答，就不會有問題，但他知道警察可能去找他之後，就有點崩潰了。他那麼緊張，不知道會在刑警面前露出什麼破綻，而且他整天都在說什麼完蛋了、完蛋了。』

「這可不妙啊。」

和康雖然經常和希一混在一起做壞事，但一個人就什麼都不敢，比洋輔更膽小怕事。

「只能請希一去搞定他了。」

『嗯……但希一也沒辦法。』八真人說，『阿和現在這樣，根本不聽勸。他的不安在內心持續膨脹，連他自己都無能為力，他現在整天說，希望洋輔趕快去自首。』

「咦？為什麼扯到我頭上？」洋輔話音變尖。

『他認為是你殺了樫村，說不希望因為池魚之殃，害其他人被警察盯上。』

「簡直莫名其妙！」

洋輔之前就察覺到，以希一為中心，似乎在懷疑自己殺害了樫村，但那不是為了掩飾他們自己的嫌疑所採取的偽裝手段嗎？

『那天深夜，他去超商上夜班，所以靜池的案件有不在場證明，明明比我們任何人更安全，卻緊張得不得了。』

「這樣啊……」

這到底是怎麼回事？

如果和康與八真人、希一一起，聯手殺害樫村，內心產生了罪惡感，得知警察即將找上門，因而害怕，這種情況不難理解。

但是和康似乎並沒有參與靜池的行動。雖然靜池發生的事，一個人也能夠完成，但考慮到要把手腳被綁住的人搬上車，然後再搬下來所費的工夫，至少兩個人參與的可能性相當高。

原來是八真人和希一殺了樫村……事到如今，洋輔終於看清楚狀況了。

『雖然我一直告訴他，他想太多了。』

這只是因為八真人無法承認是自己幹的嗎？

無論如何，和康似乎真心認為洋輔是凶手，必須趕快處理這個問題，搞不好他會對警察說，是他的朋友新谷洋輔幹的。

「我來找阿和談一談。」

『好啊，你找他聊一聊，如果有什麼狀況，我和希一再介入。』

「好。」

洋輔掛上電話後，又立刻打電話給和康。

『喂？』電話中傳來警戒的聲音。

「阿和嗎？是我，洋輔。」

『你找我幹嘛？』

阿和說話好像在吵架。

「找你當然是有事啊。我聽八真人說了，所以打電話給你。」

『你打算自首嗎？』

「莫名其妙。」

『拜託你，趕快去自首。你害我快發瘋了。』

和康煩躁地說，洋輔用低沉的聲音對他說：

「我為什麼要去自首？阿和，我什麼都沒做。」

『如果不是你，那還有誰？你不要再隱瞞下去，這樣會連累我們。』

「阿和，並不是我幹的。」

『你不要再隱瞞，不要再鬧了。』

「阿和，等一下要不要見個面？」和康的情緒仍然很激動，在電話中講不清楚，於是洋輔這麼問。「我們見面聊。」

『你打算滅口嗎？』

「啊？」

『你這次打算殺了我嗎？』

和康似乎並不是在開玩笑，洋輔很無奈。

「怎麼可能嘛！」

『如果我和你單獨見面，不知道你會對我做什麼。如果希一他們不在場，我不能和你見面。』

「阿和，我也有我的推論，只是希望你聽聽我在誰殺了樫村這個問題上的想法。我不可能殺你，你放心，我只是想和你單獨談一談。」

『你為什麼堅持要我們兩個人單獨談？』和康仍然沒有放鬆警戒。

「你聽了就知道了。我希望你先聽我的說明，要約在人多的地方也行。要不要約在『米田』？只要我們小聲說話，應該不會有問題。」

『你真的沒有打什麼鬼主意吧？』

和康仍然心存疑問，但最後似乎終於下定決心說：『好，那就去米田。』答應等一下兩個人見面。

洋輔在九點十分左右抵達了「米田珈琲」。這是一家大型咖啡店，除了吧檯座位以外，還可以接待十組客人，但現在離打烊只剩不到一個小時，店裡人不多。洋輔在離那些客人有一段距離的沙發座位坐下，向店員點了冰咖啡。

當冰咖啡送上來時，和康出現了。他就像其他來咖啡店放鬆的人一樣，從報架上拿了體育報走過來，但他的神情緊張，視線打量著左右兩側的客人，好像在懷疑其中是否有洋輔的同夥。

「中日隊又輸了？不知不覺中，債務又增加了。」

和康在洋輔面前坐下，翻開報紙，幾乎像在自言自語般開口。雖然不知道他內心的想法，但看起來比剛才通電話時鎮定多了。

和康點了漂浮冰咖啡，在漂浮冰咖啡送上來之前，完全沒有看洋輔一眼，始終低頭看著手上的體育報。

漂浮冰咖啡送上來後，和康用湯匙舀起上面的冰淇淋，吃了兩三口之後，看著洋輔問：「你要告訴我什麼？」

「不是我幹的。」洋輔微微探出身體低聲說道，「我和樫村遇害的案件沒有關係，你不要亂猜。」

和康從鼻孔噴氣，無趣地看著洋輔。

「你認為只要聽你說這句話，我就會相信你，說原來是這樣嗎？你有證據嗎？」

「什麼證據？」

「就是不在場證明。」

「不光是我，別人也沒有不在場證明吧。樫村遇害的時間，大家都在睡覺。」

「我只希望你實話實說。」和康收起體育報說，「你以前就讓人猜不透到底在想什麼。如果是你幹的，就趕快承認。反正事情已經發生了，只要你告訴我們，希一他們會思考該怎麼善後。你獨自隱瞞，拚了老命想要掩飾，所以我們才會懷疑你是不是想要幹掉我們。」

「所以我才告訴你，這是誤會。雖然我不知道希一說了我什麼，但希望你拋開不必要的成見。」

「那到底是誰幹的？」和康挑釁地看著洋輔，「樫村的手腳不是被綁住了嗎？不可能有我們以外的人剛好去那種地方把樫村帶走，凶手一定在我們這幾個人之中。」

「但並不是我。」

洋輔壓低聲音，充滿強烈的力量，和康似乎被他的氣勢嚇到，微微收起下巴。

「可是，在我們離開前，你不是獨自回去找樫村嗎？」和康的聲音微微發抖，說著無法成為懷疑根據的話。

「我很抱歉那時叫了你的名字，我很在意這件事，於是就去警告樫村。我跟他說，我們打算從此扯平，一筆勾銷，要他忘了今天的事。我當時已經告訴你們了。」

和康動動嘴巴，不知道想要說什麼，但最後什麼都沒說。

「阿和……你聽我說一下我的想法。」洋輔下定決心，繼續說道，「我猜八成是八真人和希一幹的。」

「啊……你在說什麼鬼話！？」和康驚訝地瞪大眼睛，叫了起來。

「我這麼說是有根據的，」洋輔冷靜地說，「你還記得希一在現場時曾經罵樫村是『無恥老師』嗎？你知道那句話是什麼意思嗎？」

「不，我不……」

不知道和康是否沒有聽到洋輔說的話，他緩緩搖著頭。

「我聽說一個傳聞，樫村在八真人的前女友日比野真理自殺前，曾經在車上猥褻她，有人認為這很可能成為日比野自殺的契機。校方曾經展開調查，但樫村否認，真相就石沉大海了。」

和康沒有附和，發出帶著悶哼的鼻息聲。

「這些你都不知道嗎？」

「不，那時候有聽到一些風聲。」和康吞吞吐吐地說。

「我認為八真人應該知道這件事，但既然他知道，在大島工業痛扁他的時候，你不覺得八真人的反應太冷淡了嗎？如果只是針對我們在高中時受的罪，那樣的報復已經夠了，但如果是為前女友復仇，似乎又太輕了，不是嗎？我猜想八真人應該已經想好了之後的行動。只不過，雖然對方手腳被綁住，但要載去靜池，把他推入蓄水池，一個人很難做到，所以我猜想希一可能也參與了。當時不是希一決定要把樫村留在那裡嗎？希一可能已經計畫好之後的行動了。」

和康顯得很不悅，沉默地看著洋輔。也許洋輔的話太出乎意料，他陷入了混亂。

「如果我的推理正確，我也無意責備他們。他們有正當的理由，而且對方又是樫村，我認為可以假裝不知道。只不過因為他們隱瞞了一切，才會導致我們疑神疑鬼，造成我們的困擾。這個問題該如何處理，我也想聽聽你的意見。」

和康用吸管默默地攪拌著冰淇淋已經融化的漂浮冰咖啡，仍然一臉凝重。

「你又在胡說八道了。」

「啊？」

「如果希一他們真的有這樣的計畫，一定會告訴我。我完全沒聽他們提過這件事。」

「你那天晚上不是要打工嗎？」

「原本那天是其他人上班，但臨時找我去代班，而且是那天晚上，從大島工業回來之後才接到通知。」

「這樣啊……但是，你沒辦法保證他們一定會找你一起參與吧？」洋輔說，「他們認為兩個人就能夠搞定，或許就兩個人動手了，而且他們也沒有找我。」

「你不一樣啊。」

「怎麼不一樣？」洋輔對和康認定自己和他們不一樣感到納悶，忍不住問道。

「你和我們不一樣。」

就算和康說自己和他們不一樣，洋輔也搞不清楚哪裡不一樣。和康似乎感受到他的困惑，又補充說：

「你從以前就性情不定，心情不好時，就不會和我們一起玩。」

「這樣嗎……」

「是啊。」

洋輔覺得之前曾經無數次勉強自己和他們一起玩，因此有點難以平靜。

「你和我們不一樣。我們堅若磐石。」

聽到「堅若磐石」這種誇張的字眼，洋輔不知道該說什麼。他只想到他們三個人一起在高三留級，洋輔獨自先畢業。一方面是因為被樫村盯上感到很煩，再加上要準備考大學了，他認為必須面對現實，那時候就刻意和他們三個人保持距離。

但是，和康說他們三個人一起留級，和沒有一起留級的自己之間的關係不同，這句話讓他很困惑。和康個性很爽朗，有點傻傻的，很懂得炒氣氛，但有時候會一本正經地說一些不理智的誇張言論，讓人無所適從。

「但是，從我的角度來看，你們邀我一起參加『假面同學會』，我加入了，和你沒什麼不一樣，但他們沒有找我參與之後的事……這些都一樣。」

「那當然啊，希一他們的計畫就只有到那一步為止，沒有任何人打算在那之後去殺了他。」

「問題是樫村真的被殺了。」

「所以是你失控殺了他，你不要試圖混淆視聽。」

明明已經極力澄清，和康仍然懷疑自己。

「我為什麼要殺樫村？」

「因為被他發現了。」和康冷冷地說，「他的眼睛露出來時，你被他看到了，你心想大事不妙。為了拖我下水，故意叫我，臨走的時候又回去樫村那裡，你那時候六神無主。」

洋輔發現和康當時竟然冷靜地觀察了自己的行為，不由得感到不寒而慄。在和樫村對上眼時，洋輔雖然內心感到不妙，但並沒有發出聲音，沒想到和康都看在眼裡。

但有可能是希一事後告訴他這些情況。希一有這樣的觀察能力並不令人感到意外，只要希一用這些事作為懷疑洋輔的根據，和康會立刻相信。

「樫村的確可能在那瞬間看到我的臉，但其實我並沒有太擔心。」洋輔說，「在同學會遇到時，他一臉根本不記得我是誰的表情。關於叫你名字這件事，我剛才已經說了，我很抱歉，但這無法成為我想要殺他的理由。更何況那天接送你們，完成那個計畫時，我已經精疲力盡了，我一個人能做什麼？而且聽說搬運樫村的那輛車是偷來的，難道我偷了車，把樫村推進蓄水池，然後再把那輛車開去山裡丟棄，一整晚都沒睡就直接去上班嗎？你以為我是超人嗎？」

「我怎麼知道？你可能找了幫手，竹中在和你交往，你可能找她一起動手。如果日比野的傳聞是真的，竹中應該很樂意幫忙。」

洋輔覺得似乎有什麼東西發出了可疑的光，閃過腦海深處，雖然他思考著那些到底是什麼，但仍搞不清楚。和康的話太荒唐了，佔據他的腦海。美鄉非但沒有樂意幫忙，反而在猜疑是不是洋輔下的手。但是，要是用開玩笑的方式告訴和康這件事，和康可能反而會認為既然連交往中的女朋友都在懷疑他，更會把他視為凶手。

「別說這種牽強附會的話。」洋輔只對他這麼說。

「誰叫你先說莫名其妙的話，說什麼希一他們才可疑。」和康反駁道。

和康和希一關係很好，才會這麼生氣嗎？抑或是因為假設希一和八真人是凶手，雖然犯下嚴重罪行，但他卻因為自己遭到排擠而不高興？

和小時候的感覺一樣……洋輔覺得很受不了，不得不承認一件事，那就是說破嘴和康也無法理解。

「既然你還是懷疑我，那我也沒什麼好說的。至少警察去找你時，你別亂說話。」

「我知道。」和康有點賭氣地說。

「只要你搞定這件事，我就不殺你。」

由於和康直到最後都不願相信他，因此洋輔用這句玩笑話出一口悶氣，沒想到和康的反應比他想像的更加激烈，一臉驚訝，僵在那裡，洋輔只能特地向他說明：「當然是開玩笑啊。」

「是你約我出來，你去結帳。」

和康說完，把帳單推到洋輔面前，憤然走出咖啡店。

洋輔結完帳，走出咖啡店，看到有三個人影站在停車場角落。除了和康與希一以外，八真人也在。他們可能接到了和康的電話，便過來看看。他們發現了洋輔，抬頭看過來。

洋輔想起和康剛才說的「堅若磐石」。難道之前就是三個人對一個人的局面，只是洋輔完全沒有意識到嗎？但是目前的狀況是和康無條件支持希一和八真人所形成的。

「嗨。」

洋輔的車子停在那裡，於是走了過去，八真人很自然地向他打招呼。從八真人的態度中，無法得知他們是否已經從和康口中聽到轉述剛才在店內的談話。

「我們不太放心，就過來看看。」

八真人為自己的出現辯解著。

「這樣啊。」洋輔淡淡地回答。

希一擠出假笑，緩緩走向洋輔。

「阿和不會有事，你不必擔心他，你不要想太多了。」

和康似乎已經在某種程度上轉述了剛才的談話。希一這種時候的笑容很複雜，很像是想要隱瞞不可告人行為。

但是，洋輔無法當面質問，是不是他們下的手。不管怎麼說，他們是朋友，當然無法輕易斷定對方是殺人凶手、痛罵對方。希一雖然也在背後說洋輔很可疑，但無意在洋輔面前說這種話。和康既然把這件事告訴洋輔，這也說明他的想法顯然也在搖擺。

「接下來就交給你們……我累了，要回家了。」

洋輔說完，坐上自己的車。

9

隔天晚上，八真人來家裡找洋輔。

「不好意思，晚上來打擾你。」

八真人傳訊息確認洋輔在家後，就立刻趕過來。進門前聲明，他的女朋友坐在車上等，馬上就會離開。

「不叫你女朋友一起進來坐坐嗎？」

洋輔關心地問，八真人輕輕笑笑，好像聽到了什麼黑色笑話。

「如果她在場，就沒辦法談事情了。」

八真人盤腿坐在榻榻米上，看著坐在對面的洋輔。

「昨天你似乎很累。」

「是啊。」

「看你的臉就知道了，阿和雖然是好人，但成見很深，有時候不知道該怎麼和他溝通。」

「嗯，是啊。」

「睡得好嗎？」

「老實說，睡得不太好。」

「是嗎……我最近也很淺眠，經常會醒過來。」

兩人突然沉默不語，談話中斷。之後，八真人清了清嗓子，勉強開口說：

「昨天沒時間好好聊，你和阿和聊天的內容，我們大致都聽說了。」

八真人說完這句話，輕輕扮個鬼臉，露出苦笑，聳了聳肩，然後恢復嚴肅的表情。

「雖然我不知道你說那些話有幾分真心，但我和希一不可能把樫池推入蓄水池。希一聽了之後覺得很好笑。洋輔，你不要想太多了，一個人苦思惡想，往往容易得出可怕的結論。」

洋輔不發一語看著八真人的臉。他的神色看起來和平時沒什麼兩樣，但又好像是刻意偽裝的假面具。

「是啊。」無論是哪一種情況，洋輔都無意質問八真人，或是和他爭論。「我被阿和當成凶手，而且聽說希一也懷疑我，沒辦法保持冷靜。」

「你跟阿和說，只要不在警察面前亂說話，就不會殺他……阿和因此很生氣。」

「他真會記仇。」洋輔無奈一笑，「他硬要把我說成是凶手，於是我就用這句話還擊。」

八真人輕輕一笑，看著下方點點頭說：

「我也有錯，不該完全交給你處理。在眼前這種狀況下，大家都變得有點神經質，這是很正常的事，但是目前警方並沒有盯上我們。只要阿和能夠巧妙應付，情況就會好轉。」

「我有不祥的預感……阿和很可能會亂說話。」

照理說，八真人應該會因靜池的事而心虛，但從他臉上完全看不出來。看到他努力想要息事寧人的樣子，洋輔忍不住想要說一些會引起風波的話。

「別擔心，別擔心。」八真人帶著僵硬的笑容，對洋輔點點頭。

「好。」洋輔無奈之下，只能點頭回應。

八真人似乎很滿意他的回答，於是告辭。

洋輔穿上拖鞋，送八真人到門外。他想看一眼八真人的女朋友。

「那我走了。」

「好，路上小心。」

八真人的車子停在公寓前馬路的路肩，路燈的燈光微微照亮坐在副駕駛座上的女人側臉。

洋輔看到的剎那，覺得有什麼從思緒角落一閃而過。昨晚與和康談話時，也曾經有過相同的感覺，洋輔有點不知所措。

那個女人似乎正在低頭看手機，察覺到八真人的動靜後抬起頭，露出笑容。她有一雙大眼睛，感覺很開朗，跟細長眼睛透出憂鬱眼神、如玻璃般脆弱的日比野真理屬於完全不同的類型，說起來比較像美鄉。洋輔再次發現，八真人果然比較喜歡這種類型的女生。

八真人坐上車後，向洋輔輕輕揮揮手，把車子開走了。

走回家中後，洋輔獨自發著呆。

他並不討厭八真人，至今仍然認為他是重要的朋友，但是在面對他時，要假裝內心完全沒有疙瘩並不是一件輕鬆的事。洋輔甚至有點不瞭解自己真正的想法。

『阿和怎麼辦？』

聽到哥哥毫不掩飾好奇的聲音，洋輔回過神。

「什麼……」

『如果放任不管，不知道他會做出什麼事，是不是該處理他？』

「誰說要處理他了？」

『呵呵呵……』

哥哥輕聲笑了起來，似乎對洋輔身處混亂狀況樂在其中。

雖然很擔心警察去找和康時，和康不知道能不能妥善應付，但這不是現在唯一的煩惱。

他送走八真人後想起一件事。

執行「假面同學會計畫」的那天晚上，丟下樫村後，洋輔在雨中開車載著八真人等人離開現場時，是開自己的車子。從大島工業前駛入東名高速公路高架下方的隧道，然後右轉駛入捷徑，因為太緊張，差一點撞到停在路肩的車子。

那時候的那輛車……是不是白色雙門車？

雖然只是瞥了一眼，但洋輔看到一個女人坐在車上。

就好像剛才八真人的女朋友坐在車上……

如果不是自己的錯覺，在那個大雨的晚上，一個女人把車子停在高速公路遠離人煙的路旁幹什麼？

太不尋常了。

在那天的大雨中，獨自搬運樫村，然後把他推入靜池並非完全不可能，但的確有一定的難度。至少有兩個人參與犯案……洋輔這麼認為，而且認為這兩個人就是八真人和希一。

但是，如果還有其他人參與，就未必非他們兩個人不可。

和康以為是洋輔和美鄉幹的。

就算幫手是女性也無妨，只要多一個人幫忙，就可以發揮很大的作用。

也就是說，若是八真人和他女朋友幹的，完全說得過去。

之前認定希一參與其中，因此很多地方都不合理，和康也反駁說不可能有這種事。當初之所以認為希一參與，是因為在四個人中，希一最喜歡這種粗暴行為，而且「假面同學會計畫」也是由他主導，洋輔還被希一開的車子是犯案所使用車款的姊妹車誤導。

但如果事實並非如此，如果本案與希一無關，雖然這個真相令人意外，但整體局面就更加清晰了。樫村對日比野真理做出不檢點行為的傳聞屬實，八真人為日比野報仇。雖然不知道他如何說服女朋友協助，但世界上有不少女人願意為了所愛的男人犯罪，這並不稀奇。

四個人中，只有八真人參與殺害樫村，成為了盲點。因為他看起來最不可能做出這種事，難怪希一與和康會懷疑洋輔。他們並不是故布疑陣，而是發自內心這麼想。

洋輔認為自己的推理終於得出正確的結論，帶著複雜的感慨，用力嘆氣，之前感受到的很多不合理處全都消失了。

他對八真人的各種想法在內心交錯。八真人犯下這麼大的案子，卻在洋輔面前裝得若無其事，身為好朋友，的確有遭到背叛的感覺。而且自己被和康當成凶手，美鄉也懷疑自己，在警察上門時嚇破了膽，的確造成自己很大的困擾。

只不過如果八真人據實以告，坦承犯案，自己可能也不知道該怎麼辦，只會感到困擾。想像到這樣的情境，但又完全想不到適當的應對方法。

八真人預料到這種情況，所以只好採取目前的方式嗎？這麼一想，就覺得雖然造成自己的困擾，內心還是能夠和八真人產生共鳴。

身為一個男人，對八真人為前女友報仇的行為讚嘆不已。如果美鄉曾經遭遇相同的事，自己是否能夠為她報仇？即使思考這個問題，也想不出答案。而且八真人深藏不露，從他冷酷的舉止中，完全感受不到他內心想要復仇——這件事讓人有點惱火。

洋輔左思右想後得出結論。他決定把真相藏在內心，表面上假裝什麼都沒發現。只要能夠躲過警方的調查，就可以搞定整件事。雖然和康的舉動讓人無法放心，但只能祈禱他能夠順利過關。

星期六是休假日，洋輔預約去醫院看病，吃完早餐後，就前往狐狸山市民醫院。

醫院像平時一樣擠滿人，他費了一番工夫，才終於在停車場找到空位，但停好車，走進醫院後，發現還要等很長時間才會輪到他。洋輔預約了十點半的時段看診，但十點半時，看到螢幕上顯示醫生正在為九點半時段的病人看診。他知道今天可能要等很久，於是去商店買體育報打發時間。

但是，在候診室內翻開報紙，看完所有內容後，醫生還在看十點時段的病人。洋輔在無奈之下，只好再次翻開報紙，看著中日隊二軍球隊選手的打擊成績表，和釣魚資訊的釣魚成果表，等待診間螢幕顯示內容改變。

「喔，竟然在遙池釣到四十六公分的鱸魚嗎？」

有人在他身旁坐下，那個人突然探頭看著他手上的報紙，他嚇了一跳。

「啊！」

洋輔看著主動和他說話的男人，再度大吃一驚。那人竟然是跟蹤美鄉的「喬治」。

「哇，新谷洋輔，原來是你！？」

喬治指著洋輔，好像現在才發現般假惺惺地說，停頓了一下，又笑著說：

「開玩笑，開玩笑，我剛才就認出你了。」

他在說話時，故作熟絡地拍拍洋輔的肩膀。洋輔鬱悶地看著他。

「你也來看病嗎？」他不理會洋輔的眼神問，「果然來看神經內科？」

「果然是什麼意思？」

「你是來治療雙重人格吧？」

「我來看耳鼻科。」

隔壁就是神經內科，但洋輔坐在耳鼻科的診間前。

「耳鼻科？」喬治訝異地看著洋輔。

「我的鼓膜有時候會有聲音，而且聲音會悶在耳朵裡。」

洋輔在無奈之下，向他說明道。喬治露出同情的眼神，緩緩搖著頭說：

「新谷洋輔，你這些症狀不是單純的耳朵有問題，當然也不是幻聽，而是腦子有問題。」

「你在說什麼？」洋輔皺起眉頭問，「起初轉動脖子，耳朵下方就會痛，我的確懷疑是神經出了問題，但醫生已經診斷是耳咽管開放症，在鼓膜上貼了膠片，現在症狀稍微改善了些。」

喬治聽了洋輔的說明，仍然沒有改變表情，洋輔有點生氣。

「你才應該去看神經內科，要治療跟蹤狂這種毛病。」

「我剛去神經內科看完診，」喬治一派輕鬆地回答，「我有點失眠的問題，每天都太開心了，晚上都睡不著。」

「那真是恭喜啊。」洋輔很受不了地回答。

「只要想到美鄉，就難以入睡。」

喬治把臉湊過來說，洋輔狠狠瞪著他。

「你不要太超過了。」

「開玩笑，開玩笑啦。」

喬治拍著洋輔的肩膀笑著說。

「話說回來，你真是有操不完的心啊，美鄉也在懷疑你。」

「我不是叫你遠離她嗎？」洋輔忍不住粗聲說道，然後巡視周圍，輕咳了一下。「美鄉說了什麼？」

「她說你似乎很在意她懷疑你，為了掩飾自己的行為，開始說自己的好朋友有問題。」

「什麼？」

洋輔說八真人有可能是凶手，是真的開始這麼認為，而且美鄉認為八真人冷酷無情，所以洋輔試圖用這種見解來說服美鄉，她的看法並不正確，並不是為自己掩飾。

問題是，這個星期才和美鄉聊起這個看法，沒想到這麼快就傳入這個男人的耳朵。一想到這裡，洋輔覺得頭都痛起來了。

「但是，你不必擔心，我支持你。我跟美鄉說你腦子有病，請她不要太計較。」

「王八蛋，開什麼玩笑！」

洋輔臉頰抽搐，瞪著喬治，但他絲毫不以為意，仍然嬉皮笑臉。

「新谷洋輔，我願意助你一臂之力。」

「閉嘴，你別來煩我。」

「你不是很傷腦筋嗎？」喬治不理會洋輔的反應，自顧自說道：「你在為什麼事煩惱？如果你想調查什麼事，我可以幫你調查。我很擅長這種事。」

「跟蹤狂不要炫耀自己的癖好。」

「是不是想調查，你的好朋友是不是真的犯下那起案子？」

「你少管閒事。」

「還是其實是你幹的，但不知道警方追查到什麼程度，煩惱該怎麼向美鄉掩飾？」

「莫名其妙。」

「還是你想知道你哥哥死亡的真相？」

「你說什麼？」

喬治故弄玄虛地說了之前在靜池遇到時，曾經說過的話。

「你至今仍然無法放下死去的哥哥。雖然我能夠理解你失去和你感情很好的哥哥很受打擊，但不要陷入嚴重的戀兄情結。」

「你對我或是我哥哥瞭解個屁！」

「你的事，只要調查一下就全都知道了。」

這個男人到底在打什麼主意？難道打算抓住情敵的把柄，讓自己知難而退嗎？

「你夠了沒有！我已經說過了，不要來管我和美鄉的事。」

「你別說這種話，你不是連好朋友都無法相信嗎？這代表你現在已經沒朋友，只能和另一個人格聊天，未免太孤單了，所以我可以當你的朋友。」

「別說這種倒胃口的話。」

「哈哈哈，你可以考慮一下，我辦事很牢靠。代我向美鄉問好。」

喬治心情愉悅地說完，拍拍洋輔的大腿站起身，邁著輕快的腳步離開。

醫生在洋輔的鼓膜上貼了新的膠片，開了漢方成藥。看完診時，已經將近一點了。洋輔猜想美鄉應該在午休，因此一上車便立刻打電話給她。

『喂，洋輔嗎？有什麼事？』

雖然不應該怪罪美鄉，但一聽到她完全沒有預感到自己內心煩躁的聲音，洋輔忍不住很火大。

「妳還問我什麼事！那個跟蹤狂又出現在我面前！」

『喬治嗎？』

美鄉叫跟蹤狂的名字時，似乎帶有一種親近感，洋輔更加生氣了。

「他到底是怎麼回事？妳為什麼要理他？」

『哪有為什麼？他就出現在我面前，我能怎麼辦？』

「妳可以不理他啊，他就像是滿口胡言、油嘴滑舌的電話推銷員，只要妳理他，他就會纏上妳。」

『但是，我和他聊天之後，覺得他並沒有那麼可怕，或者說並沒有太大的危害。』

「所以妳就把我的事劈哩啪啦告訴他嗎？結果他得意忘形，說什麼和妳變成朋友，簡直玩笑開大了。」

『那是因為你好像對樫樫的案子很緊張，我在想最好有一個可以討論的對象。』

「妳在搞笑嗎！」洋輔很受不了，大聲說道：「我為什麼要和跟蹤狂討論？而且還是那種瘋子。」

『什麼叫我在搞笑！說我搞笑是什麼意思？』

美鄉也對洋輔的說話方式很不滿，不悅地說。

「誰叫妳說這種蠢話？」

不知道美鄉是太善良，還是有點傻，竟然說這種很沒常識的話，洋輔不得不嗆她一句。

『真對不起喔，我都說蠢話，算了，我不會再為你操心了。』

美鄉冷冷地回答，直接掛上電話。

慘了。剛才說的話太情緒化了嗎？車內陷入一片沉默，洋輔感到後悔，悶悶不樂地拍打著方向盤。

和美鄉之間就這樣結束了嗎？

洋輔慌忙又打過去，但電話沒接通，傳訊息美鄉不讀不回。洋輔這才發現，自己似乎真的惹毛她了。

他們之間的交往才剛開始……

原本打算解決眼前這些煩心的問題之後，就可以享受兩個人快樂的日子……

那個喬治會橫刀奪愛嗎？

雖然洋輔認為不可能，但現實讓他無法保持樂觀。那個跟蹤狂現在仍然頻繁地出現在美鄉面前，甚至讓美鄉產生了某種程度的親近感。令人難以置信的是，他甚至成為美鄉聊心事的對象。

女生和自己的男朋友感情出問題，結果和傾訴煩惱的男性朋友越走越近這種事時有所聞，而且那個喬治還長得很帥。喬治的舉動不正常，普通人會對他敬而遠之，但一旦習慣之後，很容易讓人覺得這個人很不錯，最後甚至覺得這種男人更有個性，相處起來更開心。

如果和美鄉之間就這樣分手……洋輔發現美鄉是自己每天生活唯一的希望，不禁愕然。如何才能消除和康對自己的懷疑，以及在未來的日子裡，要和絕對就是殺害樫村凶手的八真人保持什麼樣的關係？一旦美鄉從自己的生活消失，就必須面對這些光是想到，心情就變得很沉重的現實。

雖然在工作方面，目前可以暫時鬆一口氣，但下一季度，又必須面對被新的業績壓得喘不過氣的日子。

糟透了。完全看不到任何光明。

和康能夠順利應付警察嗎？

如果警察再度上門，到時候該怎麼辦？

以目前的情況，自己恐怕會先崩潰。

只要說出「假面同學會計畫」，讓八真人去自首，或許會被公司開除，但心情是否會比現在稍微輕鬆些？

不知道。

唉。

累死了……

洋輔回到自己的公寓後精疲力盡，整個人倒在床上。

✦

好……

我在暮色籠罩的公園內，坐在一棵高大的銀杏樹後方。

從馬路上看不到我，如果剛好有人帶狗來這裡散步，就只能中止計畫，除非越過樹叢，否則被發現的可能性相當低。

我坐在那裡等了十五分鐘左右，有兩個牽著狗的女人走過公園，但都沒有發現我，狗也沒有朝向我的方向吠叫。

當暮色越來越濃時，公園前的路上出現一個騎著腳踏車的人影。

那是從便利超商下班的和康。他打工的便利商店停車場並不大，所以平時都騎腳踏車上下班。這個公園剛好在他上下班經過的路旁。

公園前的馬路上沒有其他人影。

「阿和。」

我跳過樹叢，走出公園的同時叫住他。和康聽到突然有人叫他，驚訝地停下來。

「我啦，是我。」

我像樫村那樣，一身運動服，拿下運動服的帽子，讓他清楚看到我的臉後，對他露出了笑容。

「幹嘛……不要嚇人好不好。」

和康嘟著嘴，有點不知所措地左右張望。

「歹勢，歹勢，有事要告訴你，所以就在這裡等你。」

「什麼事？」

和康充滿警戒地問。

「你來這裡一下，我們慢慢聊。」

我在說話的同時，用戴上手套的手抓住他腳踏車的把手和貨架，半強迫地推向公園。

「幹嘛？你要幹嘛？」

和康顯得不知所措，我把食指放在嘴唇上。

「關於樫村案件的真凶。」

「啊？」

和康似乎無法理解我突然對他說的話，我向他使了一個眼色，指向樹叢說：

「你認為是誰幹的？」

和康聽了我這個問題，定睛看過來。下一剎那，我搭著他的肩膀，把他微胖的身體從腳踏車上拉下來。

「哇，你要幹嘛！？」

和康尖叫起來，我單手捂住了他的嘴，用另一隻手和腳控制他的雙手。

「你應該很清楚……和樫村一樣，這是對你侵犯那傢伙的懲罰。」

我在和康耳邊輕聲呢喃，看到微光在黑暗中移動。

✦

聽到聲音醒來時，房間內一片漆黑。雖然立刻知道已經是晚上了，但完全不知道是幾點。

洋輔剛才帶著沉重的身體回到公寓，倒在床上睡著了。也許是這一陣子的疲憊一下子湧現，他甚至想不起什麼時候睡著的。

他摸索著開燈，眨著眼睛看向時鐘，發現已經過了七點半。剛才睡得很不充分，而且好像還做了惡夢，所以頭很痛。

『有人來了。』

他剛醒來就意識到哥哥的聲音。他一動不動，隨即聽到了敲門聲。剛才似乎就是被這個聲音吵醒的。

『是警察，警察來了。』

哥哥不負責任地鬼叫著，洋輔難以置信，繃緊身體。這次的敲門聲不像上次那麼用力。

「哪一位？」

他走向門口，觀察門外的反應。

「是我……美鄉。」

「啊？」

洋輔大吃一驚，立刻打開門。

打開門一看，美鄉站在門口。

「對不起，突然上門。」

美鄉喘著粗氣，肩膀起伏著，好像一路跑過來這裡。

「我可以進去嗎？」

「當然可以……怎麼了？」

美鄉只是無力一笑，並沒有回答他的問題。她把皮包抱在胸前，脫下鞋子，走進屋內。

如果事先約好，洋輔會事先整理房間，但美鄉突然上門，他根本來不及整理。洋輔看看壁櫥的門，環顧室內，不經意地打量是否有什麼不必要的東西沒有收好，發現並無異狀，於是鬆了一口氣。

他在慌亂的同時格外高興。白天通電話時惹她生氣，完全沒想到美鄉會主動上門。她可能左思右想，坐立難安，最後決定來和自己見面……洋輔對照自己的心情，產生了這樣的想法。

但是，真的是這樣嗎？這個疑問緊接而來。美鄉的態度有點奇怪，她不敢看洋輔，似乎有點六神無主。

發生什麼事了嗎？是不是喬治又跟蹤她，對她做了什麼？

他和美鄉面對面坐在矮桌前，正打算問她發生了什麼事，她似乎有些不舒服，皺著眉頭站起身。

「廁所借我一下。」

「喔喔，好啊……妳還好嗎？」

美鄉還是沒有回答，走向廁所。不一會兒，洗手台傳來沖水的聲音，而且持續了很長時間。

難道她想吐嗎？美鄉遲遲沒有走回房間，洋輔有點擔心，起身走去察看。

這時，他發現房間內的空氣有一種和平時不同的味道，似乎有淡淡的腥味。

他看向洗手台，發現美鄉正在洗什麼東西。

他發現洗臉盆上有許多紅色水滴，大吃一驚。

「這是怎麼回事？」

她聽到洋輔的聲音，抖了一下，停下手，轉頭看過來，眼神充滿緊張。

洋輔走過去，注視著洗臉盆。

「這是什麼……血嗎？」無論怎麼看，紅色的水滴都像是血。「怎麼了？」

「洋輔……我才要問你怎麼了？」

她用擰乾的手帕捂著嘴反問。

「啊？」

美鄉冷冷地看著洋輔。

「發生什麼事了？」

洋輔完全搞不清楚是怎麼回事，繼續追問著。他以為美鄉受了傷，但看起來並不像。

「洋輔，你剛才做了什麼？」

「做了什麼、我只是有點累，就睡覺了……」

「睡覺？」美鄉驚訝地問，「浴室看起來好像剛用過……墊子也是濕的。」

洗手台旁的浴室門敞開著，地上的確是濕的。

「喔喔……我沖了澡，之後就有點昏昏沉沉。」

洋輔並不記得洗澡的事，所以應該是哥哥洗了澡，但他還是這麼回答。

「先不說這個，」洋輔回到剛才的問題，「這些血是怎麼回事？」

「怎麼回事……就是這裡都沾到了。」

美鄉指著洗臉盆轉了一圈說。

「啊？」

洋輔說不出話，和美鄉互看了好幾秒鐘。

「我跟你說，」美鄉神情凝重地開口，「我來的時候，經過新町的公園前……」

「然後呢？」洋輔不知道她想說什麼，只能這麼問。

美鄉仔細觀察洋輔，答道：「有很多警察，還有救護車，還有很多人圍觀，好像剛發生了什麼案件……」

原來美鄉看到了那些景象，很受打擊，這才情緒不穩定嗎？洋輔終於理解美鄉為什麼這麼慌亂，她微微扭著臉頰繼續說道：

「有一個穿便利商店制服的人在那裡，向警察說明，倒在地上遇害的是在店裡打工的大見和康。」

「什麼！？」

洋輔太驚訝了，聲音變尖。

「什麼意思……遇害是怎麼回事？」

「好像被人刺死了。」

她嘆著氣說道，回頭看著血跡四散的洗手台。

「等、等一下……」洋輔一片混亂，很多念頭閃過腦海，但他覺得首先必須澄清——因為美鄉似乎在懷疑自己。

「我什麼都不知道，我直到前一刻都在睡覺。」

美鄉再度看向狹小的浴室，露出欲言又止的眼神，但隨即把話吞下去。

「我什麼都沒說。」

美鄉淡淡地說，拿起洗手台旁的海綿。

「那……阿和怎麼樣了？」

洋輔擔心地問，美鄉瞥了他一眼，似乎覺得他根本沒資格問這種問題，只回答說：「這我就不知道了。有沒有清潔劑？」

「喔，喔喔……」

洋輔把清潔劑拿給她，她把洗手台的每個角落都洗乾淨了。

她顯然仍然懷疑自己，但又好像同時在協助自己湮滅證據。洋輔可以充分感受到她複雜的心情，很難繼續保持平靜，只不過也不想再為自己辯解。

眼前的狀況顯示了一個事實。凶手就在這裡。

「衣服呢？」美鄉探頭看向洗衣機，「如果有其他要洗的衣服，一起拿出來。」

「不用了，我來洗。」

洋輔說完，撥開了洗衣槽內的衣物和毛巾，並沒有看到沾到血的衣物，但他用了比平時更多的洗衣精，轉動了洗衣機。

「等一下，好熱……這個也一起洗。」

美鄉脫下黑色針織衫，一起丟進洗衣機。她剛才似乎很用力清洗了洗手台，從T恤領口露出的脖子上冒著汗。

「借一件和你在家裡穿的衣服差不多的衣服給我，襯衫或是連帽衫都可以。」

洋輔拿了一件舊襯衫給她，她穿上後，挽起袖子，看了一眼洗手台的鏡子後說：「我們去吃飯。」

洋輔處於對她言聽計從的心理狀態。一方面是因為白天才剛吵過架，他不想破壞她和自己站在同一陣線的狀況。

洋輔開車帶著美鄉一起前往市區的家庭餐廳。

「今天我剛好休假，就說我們五點左右開始約會。我們在你家聽音樂聊天，然後來這裡。」

「好，我知道了。」

洋輔這才知道，美鄉是基於某種意圖來這家家庭餐廳吃飯。雖然無法成為犯案時間的不在場證明，但這種餐廳都有監視器。犯案後立刻和女朋友兩個人一身像居家服般的休閒裝扮來家庭餐廳，悠閒地吃晚餐的樣子，完全不像是剛殺過人。

「在媒體報導這件事之前，如果八真人他們打電話給你，你要假裝第一次聽說。」

「好，我知道了。」洋輔乖乖地聽從了她的意見，然後用叉子捲起義大利麵接著說：「那個……白天很對不起，我在電話中對妳發脾氣。」

「沒關係。」

美鄉很乾脆地搖著頭。照理說，如果美鄉也向他道歉，這件事就可以船過水無痕，當作不曾發生過，但美鄉完全無意道歉，他無可奈何。此時此刻，想到自己得到美鄉的原諒，就好像獲得了重生。雖然覺得自己太依賴她了，但他不想再次體會白天那種心情盪到谷底的感覺。

白天的時候，想到喬治可能會把美鄉搶走，心情格外沮喪，但和美鄉在一起時，就覺得這種想法只是無聊的妄想，她仍然像以前一樣珍惜洋輔。

吃完飯時，洋輔的手機接到了兼一打來的電話。

『我聽我爸爸他們在聊天才知道，你知道新町今天好像出了什麼事嗎？』

兼一似乎已經聽說有命案發生。

「不，我不知道……是什麼狀況？」剛才已經和美鄉討論過這件事，所以洋輔裝傻問道。

『不，我也是聽說的，不知道有幾分真實性。你不是有一個朋友叫阿和嗎？就是和八真人他們一起留級的那個人……好像叫大見和康？』

「喔喔……阿和怎麼了？」

『八成就是他，聽說他被人殺了，但不知道是隨機殺人還是搶劫。』

「你說什麼！？」

既然假裝不知道，當兼一提起這件事時，就必須表現出驚訝。雖然洋輔做好這樣的心理準備，但沒想到會聽到「被人殺了」這幾個字。

「被人殺了……難道阿和死了？」

『我嚇了一大跳，他以前和你是朋友，我還以為你聽說了什麼消息。』

「我完全不知道……」

『雖然有人認為是碰上搶劫，但之前不是樫樫出事嗎？總覺得是不是有什麼關係，難道是我想太多了嗎？』

「不……這我就不知道了。」

他結結巴巴地應對著，掛上電話後，重重地嘆氣。洋輔剛才講電話時，坐在眼前的美鄉聽到「被人殺了」幾個字的瞬間，表情就一直很緊張。

「誰？」

「兼一。」

「說是被殺了……」

洋輔輕輕點點頭說：「雖然還不是可靠的消息，但他聽說是這樣……」

兩個人之間的氣氛變得十分沉重。

「但是……既然已經聽說了，不聯絡一下八真人沒問題嗎？」

如果和案件無關，八成會很自然地這麼做，但洋輔太受打擊，完全沒心情在意這種事。

「沒關係……我最近和八真人的關係有點微妙。」

「這樣啊……」

他是個好人……洋輔想起死去的和康，覺得心都快碎了。以前玩在一起的時候，只要有和康在，大家都會笑聲不斷。他很愛搞笑，大家都很喜歡他。

只不過他有點遲鈍，不時有一些搞錯方向的成見，即使向他解釋，他也無法理解。樫村的案件也因此壞了事，產生不必要的疙瘩。洋輔感到很遺憾。

不，和康的想法真的是搞錯方向的成見嗎……事到如今，洋輔對這件事產生懷疑。

和康的死不可能是隨機殺人或是搶劫殺人，認為是八真人所為也很牽強。

自己才該遭到懷疑……洋輔不得不承認這件事。曾經懷疑自己的和康被人殺害。希一懷疑自己。美鄉目前懷疑自己。八真人得知和康的消息後，當然也會懷疑自己。

洋輔詛咒著依附在自己身上的寄生蟲。樫村的案件該不會是那個傢伙幹的？洋輔發現這種可能性絕對不低，不由得感到害怕。至今為止，自己努力掩飾，盡可能不讓外人察覺，他覺得可能再也瞞不下去了。

吃完晚餐，回到公寓，衣服已經洗好了。

「我的衣服帶回去晾。」

美鄉說完，從洗好的衣服堆中拿出自己的針織衫，放進塑膠袋。

美鄉似乎打算就這樣回去。洋輔既希望她繼續陪自己，但又希望她先回家，於是就尊重她的想法。

「要不要我送妳？」

「不用了，我叫我媽來車站接我。」

她拿出手機，撥打電話。「媽，妳現在可以來接我嗎？」

掛上電話後，她把手機放回皮包時，突然有人用力敲門。

洋輔抖了一下，愣在那裡，忍不住看向美鄉。

「新谷先生，不好意思，這麼晚上門打擾。」

門外傳來男人的聲音。洋輔憑直覺知道是警察。

美鄉甩了一下頭，示意他去應門。

洋輔打開門，前幾天曾經上門的刑警出現在門前。

「我是狐狸山警局的警察，之前曾經來打擾過。」

刑警在自我介紹時，瞥了美鄉一眼，然後又將視線緩緩移回洋輔身上問：

「請問你今天上班嗎？」

「不，我今天休假。」

「休假……這麼說，你一直在家嗎？」

「上午我去了市民醫院，傍晚和她見面之後就在家裡，我們剛才去家庭餐廳吃完飯回來。」

「你說的傍晚是幾點左右？」

「五點左右。」

刑警再次看向美鄉，不知道他是否相信洋輔的回答，他沉吟一聲，點點頭。

「新谷先生，你上次提到高中時代的朋友，大見和康。」

「是……」

「你知道大見今天出事了嗎？」

「剛才接到老同學的電話，我正在和女朋友聊這件事……聽說他遇害了，這是真的嗎？」

「很遺憾，千真萬確。」刑警說。

身後的美鄉發出重重的喘息聲，洋輔跟著用力嘆了一口氣。

「他身上的錢被搶走了，很可能是隨機犯案，但為了謹慎起見，還是想瞭解一下……請問你是否知道大見和別人有沒有糾紛？」

如果要認真回答這個問題，洋輔就必須說出自己的名字。

「這……我沒聽說。」

「你最後一次和他見面，或是和他通電話是什麼時候？」

「三天前。」

「那就是最近嘛。」刑警微微瞇起眼睛，「是通電話嗎？」

「不，晚上的時候，我們約在咖啡店見面。」

「你們聊了什麼？」

「聊了什麼，」洋輔吞吞吐吐起來，「就是閒聊，還有中日隊的事。」

「他有沒有提到什麼和金錢有關的事，或是其他讓你在意的事？」

「不，並沒有說什麼特別的事。」

「大見並沒有去參加樫村先生的守靈夜，他對樫村先生的案件有沒有說什麼？」

「要怎麼說……我告訴他，有刑警來找我，然後他說不知道會不會也去找他，似乎覺得有點困擾。我告訴他，刑警都找那天去參加守靈夜的人問話，所以應該不會去找他。我記得我們聊了這些事。」

「是喔……還有聊其他的嗎？」

「差不多就這些。」洋輔搖搖頭。

「原來是這樣。」刑警用鼻孔嘆了一口氣說，低頭看著記事本。「據你所知，誰是和大見關係最好的朋友？」

「應該是希一，皆川希一。」

「皆川希一嗎？」

刑警在記事本上寫下名字後，點點頭。

「不好意思，這麼晚上門打擾。接下來可能還會有問題想要請教，到時候再麻煩了。」

刑警說完，向美鄉點頭打招呼後離開了。

洋輔鬆了一口氣。刑警並沒有懷疑他。和康身上的錢被搶走，因此警方認為不是熟人所為，而是搶劫殺人；只不過之前才剛發生樫村的命案，警方擔心兩起案件之間是否有什麼肉眼無法看到的關聯。

美鄉剛好在場一事發揮了很大的作用。刑警雖然問了洋輔的不在場證明，但並沒有因此把他列為嫌疑對象。如果美鄉的外表看起來素行不良，可能情況會有所不同，但完全沒有這種跡象，所以刑警不可能硬懷疑洋輔。

「暫時可以放心了。」

美鄉脫下了洋輔借她的襯衫，露出好像完成一件大事的表情。

「嗯，是啊。」

和康遇害，照理說和安心扯不上邊，但洋輔的心境和美鄉一樣，便直率地附和著。他差一點脫口說「謝謝」，然而一旦這麼說，很可能意味著承認自己是凶手，於是他把話吞回去。

「我送妳去車站。」

洋輔說，美鄉冷冷地瞥了他一眼。

「送不送無所謂……不過，你不需要通知皆川嗎？」

洋輔倒吸了一口氣。刑警很可能去向希一打聽情況，雖然希一不可能亂說話，但不知道他怎麼看和康遇害這件事。

「如果他說出對你不利的話，我們的努力會化為烏有。」

如果希一告訴刑警，和康和洋輔曾經發生爭執，後果不堪設想。美鄉的意見完全正確。

「你不必擔心我。」

「這樣啊。」

美鄉很能幹，高中時曾經擔任社團的社長，和洋輔目前的關係中，她也在不知不覺中佔了上風，在她身上已經看不到剛重逢那一陣子，被喬治跟蹤感到害怕，向洋輔求助的脆弱。

但是，洋輔目前的心境，無法對此表達不滿，只能坦率承認自己在精神上的確很依賴她。他很高興美鄉今天上門，盡力協助自己。

他送美鄉到門外。

「那我走了。」

「嗯，路上小心。」

關上門，嘆了一口氣。他努力忽略內心感到的無比寂寞，搖搖頭，試圖轉換心情。

美鄉離開了，意味著只剩下自己和那個惡魔了。雖然必須趕快打電話給希一，但是在此之前，必須先質問那個男人。

「是不是你幹的？」

洋輔回到房間，用力嘆息後問道。

『哪件事？』哥哥帶著笑回答。

「當然就是殺害阿和那件事。」

『喂喂喂，你不要亂說話，怎麼推到我頭上了？』

「因為這麼一想，很多事就都有了合理解釋，而且洗手台上還有血跡。」

『我不知道，我不記得有這種事。』

「你裝傻也沒用，只有你，樫村也是你殺的吧？」

『你不要說這種莫名其妙的話，你應該最清楚，那並不是我。」

「那個時候我在睡覺。」

『我也在睡覺啊。』哥哥理直氣壯地說。

「少騙人了，你剛才不是趁我睡覺的時候洗澡了嗎？」

『連澡都不讓我洗嗎？』

他們正在爭執，突然聽到玄關門打開的聲音，洋輔大吃一驚，轉過頭。

美鄉像上次一樣走回來，向房間內張望。

「怎、怎麼了？妳忘了什麼東西？」

她沒有回答，脫下鞋子，走進屋內。

「你剛才在和誰說話？」

美鄉瞥了一眼洋輔放在矮桌上的手機後問。

「呃，沒有……」

洋輔含糊其辭，她注視著放在牆邊電腦桌上的筆電，注視著放在房間角落的揚聲器，最後終於發現插在插座上的電線拉進了壁櫥。她停頓片刻想了一下，緩緩把手放在壁櫥的門上。

「啊！」

洋輔來不及制止。

美鄉打開了壁櫥的紙拉門。

哥哥駝著背，坐在整天鋪在壁櫥上層，從來都不折的被子上。他和美鄉四目相對，大驚失色。

「這個人是誰！？」美鄉瞪大了眼睛問。

「他是……」

「哆啦A夢？」

洋輔已經有兩年沒有看過哥哥的身影。哥哥因為缺乏運動，身材變得圓滾滾的。

哥哥慌忙試圖關起紙拉門，但美鄉大喝一聲：「不要關！你是誰！？」

美鄉質問道，哥哥膽戰心驚地拿起放在旁邊的麥克風說：

『我是洋輔的哥哥。』

房間內的揚聲器響起哥哥的聲音，說話的語氣就像在說「我是哆啦A夢」。

「這傢伙在……」美鄉茫然地嘀咕著，接著用力瞪向洋輔問：「你哥哥不是死了嗎？」

「過世的是二哥，這是大哥。」

「大哥？」美鄉看看壁櫥內的哥哥，又看了看洋輔。「他為什麼會在這裡？」

「我二哥死後，他很受打擊，變成了繭居族，從來不曾出門上班，一直過著這樣的生活。我搬離老家，自己租房子住之後，他就黏著我。平時都躲在壁櫥內，根本不露臉，在我睡覺的時候會翻冰箱或是洗澡，然後又馬上躲回這裡。」

洋輔看到哥哥三十多歲仍然躲在家裡不出門，討厭老家的這種煩悶的氣氛，想要一個人搬出來住，但洋輔的父母認為，稔彥是一個純真的孩子，和弟弟一起生活，情緒會比較穩定，或許有助於他趕快獨立，硬是把哥哥塞給他，希望他溫柔地守護哥哥。洋輔最初為了協助哥哥獨立，努力和他溝通，但只要打開壁櫥的紙拉門，哥哥就像幼兒一樣抓狂，還揚言下次擅自打開，他會憤慨而死，洋輔便不想再白費力氣。

如今，這個壁櫥已經變成了他的堡壘，他每天在裡面盡情上網，有時候用數位攝影機確認洋輔房間內的狀況，透過放在房間內的揚聲器，表達他的意見。八真人等人來家裡玩的時候，洋輔都必須坐在壁櫥前，不讓別人發現他的存在，更令人頭痛的是，即使約美鄉來家裡，因為壁櫥內有一雙好色的眼睛，所以根本無法有進一步發展。他就像討厭鬼一樣寄生在洋輔身上，完全無法為洋輔帶來任何好處。

『洋輔，剛好相反，是你無法走出雅之死亡的傷痛，我才必須陪在你身旁。』

哥哥的話太令人驚訝，洋輔反駁：「你別開玩笑了。」

「他為什麼要拿麥克風說話？是腦筋有問題嗎？」美鄉向洋輔提出這個最簡單的疑問。

「不是。我的聲音很小聲，他比我更嚴重，說話像蚊子叫。在我二哥死了之後，這種情況更加嚴重，每次說話，都要問好幾次才聽得清楚，他似乎為這件事很不爽，然後就突然開始用這種方式說話。」

『洋輔，你也可以用麥克風說話，人生會變得不一樣。』

「像你一樣嗎？」

「搞什麼啊……」

美鄉無法接受地皺起眉頭。她可能從來沒有遇過這種怪胎，難怪會有這種反應。

「我還以為你是雙重人格。」

她這麼說道。

10

和康遇害後過了兩個星期。

這段期間，警察曾經來找過洋輔一次，主要問他之後有沒有想起和康是否遇到了什麼麻煩。當發現無法從洋輔的回答中獲得線索，很快就離開了。警方似乎越來越傾向認為是剛好遇到搶劫犯犯案，但往這個方向偵辦的偵查工作陷入瓶頸，因此正在積極蒐集有助於突破現狀的線索。

洋輔在和康的守靈夜時見到八真人和希一，但他們幾乎沒有聊什麼。和康遇害的那一天，洋輔沒有打電話給他們，但在警方去找他們時，他們似乎並沒有提起洋輔，從八真人打電話通知他和康守靈夜和葬禮日期的簡短通話中，可以知道這件事。

只不過即使沒有說出口，從希一在守靈夜時和洋輔保持了微妙距離的態度中，不難猜到他內心的想法。八真人對洋輔的態度一如往常，洋輔無法從他的舉手投足中推測他內心的想法。

參加完守靈夜的幾天後，希一提議，三個人見面好好談一談。只不過實際上是八真人在電話中通知洋輔，希一有這樣的提議。

雖然洋輔對八真人用毫無愧疚的語氣提出這件事感到奇怪，但又覺得如果不釐清真相，情況根本無法好轉，於是答應了這個提議。他們約好週五晚上見面。

洋輔在前一天打電話給美鄉，告知打算和八真人他們見面。

「我會和他們好好談一談，澄清希一對我的誤會，同時在這個基礎上，要求八真人承認他所做的事。既然他們懷疑到我頭上，那就乾脆說清楚。如果八真人承認，我一定會告訴妳。」

如果不是哥哥稔彥從洋輔口中得知事情的來龍去脈後，在衝動之下犯案殺人，那麼真正的兇手絕對就是八真人和他的女朋友。美鄉和希一都懷疑是自己犯案，為了改變目前的狀況，必須搞清楚這件事。

「但是，假設八真人承認人是他殺的，我不打算多說什麼。雖然我會告訴妳，但不會再告訴其他人，當然更不會告訴警察，由他自己決定要怎麼做。他有理由犯案，雖然的確做了傷天害理的事，無法原諒他對阿和下手，但我相信他有不得已的苦衷。日比野的事是背後的原因。妳和日比野的關係很好，我相信妳能夠明白這種心情，所以我會告訴妳，但妳要有同樣的心理準備。」

洋輔把自己苦思良久後的結論告訴美鄉，美鄉只是冷冷地附和說：

『喔，如果真相只是這種程度的事，這樣或許也好。』

美鄉說了這句讓人有點發毛的話，不知道她想到了什麼可能性。如果她認為八真人是殺害樫村與和康的兇手這件事只是「這種程度的真相」，未免太不符合現實了，但洋輔並沒有追問她這句話是什麼意思。自從她懷疑是洋輔殺了樫村之後，兩個人之間的地位明顯傾向了對洋輔不利的方向。哥哥的事更是雪上加霜，洋輔已經無法在她面前神氣活現。

無論如何，洋輔認為必須充分證明自己的清白，找回在她面前逐漸失去的尊嚴。

週五晚上八點多，洋輔急急忙忙處理完工作，驅車前往希一指定的烤羊肉店。八真人和希一的車子停在停車場內，但整家店都沒有亮起燈光。

「嗨。」

八真人和希一站在車子旁，洋輔下車後，八真人向他打招呼。

「今天好像沒有營業。」

八真人說話的語氣仍然平靜，無法解讀出他的感情。

「可能是因為我們之後都沒來捧場，就這麼倒閉了，」希一說，「或是那個老頭死了。」

希一露出淡淡的笑容。他在和關係惡劣的人說話，或是在動歪腦筋時，總是會刻意擠出假笑，只不過他的眼睛並沒有笑意，無法消除洋輔的緊張。

「那怎麼辦？」

「你知不知道哪家可以談話的店？」

八真人問，但洋輔想不出有什麼地方可以不必在意旁人，暢所欲言的地方。星期五的這個時間，「米田珈琲」應該人很多，而且之前與和康談話決裂的記憶猶新，洋輔不想去那裡。

「要不要去那裡？」希一問。

「哪裡？」

「大島工業。」

「什麼？」洋輔懷疑自己聽錯了，「你是認真的嗎？」

「那裡不會被人干擾，警方應該也還沒查到那裡。」

「要不要去『米田』？」

洋輔急忙問道，但希一一笑置之。

「我們並不是去閒聊的。」

「我知道……」

「洋輔，」希一說，「凶手就在我們之中，我們都這麼想；今天碰面，就是決定掀開底牌，你不是也這麼想嗎？」

「……那好吧。」

洋輔猶豫片刻，最後表示同意。

三個人分別回到各自的車上，希一率先把車子開了出去。

洋輔握著方向盤，跟在他們的車子後方，不安越來越強烈。雖然他知道那裡的確不會受到干擾，但廢棄的大島工業太荒涼了，即使大叫，也不會有人聽到。

如果八真人玩弄什麼計謀，而且已經拉攏希一……

雖然明知道不太可能，但如果八真人滿腦子想著自保，一言不合，可能會做出對自己不利的行為。

就好像之前對和康下了毒手……

想得更深入一點，搞不好前往大島工業根本就是他們原先的計畫，洋輔目前可能正慢慢落入他們的圈套。

就像樫村當時那樣……

怎麼辦？

洋輔的車子在最後面，他趁等紅燈時，拿出手機，撥出電話給美鄉。美鄉馬上接起了電話。

『洋輔？』

「美鄉嗎？現在方便說話嗎？」

『可以啊……你和八真人他們談完了嗎？』

「沒有，等一下才要談。妳先聽我說，我們現在要去東名高速公路旁，以前是一家名叫大島工業的公司留下的廢棄工廠，妳知道嗎？」

『我不知道……為什麼要去那種地方？』

「他們說那裡不會被人打擾，可以好好說話，但是反過來說，那裡周圍完全沒有人，任何事都有可能發生，所以如果兩個小時後，我仍然沒有打電話給妳，希望妳可以來這裡看一下。妳一個人來這裡太危險，可以找其他人——可以找兼一——總之，不管是誰都沒關係，真的找不到人，叫警察也沒關係。」

『好，到時候我找兼一或是其他人一起過去就好，對不對？』

「妳知道兼一的手機號碼嗎？」

『別擔心，我會想辦法。』

「地點就在東名高速公路的狐狸山交流道往東三公里的南側，具體的位置妳可以上網查一下。」

『好，我知道了，你小心點。』

紅燈剛好轉綠，洋輔掛上電話。雖然只是簡短聊了幾句，但順利傳達出危機感，希望只是自己杞人憂天……

洋輔察覺到心情稍微平靜下來，踩下油門。

他突然想起，美鄉之前在洗手台發現的那些血跡到底是怎麼回事？原本以為是哥哥幹的，但是哥哥徹底否認，因此洋輔也不得不認定八真人是凶手……

突然浮現在腦海的疑問當然不可能輕易找到合理的答案，洋輔決定先考慮接下來談話的內容，更用力踩下油門。

穿越東名高速公路高架道路下方的隧道，來到大島工業廢棄地前方，先到一步的希一和八真人的車子停在空地，洋輔把車子並排停在旁邊。他們在大門前等洋輔。

「雖然可以在這裡談，但是有蚊子，還是進去裡面吧。」

空地長了很多雜草，站在這裡說話，的確很容易餵蚊子。已經下定決心來這裡，就不要因為別人說的話猶豫遲疑。洋輔跟著希一，跨過了綁在門柱上的鐵鍊。

「這裡可以嗎？」

雖然他們進入園區內，但並沒有走去當初綁架樫村時使用的廢棄工廠後方。希一他們沒有帶手電筒，只能在路燈和高速公路的燈光可以照到的辦公樓前說話。

希一在那裡停下腳步，轉頭看著洋輔和八真人。

「我們先相互搜身，我可不願意像阿和那樣被刀子捅死。我和八真人搜洋輔，我和洋輔搜八真人，八真人和洋輔再搜我，這樣大家都沒意見了吧？」

「好。」

洋輔順從地同意提議，讓希一和八真人檢查他的長褲口袋和鞋子。他的上半身只穿了一件薄質套頭衫，沒有可以藏東西的口袋，長褲的口袋裡只放了皮夾和手機。

「呵呵。」

希一確認洋輔身上並沒有帶任何可怕的東西後，有點洩氣地揉揉鼻子，露出苦笑。

「你會不會太大意了？如果我帶刀子來怎麼辦？」

他開玩笑說。

接著輪流搜了八真人和希一的身，但結果都一樣。

「希一，你還不是一樣？如果我帶了什麼東西，你怎麼辦？」

洋輔反脣相譏，希一調皮地回答說：「如果是你，我赤手空拳應該可以搞定。」

希一曾經練過柔道，以前又經常打架，無法認為他這句話只是開玩笑而已，洋輔的笑容變得僵硬。他已經明白，希一隨時做好了應戰的準備。

「坐吧。」

希一說完，從辦公樓前拿來以前可能用來裝零件的塑膠箱，三個人分別坐下。

希一叼著菸，用打火機點火。他的臉浮現在黑暗中，看起來有點可怕，很快就聞到了菸味。

夜晚很悶熱，完全沒有風。

「阿和真可憐。」希一幽幽地說。

「是啊。」洋輔和八真人異口同聲地說。

「阿和是好人……我無法原諒。」希一深有感觸地說完後，搖搖頭。「但是，事情既然已經發生，無可奈何。無論任何人說什麼，阿和都不可能活過來，就算我們之中有人殺了阿和，我也不打算為阿和報仇，或是把凶手交給警察。」

希一顯然是在對洋輔說這番話。最好的證明，就是他瞥了洋輔一眼後，繼續說道：

「所以，刑警找上門時，我什麼都沒說。我那天和我爸一起去吃飯談生意，有明確的不在場證明，而且我沒有理由殺害阿和這樣的好人，但是，有人認為必須殺了他。如果不是剛好遇到的搶劫犯所為……我相信這裡沒人會有這種天真的想法。」

「我同樣認為我們其中有人和阿和命案有關，」洋輔看著希一說，「但是這個人並不是我。」

「你有不在場證明嗎？」希一低聲問道。

「……我和美鄉在一起。」

「這是對警察說的場面話，還是事實？」希一可能察覺到洋輔稍微遲疑了一下，靜靜地問。

洋輔猶豫一下後，老實回答說：「是場面話，其實我那天身體不舒服，傍晚前就在家裡睡覺。美鄉來找我時，把我叫醒了，然後告訴我那個公園好像出了什麼事，有很多警察在那裡。」

「是喔。」

希一鼻子深處發出模糊的聲音附和著，嘴角浮現淡淡的冷笑。

「八真人呢？」洋輔無視希一的反應，問八真人。

「我也和女朋友在一起。」

「你什麼時候交了女朋友？」希一用調侃的語氣問。

「不久之前，是同事。」

八真人之前似乎真的沒有告訴希一。

「幹嘛不告訴我？太見外了。」

洋輔聽著希一的回答，暗自思考著……八真人說和女朋友在一起，從某種意義上來說，或許是事實，但問題在於他和女朋友在一起做了什麼。

「你那時候和女朋友在幹嘛？」

洋輔問，希一噗嗤一笑，嘻皮笑臉地看著八真人。

「喂，你倒是說說你們在幹嘛，如果是在打砲，連體位也要交代清楚。」

八真人沒有理會希一的玩笑，回答說：「我在她家和她一起吃飯。」

「聽到了嗎？」希一觀察著洋輔的反應。

「雖然我沒資格說別人，但這種不在場證明等於沒有。」洋輔搖搖頭說，「樫村那時候也是，一個人很難搬動他，把他推入蓄水池，很可能是我們之中的兩個人，或是有外人的協助。比方說，其中一人和他的女朋友。」

「洋輔……」八真人用一貫的冷靜口吻說，「我不知道你說這些話有幾分真心，我之前就聽阿和提過，知道你說到我。但是我就直說了，這件事和我無關。你剛才說，那個人不是你，但也不是我。」

希一輪流看著洋輔和八真人，聳聳肩，扮著鬼臉笑了起來。

「既然不是自己，就不必客氣，該說的話就要說出來。現在不是顧慮別人的時候，如果不說清楚，別人就會懷疑到自己頭上。」

「我有言在先，雖然我懷疑八真人，但完全無意指責，」洋輔說，「就像希一剛才說的那樣，我沒打算告訴警察。如果你想自首，我不會制止，但如果你沒有這種打算，我會把真相帶進棺材，我們也可以商量該怎麼說。我無法接受阿和被殺，但是他情緒不穩定，你可能有什麼苦衷不得已。雖然這件事無法原諒，但我相信你是在清楚知道這些事的情況下採取行動，我沒打算再多說什麼。」

「你從樫村命案時就開始懷疑我，理由是什麼？」八真人看著洋輔問。

「你有動機。」

「什麼動機？」

「要為日比野復仇。我這麼說，你應該就明白了。」

「我不明白。」八真人沒有回答，希一代替他說。

「希一，你應該聽說過傳聞，知道樫村和日比野之間發生了什麼事，所以把樫村帶來這裡時，你罵他『無恥老師』。」

「所以，你的意思是，」希一踩熄菸蒂後開口，「因為樫村侵犯了日比野，於是八真人為了復仇才殺害樫村；然後阿和發現這件事，或是做了什麼，八真人擔心他不小心在警察面前亂說話，就決定殺了他嗎？」

「對。」洋輔點點頭。

希一和八真人交換眼神，八真人開口。

「洋輔，從某種意義上來說，你太高估我了。」

「什麼？」

「我當然知道真理和樫村的傳聞，包括這件事可能和她自殺有關，但是，我並不會想要為真理雪恨，為她報仇……不好意思，讓你失望了。」

八真人說話時始終面無表情，洋輔無法分辨他說的是真心話還是在演戲。

「她死的時候，八真人早就和她分手了，」希一說，「怎麼可能這七年來，一直懷恨在心，希望有朝一日要殺了他？」

「但是，我們不是也因為當時的恨意，所以向樫村復仇嗎？」

「那只是心血來潮而已，」希一不以為然地說，「是同學會的延續，並沒有非要這麼做不可的恨意。」

原來對希一來說，只是這種感覺。洋輔有點受到衝擊，他用自己的方式，思考了完成那件事的意義，在面對高中時代的鬱悶後，終於找到其意義，最後下定決心，認為自己必須參與這件事。從某種方面上來說，這是為自己至今為止的人生做一個了斷，他相信只有完成向樫村復仇一事，才能夠開拓未來。如果不這麼想，就無法說服自己參與其中。

但是，在希一眼中，那只是一場遊戲。

「你是不是太認真了？」希一以冷漠的眼神說，「也就是說，當計畫出了差錯，想到警方可能會發現是我們幹的，就坐立難安……無論如何都想要隱瞞……是不是這樣？」

「我怎麼可能這麼想？」洋輔搖搖頭，「我只是因為阿和看起來很不安，所以去安撫一下他的情緒以防萬一。樫村那時候，我只是警告他，不會再對他做任何事，叫他忘了那天的事。」

「但是除了樫村以外，沒有人聽到你到底說了什麼，這樣的藉口聽起來很牽強。」

「那天晚上，我們離開這裡回家，駛出那裡的隧道後，不是有一輛車子停在那裡嗎？你們還記得嗎？我差一點撞上去，慌忙轉動方向盤。」

「……所以是怎樣？」希一皺起眉頭，似乎對洋輔突然改變話題感到驚訝。

「那輛車是不是白色的86？就是警方發現被棄置在山上的那輛失竊車。希一，86不是和你的車子很像，你記得嗎？我很確定那是一輛雙門車，我看到一個女人坐在副駕駛座上，雖然只瞥了一眼，但我有看到。車子停在那裡，而且有人坐在車上太奇怪了。」

「然後呢？」希一問，「你想說，那個女人就是八真人的女朋友嗎？你看到她的臉了嗎？」

「雖然沒有看到臉，但完全有這種可能。」

「這根本無法成為任何證據，那天雨下那麼大，我甚至不記得是什麼車款。算了，那就來問八真人。那是你的女朋友嗎？」

「不是。」八真人滿臉不屑地回答。

「聽到了吧。」希一皮笑肉不笑地看著洋輔，「如果你要這麼說，車上的女人也可能是竹中啊。」

「開什麼玩笑？」洋輔噘著嘴，「美鄉怎麼會去那種地方？」

他們懷疑由於樫村發現洋輔的身分，因此洋輔殺了樫村，但那只是現場發生的偶發狀況，根本無法說明有計畫地讓共犯在附近待命的狀況。

「你認為這是我們在找碴嗎？」希一露出挑釁的眼神問，「但是這和你剛才說，八真人的女朋友等在那裡，在本質上完全一樣，沒有任何不同。」

「不，完全不一樣。」

「八真人，你也說幾句話啊。」

希一示意八真人為自己澄清，但八真人靜靜地拒絕說：「不，我不用了，我不想吵架。」

「你聽到了沒有？」希一將目光移回洋輔身上，「就算被你說成這樣，他也只是否認，並沒有反駁你。」

「不，希一，你已經在幫我辯護，如果我再多說什麼，就變成二對一，這樣並不公平。」

雖然洋輔說八真人是自己的好朋友，卻毫不避諱地把八真人視為凶手，但八真人完全沒有說一句認為洋輔才是凶手的話。洋輔覺得眼前的狀況似乎顯示了自己是一個卑鄙小人，不由得感到胸口隱隱作痛，但這也無可奈何。

「我不想說這種話，」洋輔嘆著氣說，「而且我並不是在責備八真人，只是如果八真人承認，我覺得可以更進一步認識他……」

「洋輔，你不必放在心上，想說什麼就說吧。」

八真人對他說，但這種體貼更刺痛了洋輔的心。

「洋輔，這也是我們想說的話，」希一說，「只要你願意承認，我們就可以繼續向前走，可以和你聯手。」

難道不承認自己根本沒有做的事，就無法突破現狀嗎……洋輔覺得這根本強人所難，感到不知所措。

「我不希望是八真人幹的，」洋輔皺著臉，說出內心痛苦的想法。「但是除了我們以外，不可能有其他人。如果不是八真人，就變成是我幹的，但我並沒有做這種事……不，應該說，我完全不記得自己做過這種事。希一，你為什麼從一開始就懷疑我，卻完全不懷疑八真人？在你眼中，我這麼可疑嗎？你認為我看起來就像會做這種可怕的事嗎？」

「你討厭樫村。」希一用低沉的聲音說道，「在我們這幾個人中，你應該最討厭他。那個傢伙的所謂頂天體操的體罰對你造成很大的傷害，你開始整天膽戰心驚，很害怕被他盯上，千方百計不讓自己成為目標。說起來，就是你選擇了逃避，我們不惜留級，也要和他對著幹，但是這件事一定在你心裡留下了創傷……我說錯了嗎？」

「我的確很討厭樫村，」洋輔據實以告，「覺得被他糟蹋了。無論經過多少年，只要回想起當時，就會想起那種感覺，否則我不可能加入那種計畫。希一，我無法像你那樣，被那種老師嚴厲管教都不為所動，我受到很大的影響，每次都很沮喪鬱悶，對這種狀況無能為力。但是，就因為這樣，要殺了樫村嗎？就算認為他當時看到我的臉，也不可能這麼做。在同學會遇到時，他看到我，卻根本沒認出我。在這裡的時候，光線那麼暗，即使他瞥到了我的臉，又不小心叫了阿和的名字，我仍然不認為身分會曝光。」

「洋輔，別說了，」八真人一臉難受，「既然你說不是你幹的，應該就不是你。」

「但是，除了我以外，不是沒有其他人嗎！？」洋輔不知如何處理內心的疑惑，咬牙切齒地說。

「如果是八真人幹的，他會告訴我。」希一說，「他就是這種人。」

「你憑什麼如此斷言？」洋輔難以接受，繼續追問。「我反而認為八真人絕對不可能說，他不希望別人替他操心。」

「他對你是這樣，但對我不一樣。」

「我搞不懂，」洋輔搖著頭，「我以為自己最瞭解八真人……」

「那可未必。」希一聳了聳肩說。

「這就是阿和所說的『堅若磐石』嗎？」

「喔……你已經聽說了『堅若磐石』嗎？」希一挑挑眉毛，目光銳利地看著洋輔。

✦

洋輔提到「堅若磐石」這四個字後，我意識到他們的談話逼近了核心，不由得緊張起來。

『你們三個人一直反抗樫村，最後一起留級。』洋輔說，『我在那時候逃走了，疏遠你們，這種差異導致你們之間建立這種『堅若磐石』的感情，直到今天。』

『嗯，不只是這樣而已。』希一意味深長地說，『但是既然你已經聽說了這件事，聊起來就簡單了。如今阿和已經不在，我認為讓你加入我們，三個人形成新的「堅若磐石」關係最理想，大家疑神疑鬼，搞得大家心都很累，未免太無聊了。』

這顯然就是希一安排這場三方會談的目的，他用這種方式控制自己周圍的人。這個傢伙果然是一肚子壞水。

但是，我對這場會談另有期待。那就是希一為了拉攏洋輔，到底會對他說什麼？說到什麼程度？

『等一下。』八真人插嘴問，『你要告訴洋輔嗎？』

八真人焦急的語氣激發了我的興趣。

『並不是全部。』希一回答說：『但是真理的事應該沒問題，畢竟和這次的事情有關，而且洋輔所做的事比我們有過之而無不及，反正交給我就行了。』

八真人沒有反駁，似乎接受希一的提議。我無法理解八真人的真實想法。他是豁出去了，覺得把真理的事告訴洋輔也無所謂嗎？如果洋輔殺了樫村與和康，他認為比他們的行為更嚴重嗎？只不過那並不是洋輔幹的，而是我下的手。事情變得更加複雜了。總之，終於可以弄清楚真理那件事的真相了，再忍耐一下。

✦

「洋輔，所謂『堅若磐石』，就是擁有共同的秘密。事實上，包括你在內，我們已經擁有了可以建立『堅若磐石』關係的秘密，那就是之前襲擊樫村的『假面同學會』。」

希一嘴角浮現無敵的笑容，但下一剎那，就轉為陰險。洋輔被他表情的可怕變化嚇到，靜靜聽著他說話。

「不瞞你說，對我、八真人還有阿和三個人來說，這個計畫的目的，其實是為了相隔七年，再次加強我們之間『堅若磐石』的關係。剛好舉辦了同學會，而且我們在高中時被樫村整得很慘，把他當成標的應該很好玩，於是就想到了這個計畫。其實只有我們三個人執行這項計畫並沒有問題，但你說和竹中交往，看起來很幸福，所以我想把你拉下水。這是我的壞毛病，但是我很確信，你對樫村有恨意，而且認為只要我們好好說服，你應該會加入。既然你加入，就不可能告訴別人，我們三個人可以再次確認『堅若磐石』的關係。那個計畫就是這麼一回事，就像是某種儀式，不需要想得太嚴肅，只要玩得開心就好。」

「你說相隔七年……你們七年前做了什麼？」

洋輔吞著口水，潤潤乾澀的喉嚨後問道。洋輔畢業之後，希一等人留級，繼續留在高中的那一年，似乎藉由某件事，建立了「堅若磐石」的關係。從希一剛才說的話研判，應該是什麼不可告人的事……

「這件事和日比野真理有關。」

希一瞥了八真人一眼之後說道。八真人低頭駝著背，手肘放在腿上。

「我們高三的時候——我是說第一次高三，那時候你也在——但是，你那時候已經很少和我們玩在一起，可能不知道這些事。日比野在前一年有一半的時間住院，無法升上三年級，第二次讀二年級。八真人和日比野的關係已經出了問題。不，聽八真人說，他們的關係從一開始就有問題。這是個人的感情問題，旁人沒什麼好說的，有一次，日比野主動找我。她和八真人之間進展不順利，悶悶不樂，問我該怎麼辦才好。我對別人的女朋友的煩惱沒有興趣，起初只是隨口敷衍她，但她又繼續找我兩三次，很不安地找我商量。有時候問八真人最近的情況，或是問八真人怎麼說她。在聽她說這些事之後，我漸漸被她吸引。她那種不安的樣子很性感，我開始覺得她是故意用八真人的事作為藉口，其實是在勾引我，或是希望我對她動心，讓八真人看到後心生嫉妒。原本以為她長得像洋娃娃，和她相處一定很無聊，沒想到完全相反，她好像用眼神希望別人征服她。我被她撩到了，很難相信八真人竟然對她這麼冷淡。話說回來，他並不想要征服別人，沒什麼這方面的渴望。相反地，八真人這種冷淡，在她眼中可能反而很新鮮。」

雖然被希一揶揄，不過八真人閉口不語。看著他們兩個人的態度，洋輔可以隱約察覺到事態的發展，但事情後續明顯並不平靜，洋輔停止思考，不願意面對。

「只不過她沒有這麼好搞定，她很懂得欲拒還迎、欲擒故縱，以為到嘴邊了，卻又吃不到。久而久之，我決定無論如何都要把她搞到手。我思考著該怎麼辦，於是決定先留級，再讀一年三年級再說。班導師和樫村以為恐嚇我們要留級，我們就會乖乖聽話，我偏偏想和他們作對。我根本沒有認真讀書，只要認為重考和留級沒什麼兩樣，就沒什麼大不了。如果我直接畢業，就無法和日比野有任何交集。八真人只要稍微用功一下，應該可以考進愛和或是尾張之類還不錯的大學。日比野的功課並不差，八成能夠跟隨八真人，考進同一所大學。我就算重考也考不進那種學校，一定沒戲唱。如果這樣太不好玩了，於是我得出結論，還是留級比較好。當初決定留級有一半是好玩，另一半是基於這種有十足把握的想法，阿和與八真人陪我一起留級。」

八真人仍然沉默不語，聽著希一說話。洋輔無法理解他的內心，更完全無法理解八真人當時的想法。他身為希一的朋友，應該能夠隱約察覺到希一的目的，但他非但沒有阻止希一，而且很乾脆地決定陪希一留級。

他們之間到底是什麼關係？這並非只是性格的不同……洋輔面對之前從來沒有想過的疑問，有點不知所措。

「留級後，和日比野變成同學的那一年，我們雖然和日比野不同班，但教室在同一個樓層，經常有機會見面。我猜想她很想和八真人重修舊好，所以只要和八真人在一起的時候找她，她就會和我們一起玩，只不過我仍然無法把她追到手，即便硬是安排和她單獨約會，要求她放棄八真人，和我交往，她也不答應。現在回想起來，日比野那時候和樫村也發生了很多事……總之，我當時很火大，雖然日比野否認，但我認定她利用樫村來牽制我。因為這樣，原本一頭熱的我終於冷靜下來，對她各方面都失去興趣，只剩下男人的慾望。呵呵呵，這是最糟的情況吧，但她也有錯。」

洋輔想像著希一當時對日比野失去愛戀的情感，只剩下性慾的內心，不由得感到戰慄。不，也許是因為看到希一在談這些事時臉上露出可怕笑容而嚇得發抖。

「暑假後，八真人的父母曾經回了一趟老家，於是我就叫八真人對他父母說，他要準備大學，就沒跟著回去，繼續留在家裡。然後有一天，要八真人邀日比野去家裡玩，我與阿和後來也去了八真人家，硬是拉著日比野一起喝酒，在她喝醉之後……我們三個人就上了她。」

吸到一半的氣在中途停滯，發出咻的一聲。

太可怕了……洋輔難以相信現實生活中竟發生了這種事。

「你不要這麼驚訝，」希一對洋輔揚起在這種狀況下經常會看到的獨特笑容，「那並不算是強迫。我們喝醉酒，打打鬧鬧，抱在一起，然後就很自然地發生了。她在整個過程中也玩得很爽……至少我是這麼認為的。阿和第一次碰女人，所以超興奮，還在事前就取了『酒池肉林計畫』這個名字。那傢伙真的很好玩，只不過全都結束，酒醒之後，日比野似乎回到現實，開始哭了起來，於是只好讓八真人去安慰她。」

「八真人……也在場嗎？」洋輔喉嚨乾澀，抽搐著問。

「那是在八真人家，他當然在啊，我們三個人一起上了她。」

八真人低著頭，什麼話都沒說，但他的態度已經說明，這一切都是事實。

✦

『八真人……也在場嗎？』洋輔沙啞的聲音問。

『那是在八真人家，他當然在啊，我們三個人一起上了她。』

聽到希一親口說出當時的真相，我終於吐出了憋著的氣。

「他終於承認了……八真人果然有問題，洋輔是無辜的。」

我拿下耳機，把車子倒退後，轉動方向盤，駛入東名高速公路高架下方的隧道。

「我來了！你們這些傢伙等著吧！」

「但是，我們的行為並不是造成日比野自殺的直接原因，樫村那個傢伙成為壓垮駱駝的最後一根稻草。日比野被前男友背叛，又被前男友的朋友玩弄——呵呵，雖然說那就是我們——她因為這些原因心情低落，去向那傢伙哭訴，沒想到那傢伙竟然近水樓台，利用女學生的脆弱，向她伸出魔爪。日比野當然會絕望。她原來就有病，怎麼可以把她逼入這種無可救藥的絕境？我們派了八真人去安慰她，即使只是表面工夫，至少順利把事情搞定了。」

希一說到這裡，輕輕吸吸鼻子，抬眼看著一臉茫然的洋輔。

「這就是我們的秘密，多年來，我們三個人共享著這個秘密，我都毫無保留地告訴你，現在輪到你了。你告訴我們，你到底做了什麼？」

洋輔的腦袋一片混亂。希一剛才說的事太震撼，洋輔還無法完全消化，而且希一認定洋輔做了比他剛才說的事更凶惡的犯罪行為。

自己真的做了這種事嗎……洋輔絞盡腦汁，無法想出答案，那種感覺，就像是努力回想甚至不知道有沒有做過的夢。

「等一下……我腦筋轉不過來。」

洋輔喘息著，好不容易擠出這句話。聲音悶在耳朵內，感覺很不舒服，而且鼓膜發出沙沙的聲音。之前去醫院貼的膠片好像掉落了。

希一叼起第二支菸，點起火。

「洋輔，我們既然都已經說到這種程度了，你應該不至於認為自己什麼都不說，就可以走人吧……嗯？」

「你不要威脅他。」

八真人抬起頭，用平靜的語氣規勸希一。

「王八蛋，即使阿和被殺，我仍然擺出低姿態，給他台階下。如果我做到這種程度，這個傢伙仍然不願對我們推心置腹，這不就代表他不願意和我們建立『堅若磐石』的關係嗎？這就是所謂的不識抬舉，既然這樣，我就只能為阿和報仇。洋輔，你應該聽得懂我在說什麼吧？」

「嗯……」

面對希一壓低聲音，氣勢洶洶的質問，洋輔發出帶著嘆息的聲音，但那並不是代表肯定的意思，而是因為不知所措。

這時，洋輔口袋裡的手機震動起來。瀰漫著凝重空氣的空間內，響起了不合時宜的輕快來電鈴聲。

洋輔從口袋裡拿出手機，手機螢幕上顯示著兼一的名字。

「怎麼回事？」希一有點不耐煩地問。

洋輔很納悶，兼一為什麼會在這個時間打電話給自己，但立刻想起來這裡之前，曾經打電話給美鄉。美鄉是不是因為擔心，於是去找兼一商量……果真如此的話，就必須接起這通電話。

「是高三時的好朋友兼一打來的，我們原本約好有事要聊，我可以接嗎？」

希一輕輕咂嘴，抽了一口菸。「不要說和我們在一起。」洋輔點點頭之後，接起電話。

如果兼一問自己有沒有事，該怎麼回答……洋輔感到猶豫的同時，突然沒來由地想到一件事。剛才時間緊迫，來不及告訴美鄉兼一的電話，她怎麼查到兼一的聯絡方式？洋輔覺得這通電話攸關自己的生命安全，反而理不出頭緒。

『嗨，洋輔。』

電話中傳來兼一開朗的聲音，洋輔愣了一下。

『現在方便說話嗎？』

「可、可以啊……」

『你說阿和的案件到底是怎麼回事？我看到新聞說，他的錢被搶了，很可能是搶劫殺人，之後並沒有聽說抓到凶手。洋輔，你有沒有聽到什麼消息？』

「不，完全沒有……」

原來兼一並不是接到美鄉的求救，才打電話來。還是，他是為了先搞清楚這裡的狀況，才故意說這些話……洋輔不得而知。

『會不會和樫樫的案件有關？我一直這麼認為，但是之前樫樫的案件時，我認為八真人很可疑，但這次的案件不可能是他幹的，他們不是很要好嗎？』

「是啊……」

看來兼一並不是在美鄉的要求下打這通電話。洋輔從他說話的語氣中，察覺到了。

『對了，我聽那個學長同事說了一件有趣的事，才想說打電話告訴你。』

洋輔聽著兼一說話，發現有微弱的燈光在大門外移動。

『你上次不是提到「燒烤籤喬治」嗎？』

「啊？」

『就是「燒烤籤喬治」，不是用燒烤籤刺殺了他爸爸和外遇對象嗎？』

「喔……」

燈光越來越近。洋輔在附和的同時，納悶到底是怎麼回事。

『聽說那個「燒烤籤喬治」就是我們狐狸高的學生。』

「什麼？」

『雖然在案發之後，他被送去保護觀察，我們下一屆舉辦入學考試後，不是招生不足嗎？狐狸高的水準一落千丈……「燒烤籤喬治」也因為這樣，進入了狐狸高，比我們低一屆，是一個叫宮本讓司（Miyamoto Jyoji）的傢伙，你認識這個人嗎？』

「不……」

『原來你不認識。我問了和我考進同一所大學，比我小一屆的學弟，他說認識那個人，還說一看就知道是危險人物，大家都對他敬而遠之，但是八真人他們不是留級嗎？然後……』

除了光線以外，還出現了人影。掛在門柱上的鐵鍊發出噹啷的聲音搖晃著，人影走進來。洋輔看到人影，大驚失色，完全沒聽到兼一說的話。

「兼一，不好意思……改天再聽你說。」

洋輔簡短打完招呼後，掛上電話。除了洋輔，希一和八真人也看向大門的方向。

「洋輔，我來了！」

美鄉手上拿著LED提燈，揮動著另一隻手，天真無邪地向他打招呼。

洋輔雖然打電話請她來察看情況，但距離剛才打電話還不到一個小時。

而且……

她身旁那個矮胖男人，無論怎麼看，都是洋輔的哥哥稔彥。稔彥的腋下還夾著一個擴音器。

美鄉的另一側是喬治，他嘻皮笑臉地和美鄉一起走過來。

洋輔的確請美鄉找人來這裡，但兼一是最佳人選，沒想到美鄉竟然找了一個繭居寄生蟲和跟蹤狂瘋子，未免太會挑人了……洋輔難以相信自己看到的景象，差一點昏倒。

「這幾個人是怎麼回事……」

希一踩熄香菸後站起身，目不轉睛地看著走過來的三個人，然後驚訝地看向洋輔問：

「你找來的？」

「不……」洋輔語無倫次地回答。

「喬治為什麼會來這裡？」

「啊？」

洋輔很驚訝希一竟然認識喬治，而且還叫他「喬治」，讓他搞不懂是怎麼回事。

「希一、八真人，好久不見。」喬治走到洋輔他們面前，滿面笑容地說：「在同學會和冒名洋輔跑去的樫村守靈夜見面之後，就沒再見到你們了。」

洋輔完全不知道他們之間的關係，只能愣在原地。美鄉在喬治身旁露出冷笑，但她的笑容不像平時那麼有氣質，不知道是否因為提燈燈光的關係，看起來像是輕浮的女人。

哥哥面無表情，一本正經地站在美鄉身旁。

「這傢伙是誰？」

希一疑惑地問，哥哥把用電線連著擴音器的四方形麥克風拿到嘴邊說：

『我是哥哥A夢。』

擴音器傳出哥哥上次修改後的自我介紹，聽起來比正常人說話的聲音稍微大一些。不知道是不是美鄉慫恿他這麼說，她聽了之後，在一旁拍手大笑起來。

「這傢伙到底是誰？」

希一皺著眉頭，以疑惑的眼神看著洋輔。

「他是我大哥，雅之上面的哥哥。」

洋輔無可奈何之下回答，希一可能忘了洋輔還有另一個哥哥，一臉呆滯地輪流看著洋輔和大哥稔彥。

「哈哈哈，你們也不知道洋輔和這個哥哥住在一起吧？」喬治開心地指著洋輔說，「他明明一個人住，家裡卻老是有說話的聲音，我一直以為他有雙重人格。這對兄弟真是太鬧了。」

「對啊。」美鄉冷笑著說，「難怪他家裡老是有魷魚的味道。」

『魷魚味是洋輔的問題。』哥哥用擴音器回答。

「這是怎麼回事？你們……來這裡幹嘛？」

希一露出不悅的眼神看向喬治，他話音變得尖銳，無法掩飾內心的緊張。

「你們的談話，我都聽到了。」喬治一臉得意地說。

「什麼？」

喬治從口袋中拿出手機，出示在希一面前。

「啊！」

洋輔忍不住驚叫起來，然後看著自己拿在手上的手機——喬治的手機上也掛著和美鄉送給洋輔一模一樣的吊飾。

「美鄉送你的吊飾裡藏了竊聽器。」

洋輔驚訝地摸摸吊飾的毛皮，摸到裡面有堅硬的東西。

「也就是說，從同學會時的談話開始，你們所有談話我都聽到了，當然，也包括剛才的內容。」

「你、你到底是誰！？」洋輔的混亂完全沒有消除，忍不住問道。

「美鄉，妳沒告訴他嗎？」他裝傻問美鄉。

「我說了啊，我告訴他，你叫喬治。」美鄉抬眼看著他嬌聲回答。

「喬治……」

洋輔嘀咕著，然後說不出話。原來不是他感覺像「燒烤籤喬治」？

而是這個人就是「燒烤籤喬治」？！

「我叫日比野讓司。」燒烤籤喬治——也就是日比野讓司——向洋輔自我介紹，豎起兩根手指在額頭前晃了晃，調皮地向他打招呼。

「日比野……」

這麼說，他和日比野真理是親兄妹？他端正的五官的確和日比野真理很神似……但洋輔之前完全不知道真理有這樣一個背景不單純的哥哥。

「我在進高中前名叫宮本讓司，那是爸爸的姓氏，不過他和他的情婦一起被我刺殺後，在醫院受了兩年折磨死了。我媽姓日比野，她和外遇的爸爸離婚之後，和真理兩個人相依為命。」

案件發生當時，真理還是小學六年級生。之後，她和母親兩人多次搬家，在中學一年級的第二學期，轉入了美鄉就讀的西狐狸中學。

「由於父母都無法照顧我，所以我離開少年觀護所之後，就被送去育幼院。不久之後，在那裡的老師建議下，我考上了狐狸高。雖然和二年級時留級的真理變成同學，但她不希望別人知道我們的關係，所以我沒有告訴任何人，也不會找她說話。升上三年級後，希一他們留級，變成了同學。希一，起初我們經常一起玩，然後樫村經常來找麻煩。但是在真理自殺後，他們在葬禮上知道我是真理的哥哥。即使我沒說，那些親戚也會討論，她的爸爸如何如何，她的哥哥如何如何。那次之後，他們幾個人就開始疏遠我，我當時搞不懂是為什麼。在樫村涉嫌強暴真理，被學校高層找去談話的傳聞出現之後，希一那傢伙特地來告訴我這件事，試圖掩蓋他們之前的行為。但是我很清楚，希一只要露出可疑的笑容靠近，就一定在動歪腦筋，所以我猜想樫村的傳聞背後有什麼不可告人的秘密。」

「你們對真理做的事，真理全都告訴我了。」美鄉開口，「她告訴我，希一與和康趁著醉意，對她做了很噁心的事……我說應該去報警，但她遲遲不願點頭，我猜想她直到最後，都無法放下對八真人的感情。她在我面前並沒有提到八真人，而且她從來沒有在我面前提過樫村的事；所以，在她死後聽說了樫村的傳聞時，我有點搞不清真相了。我完全沒有想到，真的有老師會在學生找他討論這種事之後受到刺激，自己也起了色心……那時候我還是小孩子，而且我不知道高一的時候經常和希一他們混在一起的這個洋輔，是不是也是同夥……因此，真理死後，我雖然想要報仇，但不知道該向誰報仇、怎麼報仇。」

美鄉用下巴指向洋輔說「這個洋輔」時，洋輔覺得全身都冷到骨子裡。眼前的美鄉顯然和自己所認識的那個美鄉完全不一樣。

「後來終於找到了讓司，」美鄉臉頰放鬆，注視著日比野讓司。「雖然之前聽真理提過，她的哥哥是危險人物，但是找到讓司之後，我覺得自己終於可以報仇了。」

即使相隔多年，好朋友被逼得走上絕路的復仇之火，仍然沒有在她內心熄滅，但是，她身為女人無計可施，直到遇見以瘋狂為武器的讓司這個「手段」。

『然後美鄉女王找到了我，打開我心靈的石門。』

稔彥莫名其妙地插嘴說了這句話，但沒有人理他。

「哼！」希一皺起單側臉頰，不屑地說：「你這種廢物哥哥，連你妹妹也不想理你。」

「所以呢？」

美鄉冷冷地回答，似乎不接受所有的歪理。洋輔聽了，忍不住發著抖。讓司在美鄉身旁眉開眼笑。

「這種人說要為妹妹復仇，簡直笑死人了！」

「希一，很遺憾，你沒有資格說誰可以復仇。」讓司仍然帶著笑容說，「雖然真理不想理我是事實，但這是因為我被取了『燒烤籤喬治』這種好像都市傳說的怪物般的名字，她當時年紀還小，覺得有這樣的哥哥很丟臉。在我性情暴躁的時候，從來沒有傷害過她。我媽雖然一度對我感到束手無策，但真理離開後，她似乎很寂寞，三年前就找我回去和她一起生活。我媽幾乎每天都說真理很可憐，真理太可憐了，就算原本不想報仇的人，長久下來也會產生復仇的念頭。」

希一被讓司的氣勢嚇到，沉默片刻後，發出沙啞的聲音。

「是你們殺了樫村嗎？」

「是啊。」

美鄉回答，她的語氣似乎在問，你有什麼意見嗎？

「那是不是叫作『假面同學會』？我起初並沒有想到你們會策劃那種計畫。」讓司似乎覺得很好笑，「但是我覺得只要煽風點火一下，你們或許會做出有趣的事，於是就在同學會時慫恿了希一，果然不出所料，於是我們就搭了順風車。」

同學會……洋輔愣了一下，隨即恍然大悟。

想要透過洋輔手機上的竊聽器，偷聽洋輔和其他人的談話內容，不能在離得太遠的地方。讓司也參加了那天的同學會，在五月的週六、週日，各屆學生都舉辦了狐狸山高中創立二十五週年紀念同學會。那一天，比洋輔他們小一屆的同學會，應該在狐狸山飯店的其他宴會廳舉行。

在同學會中途，洋輔去廁所回來後，在會場內找不到希一他們的身影，於是洋輔就去和兼一他們聊天，那時候，希一他們去了下一屆的同學會會場，和留級時的同學打招呼。

如果洋輔當時看到，發現讓司和希一他們之間的關係，或許就不會落入讓司的圈套。

「你們在這裡凌虐樫村時，我躲在一旁觀看了整個過程。」讓司說，「在你們把他丟在這裡離開後，我們替你們收拾好殘局。幸好你們沒有把他送回綁架現場，雖然我們可以偽裝成是你們殺的，但如果你們被警察逮捕，那就不好玩了，所以我們故意拖延時間，在很多事上都為你們留了後路，要讓你們相互猜忌才好玩。」

洋輔當時就感覺到有人看著自己，原來並不是心理作用。讓司躲在暗處看到了整個過程，停在高速公路小路旁的雙門車副駕駛座上的女人就是美鄉。那天晚上下雨，又只是短暫瞥了一眼，因此洋輔並沒有認出來。

「阿和也是你們殺的？」希一問。

「除了我們還會有誰？」美鄉回答，似乎覺得這個問題根本不需要問。

洋輔他們三個人在彼此之間再怎麼尋找凶手，也永遠不可能找到。洗臉盆上的血，是美鄉在洗凶器時沾到的。

「美鄉從真理口中聽說了阿和的名字，根本不需要費時間調查就知道那傢伙該死，希一，你當然也一樣。」

希一聽了讓司的這句話，臉上表情繃緊，隨即擠出抽搐的笑容。

「讓司，你不要誤會……真理是因為樫村才自殺，我們那一次只是自然的發展，她沒有抗拒，只不過結束之後，她冷靜下來，就突然開始哭。八真人安慰她之後，她就平靜下來了。我們離開的時候，她已經沒事，那件事不可能成為她自殺的原因。」

「可不可能，不是由你來判斷。」讓司露出殘虐的笑容回答，「我說該死就是該死。」

希一的表情僵住了。

「只是，之前我不確定八真人和洋輔是否也同流合污，雖然美鄉說，不必囉嗦，殺了你們所有人就好，但我不想濫殺無辜。總之，必須經過調查，才能夠掌握你們的行動，所以我們在洋輔的手機上裝了竊聽器，從你們的關係著手。原本計劃在樫村死後，美鄉開始懷疑洋輔，洋輔為了證明自己的清白，會去找八真人討論，就可以掌握某些情況，沒想到知道了你們想出假面什麼的計畫，我們也就更容易弄清楚你們之間的關係。八真人也該死。」

讓司說著，緩緩指向八真人。

「『堅若磐石』什麼的我不知道，但你沒有勇氣反抗希一，成為你的致命傷。如果只是疏遠真理也就罷了，沒想到你還利用她對你的感情，為了自保，讓她淪為犧牲品，而且在犧牲品遭到蹂躪時，你自己也成為加害者，根本沒有辯解的餘地，你簡直是人渣。」

八真人一臉空虛，聽著讓司定他的罪。

「我很對不起真理……」八真人搖搖頭，喃喃說著：「但是，越和她交往，我就越無法承受她那種希望我成為她精神支柱的眼神。我沒有能力支持別人，無法回應她的期待。」

洋輔難以置信地聽著八真人吐露的心聲。在洋輔眼中，八真人向來很善解人意，也很可靠，這種洩氣話不像是他會說的話。

難道他其實這麼軟弱，反而希望像美鄉這樣堅強的女人支持他嗎？包括他對希一言聽計從這個事實在內，身為他多年好友的洋輔有點難以理解他的想法。

「雖然我不知道你是否打算和目前的女朋友結婚，但你並沒有這麼美好的未來。你的人生只到今天為止。」

讓司若無其事地說著可怕的事，然後瞥了洋輔一眼說：

「洋輔，你是清白的。」

『洋輔，真是太好了。』

哥哥用沒有感情的聲音對他說，但洋輔完全沒有鬆了一口氣的感覺。

「那麼，就由洋輔和他哥哥A夢把這兩個人推下蓄水池。」

推下蓄水池？

洋輔在心裡重複一次讓司的話，全身寒毛倒豎。

「你、你在說什麼？！」

「我把樫村推入蓄水池，美鄉殺了阿和，所以這次輪到你了。」讓司理所當然地說。

『遵命，我們兩兄弟會齊心協力，使命必達，不會辜負讓司大人和美鄉女王的期待。』

「你給我閉嘴！」洋輔喝斥拿著擴音器，用奇怪語氣插嘴的哥哥，用力搖搖頭說：「我怎麼可能做這種事？」

「那你要和他們一起被推下蓄水池嗎？」

美鄉嚴肅地問，洋輔說不出話。

「洋輔，這就是『堅若磐石』。」讓司嘻皮笑臉地說。

「堅若磐石」……

「你要和我們建立新的『堅若磐石』關係。」

希一他們的「堅若磐石」的關係，就是一起做壞事，擁有彼此的秘密。

難道這次要由洋輔和讓司他們建立這種關係嗎？

「如果你不願意，那就只能把你和他們一起推入蓄水池了。」

『對啊，我也不想把你推入蓄水池，而且一個人推三個人，體力上有點吃不消。』

「少囉嗦，你給我閉嘴！」洋輔狠狠瞪了哥哥一眼，在伸吟的同時抱住頭。「別鬧了！別再做這種事了！」

「洋輔，你對他們說這種話，根本是對牛彈琴。」

洋輔回過神，發現希一並不是傻傻地站在那裡，而是擺出可以隨機應變的備戰姿勢。

「喂，洋輔，八真人，你們站起來。如果坐以待斃，真的會被他們幹掉。」

希一揚揚下巴，催促著他們，但此刻洋輔不想聽任何人的命令，也不想動彈。八真人臉色發白，心灰意冷地坐在那裡。希一見狀，咂咂嘴，露出銳利的眼神看向讓司。

「我可不會輕易死在你們手上。」

「等一下，」洋輔出聲說道，「我們好好談一談，只要談一談，就可以解決問題。」

雖然洋輔根本不知道能夠解決什麼問題，但他無論如何都無法相信，接下來將悽慘地相互殘殺，因此他不受控制地說了這句話。

「你傻了嗎？你應該很清楚，這傢伙並不是正常人！？」

洋輔聽到希一這麼說，整個人更加動彈不得。洋輔完全無法想像，被可怕的希一稱為「不是正常人」的讓司，到底是怎樣的人。

希一在高三的時候雖然和讓司玩在一起，但在執行襲擊真理的計畫時，並沒有邀讓司一起加入。這並不是因為發現讓司和真理是兄妹，而是他發現讓司和八真人他們不一樣，是自己無法控制的人。

「你明知道我不正常，卻還想抵抗，真是太令人佩服了。」

讓司開心地說。他瞪著希一，搖晃著身體，似乎準備迎戰。

現場頓時充滿了劍拔弩張的氣氛。

希一搶先行動，撕裂現場的空氣。他想抓住讓司的手臂，讓司用力推開後，反腳一踢，差一點踢到希一的鼻尖。

希一閃過讓司踢過來的腳，肩膀下沉，朝向讓司的腿撲過去。

讓司敞開身體，輕輕後退一步，避免重心不穩。原本以為兩人相撞，身材結實的希一會靠蠻力佔上風，但讓司手臂很長，希一無法輕易碰到他的身體，讓司巧妙地使用四肢，化解希一的蠻力。

當希一抬起頭時，讓司揮動手肘，打中他的鼻梁。希一身體搖晃，向後方退了兩三步，讓司的右腳迅速往上一踢。

「看招！」

這是個假動作，下一剎那，讓司在用力跳起的同時，左腳踢中了希一的下巴。讓司出色地完成連環踢，希一重重地倒在地上。

「想和我較量，你還差得遠呢！」

這時，美鄉跑過來，用像是電擊棒之類的東西抵在希一的側腹。希一發出口齒不清的慘叫聲，身體縮成一團，無法動彈，只能坐在那裡喘著粗氣。

「他從高中的時候就這樣，明明打不過我，卻總是想和我作對。」

讓司低頭看著希一，嘲笑地說完，轉頭看著洋輔問：

「好了，你打算怎麼做？要和他們一起被推入蓄水池嗎？」

看到向來逞凶鬥狠的希一輕易被打趴的樣子，洋輔不得不意識到，自己根本無法逃離目前的狀況。

「哥哥A夢，你抓住這裡。」

『是，美鄉女王。』

美鄉俐落地向哥哥發出指示，用繩子綁起希一。

我不是他們的對手……洋輔暗想著。他們真的殺過人，他們利用洋輔等人的「假面同學會計畫」，玩弄洋輔他們，成功地向樫村、和康復仇。警察目前仍然沒有掌握到他們的蹤跡。他們具備職業殺手般的俐落，同時又具備了狂人的大膽。

洋輔費力地從乾渴的喉嚨擠出聲音。

「好、好吧。」

「喔？」美鄉停下手，看著洋輔。

『洋輔，很好，你終於下定決心了。』哥哥抱著希一的腳，拿起擴音器的麥克風說道。

「但是，請你放過八真人。」洋輔對讓司說，「希一才是壞蛋，八真人只是無法違抗他。」

洋輔打算協助把希一推入蓄水池。他把希一所隱瞞的過去，和自己的生命放在天秤上衡量後，做好了把靈魂出賣給惡魔的心理準備。

但是，讓司只是無情地皺眉。

「你在說什麼啊，如果要放過八真人，你就沒事可做了……你要負責把八真人推入蓄水池。」

「你……」洋輔感到愕然。

『我負責希一，你負責八真人。』哥哥向他說明。

「我怎麼可能做這種事？」

「那你要和他們一起被推入蓄水池嗎？」

美鄉不帶感情地問，洋輔的嘴唇不停地顫抖。

「洋輔，我跟你說，這傢伙……」

讓司瞥了八真人一眼，正打算說什麼，八真人猛然抬起頭說：

「無所謂。洋輔，你不必放在心上。我無所謂。他們是來真的，你就聽從他們的指示。」

「你別說傻話了。」洋輔焦急地說，然後以求助的眼神看著讓司。「拜託你，八真人是好人，其實很老實，待人很溫柔。即使做了壞事，也是在希一的逼迫下，不得已才做的。八真人從小就不敢違抗希一，希一太可怕了，根本不敢對他說不。」

「你死心吧。」讓司冷冷地說，「他自己都說無所謂了，你就不必想太多了。他的溫柔只是自私自利，並不是善解人意，只是為了粉飾自己。你以為他為什麼不敢違抗希一？」

「為什麼……」

「你以為哥哥A夢為什麼會加入我們？」美鄉也問道。

「嗯？」

「夠了！別再說了！」

八真人拍著大腿試圖阻止，似乎不希望其他人繼續談論這件事。

但是，哥哥完全不理會現場的氣氛，把麥克風放到嘴邊說：

『美鄉女王和讓司大人讓我們有機會為兄弟報仇。』

「報仇……」

洋輔聽不懂這句話的意思，反射性地看向八真人。剛好和一臉空洞表情的八真人四目相對，八真人立刻移開視線。

『雅之落入遙川送命並不是意外。』哥哥說，『是八真人推他下去的。』

怎麼可能——洋輔驚訝地再次看向八真人，但八真人已經不敢再看他，低著頭，肩膀用力起伏，喘著粗氣。

「這是高三的時候，他親口告訴我的。」讓司踢了踢以抱著雙膝，全身縮成一團姿勢被綁起來的希一的腳。「那時候他們還沒有『堅若磐石』這種鬼扯的名詞，我問他，為什麼八真人在他面前總是唯唯諾諾，他得意地告訴我這件事。雖然他告訴我的時候，並沒有提到對方是誰，對於在哪裡、發生了什麼事這些具體的細節也都含糊其詞，但我和洋輔的哥哥——他叫雅之吧——我和他之前是同學，還記得在我刺殺我爸不久之前，曾經發生過這樣的意外。我事後查了一下，馬上就知道是那件事。

「當時，你們還是小學六年級的學生……上了中學之後，無論男生還是女生都是情竇初開的年紀，只不過這傢伙在小六的時候就已經有了色心。」

「別再說了！夠了！趕快殺了我！」

八真人大叫，讓司對他冷笑一聲，並沒有停止。

「於是，這傢伙偷了家裡的攝影機，藏在書包裡，去附近的超市和書店，偷拍女生的裙底風光。不知道是不是太熱衷某件事時，就無法看到周圍的情況，他沒想到一個小學生一直在女人身邊打轉，遲早會引起別人的疑心。果然不出所料，他在錄影帶出租店做這件事時被店員發現，當場活逮。他那時候是學校的模範生，立刻崩潰大哭，可能馬上一個勁地道歉……因為他還是小學生，店員覺得通報學校太可憐了，於是就要求他下次不可以再犯，放過了他。只不過剛好有熟人在那家店，從頭到尾親眼目睹。那個人就是雅之。」

那是小六的什麼時候？雅之和八真人都生活在自己身邊，但洋輔完全不知道他們兩個人之間曾經發生過這件事。

「所以，他有把柄握在雅之手上，我不知道之後發生了什麼事，但大致能夠想像，哈哈哈。小六生根本不是國中二年級生的對手，而且雅之和洋輔、哥哥A夢不一樣，個性很強，就連希一在雅之面前也不敢造次。總之，處於必須絕對服從的立場，無法向任何人求助的確很痛苦，到底該怎麼辦？這個傢伙為這個問題苦惱很久，然後就來到了暑假的那一天。」

就是他們幾個人騎著腳踏車遠征前往遙川的那個夏日……那一天，雅之中學的社團活動剛好放假，他就像以前經常帶著洋輔他們一起玩的孩子王時代一樣，加入了洋輔他們。

「當大家專心在水渠抓螯蝦時，雅之拉著八真人走上堤防，把他拉到堰堤上的樹後，雅之在那裡脫下了自己的褲子。」

雅之在堰堤上小便，結果不慎失足落水……當時他們這麼告訴洋輔，洋輔一直以為是這樣。

「對八真人來說，如果吞不下這種東西，又該怎麼辦？如果不解決這個人，未來的人生沒有光明……他可能有這種想法。明年上了中學之後，就會經常見面，必須趁現在解決問題。」

於是，八真人就把雅之從堰堤上推下去……

把人從堰堤上推下去，對方不一定會死。但是，以小學生的感覺，認為從堰堤的高度掉下去足以死人。這代表八真人當時雖然還是小學生，但已經有了殺人的意圖。

「接下來的事，洋輔都知道了。只不過希一偷看到當時的現場。希一發現他們兩個人鬼鬼祟祟，於是就躲在草叢後方偷看。當他看到八真人把雅之從堰堤推下去時，立刻跑到八真人面前。他確認雅之的狀況後，向八真人咬耳朵……『幹得好』、『交給我來處理』。這兩句話，決定了他們之間的力量關係。」

洋輔當時聽到希一的叫聲趕到現場時，看到八真人臉色慘白地站在那裡。

原來多年來都誤會了，原來八真人不是因為看到眼前的意外而嚇呆，也應該不是發現自己闖了多大的禍。

而是意識到，希一看到自己所做的一切。希一對他的暗示，讓他陷入了絕望。他犯下了比雅之手上把柄更重的罪行，只是掌控把柄的人從雅之變成了希一而已，以及希一身上的支配慾怪獸。

「雖然他們的『堅若磐石』是希一在七年前侵犯真理時編出來的，但其實在七年前的七年前，從雅之的案件就開始了。希一在雅之案件之後，每隔七年，就會策劃某件事來鞏固他們的『堅若磐石』，阿和從上一次開始加入，這次你又加入了他們。」

八真人始終低著頭，沒有任何反駁。這意味著讓司說的話大致符合事實。

『雅之沒有任何過錯。』哥哥拿著擴音器對洋輔說，『他只是太調皮了，根本沒有理由被殺，而且八真人隱瞞了這件事，和你像朋友一樣交往，我無法原諒這種事。雅之是我們兄弟的精神支柱，他死了之後，我失去了心靈的依靠，只能在壁櫥內尋求平靜。」

「你少廢話，到底要多依賴還在讀中學的弟弟？你那時候讀完四年大學，卻遲遲找不到工作，已經是半個繭居族了，就算沒有發生雅之的事，也不會有太大的差別。」

雖然洋輔勉強這麼反駁，但他的語氣很無力。

「洋輔……對不起。」

八真人幽幽地說。

洋輔不知道該如何回答。

之前認識的那個片岡八真人到底是怎麼回事？

難道八真人的溫柔不是基於友情，只是因為罪惡感嗎？

洋輔完全不知道到底該生氣還是該哭，到底該產生怎樣的感情，內心充滿了難以置信，完全沒有想到自己看到的世界背後，隱藏了這些事。

「現在你懂了吧？」讓司說話就像是惡魔的呢喃，「你完全不需要猶豫，有充分的權利把八真人推入蓄水池。」

「我不懂！」洋輔大聲反駁，「你說了一大堆讓我腦袋打結的事，然後說我應該懂，叫我要報復……」

什麼是善，什麼是惡，腦海中的這些常識，被讓司他們徒手攪亂，變得完全無法收拾。在這種狀況下，要求自己做出判斷，但根本做不到。

「唉，真是麻煩。」美鄉抓著頭髮，皺起眉頭。「不要再跟他囉嗦了，既然說了這麼多，他仍然聽不懂，那就乾脆把他一起推入蓄水池。」

「啊，但是……」

美鄉這句冰冷的話很有真實感，洋輔不禁焦急起來。

『美鄉女王生氣了。』哥哥似乎唯恐天下不亂。

「但是，妳經常和他見面，如果連他也一起幹掉，警察就會去找妳。」

「橋到船頭自然直，總有辦法解決，只要哥哥A夢巧妙掩飾就好。」

『我會全力掩飾，不辜負美鄉女王的期待。』

他們開始討論具體的善後方案，洋輔更著急了。

「等一下……我是說讓我再好好想一下。」

「你到底要想什麼？」美鄉輕蔑地問，「要想到底要不要把他推入蓄水池？」

『洋輔，你趕快下定決心，把自己交給美鄉女王，就什麼都不會害怕了，還可以得到美鄉女王的恩寵。』

「恩寵是什麼鬼！？」洋輔揮動拳頭問哥哥，「她是我的同學，前一刻，我還認為她是我的女朋友，我為什麼要獲得她的恩寵！？」

『太遺憾了，美鄉女王不是你能夠高攀的對象。』哥哥喜孜孜地說，『但是，只要你順從，就可以和我一起獲得恩寵，這是我生存的希望。』

啊啊……洋輔拚命克制著想要大叫的衝動。他快瘋了。

「洋輔，沒關係，」八真人抬起頭，看著洋輔說：「死在你手上也好。」他說完這句話，露出無力的微笑說：「我已經……累了。」

這真的是現實嗎？……洋輔聽著八真人說的話，茫然地浮現這個念頭。

八真人和希一一樣，以抱著膝蓋的姿勢被綁了起來，然後分別被塞進他們各自車子的後車廂。洋輔和讓司的車子仍然停在大島工業前，在把八真人和希一推入蓄水池後，再回來這裡，然後像之前樫村的時候一樣，把八真人和希一的車子開去山裡丟棄。

讓司和美鄉就像在執行一日遊的行程，輕鬆地進行著這項計畫。把八真人他們搬進汽車行李廂時，美鄉語調輕快地說著：「好重喔。」然後拿了棉紗工作手套交給洋輔，要他幫忙從讓司的廂型車上，搬來作為綁在身上的重物使用的水泥磚和鐵錨。

讓司開著希一的BRZ，並沒有前往埋葬樫村的靜池，而是駛過遙川附近的農村，進入山路。洋輔開著Volvo跟在後方。讓司似乎打算去遙池。遙池位在狐狸山山谷深處，和靜池這種蓄水池不同，是可以稱為湖泊的巨大防洪池，岸邊還有搭船處，在旺季時，有很多釣客來這裡釣西太公魚和鱸魚。由於禁止夜釣，目前這個時間沒有人。洋輔讀大學時，曾經在夜間開車去那附近，發現那裡安靜得有點可怕，比廢棄的大島工業更荒涼。

他們正開車前往那裡。山路上不見飆車族的車子，樫村案件後，警方加強取締，那些飆車族大概也暫時避開這裡。

雙門車的車頭燈撕裂黑暗的世界，洋輔專心地跟著前方的燈光。美鄉坐在副駕駛座上，隨著汽車音響播放的流行歌曲哼著歌。

不一會兒，讓司駕駛的車子離開池畔的山路，進入一片樹木包圍的空地，在空地深處停下來。洋輔把八真人的Volvo停在旁邊。從搭船處看過來，這裡可以算是遙池深處，附近是一片岩壁。洋輔之前釣過鱸魚，知道這一帶的岩壁都很陡峭，池邊的水深將近十公尺。只要把人沉入池底，就算在枯水期時都很難被人發現。

下車後，讓司他們把希一和八真人從後車廂抬下來，抬到岩壁附近。希一和八真人的嘴上都被貼上膠帶，只聽到他們嘴裡發出模糊的聲音。

「哥哥A夢，你抓住這裡。洋輔，你也幫忙一起搬。」

洋輔聽從美鄉的指示，抱起作為重物使用的水泥磚。可怕的是，她一收起前一刻的冰冷態度，恢復以前的可愛語氣，洋輔就感到格外安心，乖乖地聽從她的指示。這就是所謂的恩寵嗎？洋輔覺得自己太沒出息，但又缺乏敢於說不的強悍。

兩坨巨大的東西並排放在那片岩壁的邊緣，放在旁邊的提燈照亮了他們奇怪的身影。

昆蟲在提燈的燈光周圍飛來飛去。

風在附近的樹林內呼嘯。

陡峭岩壁下方的水面是漆黑的世界，但可以清楚聽到水很有規律地打在岩石上的嘩嘩聲。呼吸聲在鼓膜產生回音，幾乎淹沒了這些聲音。因為耳朵不舒服的關係，洋輔感到眼前的一切很沒有真實感。

用繩子綁住八真人期間，以及來這裡的路上，他一直在思考。

不，他的思考能力無法充分發揮作用，那不能稱為思考，那只是模糊地浮現在腦海中的想法。

他覺得像他和八真人那樣的人，很難擺脫過去，邁向未來的人生。

人生路上不可能沒有挫折，但是，一旦遭遇挫折，像洋輔和其他軟弱的人，內心就會承受創傷，而且傷口遲遲無法癒合。雖然想要往前走，卻仍然無法擺脫那些創傷。一旦放棄向前走，就會像真理那樣離開這個世界，或是像哥哥一樣，整天只能躲在壁櫥內。

為了療傷，勉強為過往的挫折做個了斷，往往會受更大的傷，然後就會在不知不覺中，變得滿身瘡痍。

於是，樫村或是希一這種支配慾怪獸就會趁虛而入。

或許對八真人來說，這樣的結局真的比較輕鬆。

自己將要做一件後果不堪設想的事，而且一輩子都無法擺脫這件事的陰影。

雖然很沒有真實感，但這件事已無法推翻改變。

「好，準備好了。」讓司把好幾個水泥磚和鐵錨綁在希一和八真人身上後，堆在他們身旁，然後站起來，用開朗的語氣說：「你們各就各位。」

在讓司的要求下，哥哥站在希一身後，洋輔站在八真人身後。希一發出呻吟，搖晃著身體，但沒有人理會他。

「好，坐下。哥哥A夢和洋輔要依次把他們推下去，推下去之後，要站起來高呼『嘿喲！』」

讓司高舉拳頭示範著。

洋輔聽到這個瘋狂的指示，渾身起了雞皮疙瘩，難怪八真人早就已經放棄了。正因為讓司這麼瘋狂，才能夠打敗樫村和希一。

「哈哈哈，太好笑了。」

『遵命。』

美鄉和哥哥欣然接受這種指示。

「好，那就由美鄉發出『嘿喲！』的指令。」

讓司說完，美鄉開心地坐下。

然後，她猛然站起身，用不合時宜的開朗聲音，對著一片黑暗喊了一聲：「嘿喲！」

「動手吧！」

哥哥不顧希一越叫越大聲，對著他蜷縮的後背用力一推，讓司推倒了剛才堆起的水泥塊，水泥塊一起消失在岩壁下方。隨即響起巨大的水聲，洋輔的心臟緊縮起來。

『嘿喲！』

哥哥舉起擴音器，發出比平時更大的叫聲。

「下一個！」

聽到讓司的指令，洋輔中斷了自己的感情迴路。

他決定排除一切會產生猶豫的感慨。

只是機械式地推向曾經是自己好朋友的那個男人後背。

重量突然消失，八真人的後背一下子離開了他的手掌。

讓司在洋輔身旁，把剛才堆起來的水泥塊推下去。

咚、咚。下方響起激烈的水聲。

洋輔站起身，他就要哭出來了，對著夜空高舉拳頭。

「嘿喲！」

自己的聲音被吸入漆黑空洞的黑暗。

「洋輔，太小聲了！」

讓司立刻說道，然後哈哈大笑起來。

洋輔真的很想哭。

完

春日文庫 131

假面同學會
仮面同窓会

假面同學會/雫井脩介作 ; 王蘊潔譯. -- 初版. -- 臺北市 : 春天出版國際文化有限公司, 2023.09
面； 公分. -- (春日文庫 ; 131)
譯自 : 仮面同窓会
ISBN 978-957-741-724-4(平裝)

861.57 112011771

ISBN 978-957-741-724-4
Printed in Taiwan

KAMEN DOSOKAI

作者 雫井脩介
譯者 王蘊潔
總編輯 莊宜勳
主編 鍾靈

出版者 春天出版國際文化有限公司
地址 台北市大安區忠孝東路4段303號4樓之1
電話 02-7733-4070
傳真 02-7733-4069
E－mail bookspring@bookspring.com.tw
網址 http://www.bookspring.com.tw
部落格 http://blog.pixnet.net/bookspring
郵政帳號 19705538
戶名 春天出版國際文化有限公司
法律顧問 蕭顯忠律師事務所
出版日期 二〇二三年九月初版

定價 390元

總經銷 楨德圖書事業有限公司
地址 新北市新店區中興路二段196號8樓
電話 02-8919-3186
傳真 02-8914-5524
香港總代理 一代匯集
地址 九龍旺角塘尾道64號 龍駒企業大廈10 B&D室
電話 852-2783-8102
傳真 852-2396-0050